死に戻りバグ令嬢
5周目で知らない男が最推しと入れ替わっていました

死に戻りバグ令嬢

5周目で知らない男（キャラ）が最推しと入れ替わっていました

染椛あやる
AYARU SOMENAGI

一迅社文庫アイリス

CONTENTS

Characters

チェルシー・カーティ

16歳。リーフ男爵家の令嬢。かつてプレイしていたシミュレーションゲーム『マテリアル』の主人公に転生し、ゲームのバグが原因で4度悲惨な死を迎えた。今回は5周目の人生。見つめた相手を魅了する能力（呪い）を持つ。中身は、現代から転生してきた社会人、京（かなどめ）さくら。

アレクセイ・セイスベリル

19歳。ベルフォン伯爵家の養子。チェルシーが5周目ではじめて出会った柔らかな物腰の美青年。サフィアとの出会いイベントで彼女の代わりに現れ、チェルシーの婚約者候補として紹介される。文武両道で品行不正。モブとは思えないハイスペックキャラのため、チェルシーに警戒されている。

死に戻りバグ令嬢

5周目で知らない男（キャラ）が最推しと入れ替わっていました

ベニート・リンキイ

17歳。リンキイ伯爵家の嫡男。自信過剰な性格で、チェルシーに対して偉そうな言動をとる。イメージ宝石はベニトアイト。

ジル

24歳。悪徳貴族ばかりを狙う盗賊の頭領。大胆な性格で、無類のカード好き。イメージ宝石はアメジスト。

リト・カーティ

14歳。チェルシーの義弟。甘いものが大好きな美少年。可愛らしい顔に反して言葉は辛辣なことが多い。イメージ宝石はシトリン。

サフィア・ルネール

17歳。チェルシーの父と共同で事業を行っている男爵の娘。チェルシーの最推しキャラ。イメージ宝石はブルーサファイア。

リーフ男爵

チェルシーの父親で、少し神経質な性格の資産家。

コーラル

カーティ家の屋敷で働いているメイド。チェルシーのためにいつも一生懸命。

ロージー

酒場兼宿屋の女店主。恰幅がいいみんなの母親的ポジションの人物。

<用語>

マテリアル

チェルシーが転生前にやりこんでいたシミュレーションゲーム。主人公は男女両方から選択できる。宝石を題材にしており攻略対象は男女存在し、恋愛と友情の両方が楽しめる。

イラストレーション◆すがはら竜

死に戻りバグ令嬢
5周目で知らない男（キャラ）が最推しと入れ替わっていました

Shinimodori bug reijo

プロローグ　最推しに殺されて

主人公チェルシー・カーティの未来は約束されていた。

正しい選択の先にあるのは、ハッピーエンドと世界(ゲーム)が決めたからである。

一族の呪(のろ)いは解かれ、悪は滅びる。

晴れわたる空、鮮やかな深緑、色とりどりの花々、歌う小鳥たち。

幸せな終わりを迎えるには最良の日だった――。

曇天は突然襲う。

チェルシーは、赤く染まった自分の腹に手を伸ばした。

かつんと爪(つめ)に当たったのは、突き刺さったペーパーナイフ。

「サ、フィア……？」

今まで一生懸命に友情を築き上げてきた親友を呼んだ。声が震え、血の味が混じった。

嘘、どうして、信じたくない。そんな感情が一気に渦巻いたが、刺したのは間違いなく彼女だった。体当たりをするように、突っ込んだ迷いのない刃が身体に穴を開けていた。

疑いようのない激痛に耐え切れず、絨毯に倒れ込む。すかさずサフィアが馬乗りになった。

「ああ、チェルシー……貴方は誰にも渡さないわ……永遠にわたくしのもの……」

（この台詞は、〈盲愛エンド〉の）

それはハッピーエンドとはほど遠い、バッドエンドでの台詞だった。

ダヴェルニエ家の呪いである魅了が暴走した悲しい結末だ。主人公の瞳に魅入られ、激しい愛憎を抱いた先の。最後に起こるのは、拉致、監禁、殺人、心中と陰惨な結末ばかり。

しかし、そんなはずはない。

チェルシーは、信じられないものでも見るかのように、変わり果てた親友を捉えた。

だって――――だって、自分は選択を間違えていない、のだから。

「サフィア……目を、覚まし、て……正気に、戻って……」

きっと何かの間違いだと、今ならまだ引き返せると希った。

サフィアは蒼色のドレスをチェルシーの血で染め、華奢な手をカタカタと震わせた。恍惚とした表情で目を細める。

「わたくしを心配してくださるの？」

「ええ……友達だもの……だから」

一度ナイフが抜けた身体からどんどんと血が流れ、気が遠くなる。それでも一縷の望みを捨てるわけにはいかなかった。この正しい選択が間違っているというのなら、正解は――。

薄れそうになる意識の中、ぬるりと生温かい感触が頬をなでた。

サフィアの、赤い手だ。

「そういうわたくしのことを一番に考えてくれるところが大好きよ。でも、大丈夫。わたくしは正気だわ……それに今、とっても幸せなの。やっと貴方を独り占めできる方法を思いついたんだもの」

嬉々として言うサフィアは、ペーパーナイフを自らの首へと押し当てた。

ざわっと全身が粟立つ。

（やめて）

「貴方を独りで逝かせたりはしない。わたくしも一緒よ……」

（やめて）

このあとすぐに起こることを察し、チェルシーは残された力を振り絞って全力で暴れた。

（やめて、やめて……！）

だが、抵抗は虚しく、無意味だった。

やめて！
願った言葉はざらざらにかすれて、ただの息となった。
その瞬間、飛沫が世界を覆う。
赤く、黒く、二度と戻れない深淵へ。
暗転する。

折り重なるように倒れたふたりの傍らで、ひとつの黒い宝石が薄気味悪く輝いていた。

第一章　5周目の人生ですが、なぜか知らない男がいる

男爵令嬢チェルシーの朝は早い。

家族がまだ夢の中であろう時間帯に、使用人の起床とともに目を覚ます。

「ふあ」

大きなあくびをひとつして、手前に垂れ下がっていた胡桃色の三つ編みを後ろへ払う。

水差しからボウルへたっぷり水をそそぎ、ぱしゃぱしゃと顔を洗った。

本当は寝起きの早い主人など、もろもろ世話をする使用人にとってはありがた迷惑なのだが、どうにも遅起きというのは自分には合わないらしい。おそらく昔の名残というやつだ。

清楚な淡い色味のカーテンを引いて、バルコニーへと続く窓を開ける。外の空気はほんの少しだけひんやりとしていた。んー、と伸びをして見慣れた景色へと目をやる。

ここはエルギル王国の王都。貴族の屋敷が集まる繁華街……からはほど遠い場末の一角。そこにカーティ家の屋敷はあった。だから見える光景といえば、華やかな街並みなどではなく、背の高い樹が立ち並ぶ林ばかり。

貴族の屋敷がなぜこんな場所にひっそりあるのかというと、もとは組織を解体された修道院だったからである。外観も、飾り気はなく一面茶鼠色という地味な見た目をしていた。

だが、チェルシーはそんな自分の家が嫌いではない。しいていえば、冬の隙間風がたまに気になるくらいで、自然が多く静かなところは気に入っている。家族や使用人たちもみんな仲がよく、多少の事情はあっても穏やかな日々を送っていた。

……ところが、そんな平和な生活が、おびやかされるかもしれない。

チェルシーがそれを知ったのは、遡ること三年前。十三歳のころだった。

どうやら自分は他の世界からの転生者らしいという、過去を思い出したからだ。

京さくら。それがチェルシーになる前の自分の名前だ。

さくらは、現代日本という場所で暮らす普通の社会人だった。

好きなものは宝石で、デパートのジュエリーショップで働くほど。

特別な人生ではなかったが、それなりに充実した日々を送っていたのは間違いない。

そんな、なんの変哲もないさくらが、憐れなことに不幸な事件で命を落とす。

あの運命の日。さくらが命さえ落とさなければ、自分は永遠に転生なんていう非現実的なことは信じなかっただろう。あくまでもフィクションであり、実際には起こりえない。死んだらそれで終わりだと疑う余地もなく。

けれど事実、さくらは転生していた。

ここ『マテリアル』という、ゲームの世界に。

突如として現れた新しい世界、新しい自分、新しい人生。

何もかもが驚きの連続だった。あまりにも信じがたくて、何度頬をつねったことか。

「そりゃね、大好きなゲームの世界の主人公に転生するなんて都合がよすぎるもの」

眠気もほどよくなくなり、頭の冴えてきたチェルシーは部屋へ引き返す。

なにしろ『マテリアル』とは、さくらが毎日のようにやり込むほど気に入っていたシミュレーションゲームだったからだ。いわゆるオタクと呼ばれる部類の人間だったらしい。

当然ながらゲームの達成率は百パーセント。このゲームについて知らないことはないと断言できるほど熱中していた。その主人公に転生するなど、まさに最高のプレゼント。大好きな最推しとのエンディングが約束されていると舞い上がっていた。

……ところがである。

チェルシーとしての人生は、何を隠そう、実はこれで五周目。

しかも今までの四度の人生すべてが、バットエンド——チェルシーの死であった。

「だからこそ、目下の目標は死亡回避……！」

現代でのひとり暮らしの影響で、独り言が多いチェルシーは、誰もいない部屋でそう声を大にする。そこに、いつも以上の気合いが入っているのは気のせいではない。

「なんてったって、今日は私にとって大事な日だもの。準備不足なんてもってのほかよ！」

なんだかんだ、もうすぐ侍女がやってくる時間だと気付くと、チェルシーは引き出しからひとつのリボンを取り出した。

蒼い、滑らかな光沢のあるそれは、今日のために買った髪飾りだ。

「ぜーったい頑張って幸せを勝ち取るから待っててねぇ……！」

すりすりと、チェルシーは頬ずりをするようにリボンを手でなでる。単なるリボンでもチェルシーにとっては特別な代物だった。

何度死に戻ってもオタク気質は抜けないもので、いわばこれは推しの概念。担当カラーというやつだった。これを身に着けて、今日という日のモチベーションを上げようという作戦だ。

すりすりすりすり。

（上質な絹の手触り……まるで、推しの髪の毛……はあ、たまらないわ！　好き！）

自分の妄想にうっとりする。そのうちに、扉をノックする音で現実に引き戻された。

「失礼いたします、お嬢様。おはようございます」

部屋に入ってきたのはひとりの少女だった。朝食の載ったトレーを手にしている。

キャップから自前のふわっとした赤毛を頬の横に垂らし、そばかすのある顔に笑みを浮かべている。可愛らしく愛嬌のある彼女の名前は、コーラルという。まだあどけなさが残る一方、真面目で物覚えも早い優秀な侍女である。チェルシーの起床に合わせ、毎日この時間に朝食を持ってきてくれるのだ。

「おはよう。コーラル」

チェルシーはその朝ご飯をさっそくいただき、そのまま彼女に身支度の手伝いを頼んだ。

コーラルは、先に用意していたあの蒼いリボンに合わせて、クローゼットから同じ色のワンピースを見繕ってくれる。手際よく着替えをすませ、次は鏡台の前へと移った。

「やっぱりこのリボンにして正解ですね。よくお似合いですよ」

髪を結ってくれるコーラルは、これが楽しいといわんばかりに声を弾ませる。

「でも、せっかく旦那様もお好きなものを、とおっしゃってくださったんですから、リボン以外の装飾品……いいえ、思い切ってドレスも新しいものをご注文なされればよろしかったのに」

「私はこれくらいでいいのよ」

「お嬢様……ですが、もう十六歳なんですよ！　いつ社交界に出てもおかしくない年齢なんですよ！　それに、私はこのポテンシャルが、いつも家庭教師みたいな野暮ったいワンピースに埋もれてしまうのが、悔しくて悔しくて……」

「あら、案外動きやすいわよ」

口をすぼめたコーラルに、チェルシーは鏡越しに答える。

「それに今日は、ちょっとオシャレしたじゃない」

「そうかもしれませんけど、そうではなくてですね……」

今度は眉間にしわを寄せたコーラルが「う〜ん」と唸る。どうすれば己の主人が、オシャレに目覚めてくれるか考えているようだ。その間にも、手は器用に髪を結い続けている。

(私も、まったく興味ないわけじゃないんだけどね)

乙女らしい時間を満喫する前に、まずはバッドエンド回避が最優先なのだから、こればっかりはしかたがない。こうして自分のことのように一喜一憂して、いつも助けてくれるコーラルには感謝しかないものの、願いを叶えてあげるにはまだ時間がかかりそうだ。

(それに、今回だけじゃない。コーラルは、一周目からずっと私を助けてくれてるのよね)

チェルシーがコーラルを傍に置いているのもあるが、それでも特別関係が深いのは、主人公の攻略対象という理由が大きいだろう。

この世界『マテリアル』というシミュレーションゲームは、なかなか面白い設定がある。

主人公が、男と女の両方から選択できるというところだ。そのため攻略対象も男女存在するのである。恋愛と友情の両方を楽しめる作りで、チェルシーが目指していたのも〈友情エンド〉だった。また、ゲームは宝石を題材にしており、モブとは違う彼らには、モチーフとなる宝石が与えられている。

「――これでよし」

説得はいったん諦めたらしいコーラルがリボンを結んで、ふぅと息を吐いた。

「お嬢様、髪型できあがりましたよ。リボンもこのとおりバッチリです」

「さすがね。ありがとう、コーラル」

お礼を言うと、コーラルの大きな朱色の瞳が嬉しそうにきらめく。

彼女のモチーフは、名前のとおり珊瑚だ。宝石言葉のひとつ『幸福』がテーマで、瞳の色もそれを意識しての設定なのである。

「では、私は片付けが終わり次第、失礼いたしますね。何かあったらまた呼んでください」

一通り朝の仕事を終えたコーラルは、手慣れた様子でテキパキと残りの作業を終わらせる。常に朗らかで、生命力を高めるとされる珊瑚の性質が表れていた。

このように、攻略キャラはモチーフの宝石によって外見や性格が決まっている。そんな個性豊かなキャラと交流し、選択によって好感度を上げ、多岐にわたるエンディングを楽しめるのが『マテリアル』の醍醐味だった。

ジャンルの型に縛られていないのが、大手とは違うインディーゲームらしく、宝石が好きな自分にはぴったりで、何度も繰り返し遊んだのを憶えている。

とはいえ、そんな設定上での関わりはあっても、コーラルと普通に仲のいい事実は変わらない。侍女ではあるが、気の許せる友達ともチェルシーは思っている。

(この平和を守るためにも、この戦い、負けられないわ)

俄然やる気になったチェルシーはひとりになった部屋で、すぐに次の予定に取りかかった。

「さて、今日はどの子にしようかしら」

いそいそ向かったのは、部屋の奥にある大きな戸棚だ。

ガラスの扉を開き、きれいに並べられたそれらからゆっくりと吟味(ぎんみ)する。

「ん？　今ちょっとこの子だけ光ったかしら。……うん。今日はこの子に決めたわ」

ふふ、と微笑(ほほえ)むチェルシーは、目に留まったそれを優しくすくった。

両手にちょこんと収まっているのは、丸いガラスだ。

ペーパーウエイトという、紙などが風に飛ばされないよう押さえておく道具である。

ある事情があって、趣味の宝石を遠ざけているチェルシーの新たな心の拠(よ)り所。それがこのペーパーウエイトを集めることだった。

ペーパーウエイトは、現代日本にいたときにも仕事場のレジ横に置いてあったが、収集するほどハマるとは、あのころは思いもしなかった。それが今ではすっかり「この子たち」と呼び、子どもやペットを愛(いと)おしむ感覚で接している。

コロンとした姿がまず可愛い。頬ずりしたときのひんやり感とすべすべ感もいい。雫(しずく)形だったり、果実を模(かたど)っていたり、思わず手に取ってしまうような形もたまらない。

ときには、ホンモノの花が入れ込まれていたり、ガラスに直接色が塗られているのも面白い。はっきりとしたテーマ性があるのも、選ぶのが楽しくなってしまう。

チェルシーが手にしているのも、わかりやすく夜空がイメージだった。ダークブルーのグラデーションが見事で、光を当てると星に見立てた気泡がキラキラと輝く。チェルシーが特に気に入っているペーパーウエイトのひとつだった。

「……あ、いけない。肝心の紙を忘れるところだったわ」

チェルシーはペーパーウエイトを持ったまま、もう片方の手で棚の隅に収まっている一冊の日記を取った。脇（わき）に抱え、テーブルから器用にインクとつけペンも持ってくる。

このつけペンはガラス製で、十四歳の誕生日に父がプレゼントしてくれたものだ。同じ素材のペーパーウエイトとは相性がよく、ずっと大事に使っている。

「天気はいいし、風も穏やか。外で作業するにはちょうどいいわ」

バルコニーに常設されているテーブルに持ってきたものを広げ、チェルシーは伸びをする。

日記を開き、間に挟んでおいた紙をペーパーウエイトで押さえた。

記録しておくというのはけっこう重要で、何気ない日常や、本から抜粋したこの世界の知識、家族、街のこと、あとは、前世や『マテリアル』の情報などもしたためている。三年前に記憶を取り戻して以来、ずっと続けているチェルシーの日課だ。

今日は特に重要な日ということもあって、状況の確認もしようと考えていた。

ぱらぱらとページをめくり、一周目の人生から復習しようと決める。

本音を言うと、つらい出来事ばかりなので目をそむけたい気持ちもあった。だが、もう二度と失敗しないために必要なのだと自分に言い聞かせて、文字を追った。

――一周目。最推しサフィアに殺される。

今でもたまに夢に見る。どんなに死に戻ろうとも、あの衝撃は忘れられない。

馬乗りになった彼女が自らの首にペーパーナイフを押し当て、自死する場面。

まだ自分が何も知らなかったころの、不甲斐ない失敗だ。

先に刺されていた自分はその後あっけなく死に、一周目は幕を閉じた。

（このころは、まだバッドエンドに進んだ理由が全然わからなかったのよね……攻略どおりになるように注意していたし、普通にクリアすれば問題ないと思ってて。あれだけ繰り返しやったゲームの選択肢を間違えるとも思えなくて……）

それでも、画面越しと生身では勝手がわからない部分も多く、結局自分は選択を間違えていたのだろうと判断した。しかし……。


——二周目。一周目と同じ場面でサフィアに殺される。


「このときは、そもそも二周目が存在してることにびっくりしたのよ！　絶対刺されて死んだはずなのに、時間が巻き戻ったみたいに普通にチェルシーとしての人生がまた始まって……」

初めて転生した一周目のように、何度も自分の頬をつねり、キンキンに冷えた水を頭からかぶってみたが、死に戻りは現実だった。

（だから、次こそは選択を間違えないように！　サフィアと幸せに！　って決めて頑張ったんだわ……でも、一周目と同じ死に方を……サフィアを巻き込んでまた死んだ……）

　さすがに前回と変わらない終わりを迎えれば、チェルシーも変だと考えを改めた。

「それで記憶を遡って、あの問題を思い出したんだわ」

チェルシーは、ペーパーウエイトに反射した自身の瞳を見つめた。

コーラルに負けず劣らず大きな瞳は、まろやかなコンクパール色をしている。

母方の血筋であるダヴェルニエ家の人間である証。これが原因のひとつだと知ったのだ。

悲しいかな。それこそ主人公につけられた設定というやつだ。ゲームでは一族の呪いとして描かれており、ある宝石がすべての元凶だった。

——ブラック・レガリア・ダイヤモンド。

人々を魅了し続けた、魅惑の宝石と語られている黒いダイヤモンドだ。

ダヴェルニエ家はこの宝石と同じ魅了の力を持っている。

見つめた者を洗脳し、自分の意のままに操る能力。

昔、先祖がこのダイヤの欠片を誤って瞳に入れてしまってから始まった呪いだ。

字面だけ見れば羨ましがられそうな力ではあるが、果たしてそんなことはない。

ここにきて登場するのが、〈魅了好感度〉なる『マテリアル』のゲームシステムである。

攻略キャラひとりひとりにはパラメータがあり、主人公から魅了を受けるたびに、この数値は上がっていくという仕組みがあった。そのパラメータが満杯になった場合に、バッドエンドへ進むのである。ゲームでは〈盲愛エンド〉と称され、チェルシーが死ぬエンドがそれだ。

（ゲームだと、死んだあとは『ＢＡＤ ＥＮＤ』の文字が出て終わりだけど、実際はいつまでも刺された部分は痛いし苦しいしで、生きてる人間と変わらないのよね……）

あれを経験するたびに、自分は夢でも幻でもなく、この世界の住人であると実感する。

（おまけにゲームの中だからメニューを開いてパラメータを確認ってワケにもいかないし）

これだけでも十分の痛い呪いなのだが、さらに他にも厄介な設定を持っていた。

定期的に呪いを身体（からだ）から発散しなければ、今度は自分自身を蝕（むしば）むのだ。

その末路もなかなかに惨（むご）く、身体がじょじょに石となる、〈石化エンド〉一択。

（……これも、いちプレイヤーだったころはハラハラして楽しかったけど、今となってはただの死活問題でしかないわ……）

魅了はホンモノの呪いであり、必要に応じて能力を使うことは不可欠だった。

（唯一の救いは、ゲームと違ってモブキャラでも呪いを発散できることくらいかしら）

だが、それも根本的な解決にはなっていない。

目指すは、呪いからの解放――元凶であるブラック・レガリア・ダイヤモンドの破壊である。

だがこれは、ゲームを知り尽くしているチェルシーであれば、造作もないはずだった。

チェルシーはさくらだったころの記憶を呼び覚ます。ちょうど事件に遭う直前のことだ。

『マテリアル』公式から、ＳＮＳに投稿されていた文面はこう――。

《不具合のお知らせ》

『マテリアル』をいつもご利用いただきましてありがとうございます。

先日行ったアップデートから以下の不具合を確認しております。

本来主人公の呪いを解くはずのアイテム、ブラック・レガリア・ダイヤモンドを入手した後、すべてのキャラクターの〈魅了好感度〉が最大値まで上がる。結果、バッドエンド以外のエンディングが見られない。

本不具合につきまして、現在早急に調査修正を進めております。

お客様にはご迷惑をおかけしておりますこと、深くお詫び申し上げます。


「公式さん！　致命的すぎるわよ！」

と、叫んだのは、やっぱり死に戻った三周目でのことだった。

そして、一周目と二周目の死の原因がこの不具合だと理解した。どちらもシナリオは終盤に差しかかり、ブラックダイヤを手に入れたところだったからだ。チェルシーがダイヤを目に留めて喜ぶさなかに、サフィアの様子がおかしくなった事実を加味すれば、理由はこれしかないと確信した。

「――それからよ、これまで仕事にするほど大好きだった宝石たちが、急に恐ろしい存在に思えてきたのは……」

何かの拍子にブラックダイヤを視界に入れただけで自分は死ぬ。

そうわかれば、自室から出るのすら怖くなった。

（だから、こうなったら誰も攻略せずに、ずっと屋敷に引きこもっていようと考えたんだわ）

だが、これでどうこうなるはずもなかった。

――三周目。〈石化エンド〉。

愚かなことに、チェルシーはブラックダイヤにばかり気を取られ、もうひとつのバッドエンドの存在を忘れていたのだ。

他人を巻き込んで死にはしなかったものの、この死に方は恐怖そのものだった。

（意識があるのに、自分の身体が少しずつ石になるのよ……耐えられるはずないじゃない）

それゆえに、次に死に戻ったときは三周目以上に心身ともども荒（すさ）み切っていた。

まるで、ゲームのコンティニューを強制的に行われているような人生。

先に進みたくともバグで狂った呪いに阻まれ、気が休まることもない。

運が悪ければ、自分以外の人間も巻き込んで、その罪に苛（さいな）まれながら死んでいく。

なのに、肝心の呪いを解くためのブラックダイヤは、おそらく主人公である自分がストーリーを進めなければ、一生手には入らない――。

その出口の見えない迷路に、四周目のチェルシーは生きる気力を完全に失っていた。暗い部屋ですすり泣いては、繰り返す毎日を恐怖するようにシーツにくるまっていた。ろくに食事も取らずに、どんどん衰弱していくのみだった。

（そんなふうだったから、お父様たちにもすごく心配かけちゃったんだわ）

死に戻り、記憶が復活するのが十三歳ごろだからか、それ以前を知る両親からすれば、元気だった娘がいきなり塞ぎ込んだように映ったのだろう。

特に父にいたっては「娘が悪魔に取り憑かれた！」と真っ青になって、チェルシーを教会へ担ぎ込む騒動にまで発展した。あのときの父の必死さはすさまじく、チェルシーがベッドにしがみついたまま離れなかったら、キングサイズのベッドごと教会まで運んだに違いなかった。

その出来事からチェルシーは学んだ。どんなに悲惨な死を自分が迎えようと、周囲の人たちに記憶はない。だからなるべく普通に振る舞い、先に進むための努力をしようと。再び前向きになれたのは、間違いなくあの騒動のおかげだった。

元気になれば、ブラックダイヤへの腹立たしさはバッドエンド回避へのやる気となった。バグなんかで、自分の人生がぐちゃぐちゃになるなんて冗談ではないと今では思う。

だが、何よりチェルシーが嫌だったのは、誰かを巻き添えにして死んでしまうこと。

一周目、二周目、そして……四周目。

チェルシーは、ぱらりと日記のページをめくった。

――四周目。攻略キャラのひとりがブラックダイヤを持って現れた。こんな結末知らない。

ここでの問題は、眼中になかった攻略キャラが突然現れ、ブラックダイヤのバグを使い、チェルシーを殺したことだ。

何度も言うが、このゲームはチェルシーにとってのバイブルも同然だ。すべてのエンディングをクリアしているのは言うまでもない。にもかかわらず、そのチェルシーでさえ知らない幕引きとなったのである。

あの攻略キャラの真意がどうあれ、あれは狙っているようにしか思えなかった。

ふい打ちを食らったチェルシーは、抵抗などできるはずもなく、周囲の人間の〈魅了好感度〉を最大値まで上げてしまった。あとはなるようにしかならない。

犠牲になったのは、ブラックダイヤを持ってきた張本人、傍にいた家族、使用人……コーラル。流れた血の量だけでいえば、あれは地獄だった。

「…………」

そこまで読み進めたチェルシーは、一度日記を閉じて深呼吸をする。

気持ちを切り替えようと、改めて四周目の結末の原因を探ってみることにした。

「これまでにも何度か考えてはみたけど、いったい何がいけなかったのかしら。相手が狙ってやったとしたら、何が目的？　『マテリアル』にも悪役はいるけど、関係あるのかしら……」

しかし、その悪役はチェルシーとブラックダイヤを奪い合う存在だ。無類の宝石収集家で、決して主人公へ譲る相手ではない。ひとつの可能性としてはあるが、やはり低いと思う。

（だとすると、一番あやしいのはバグ？　もしくは、アップデートされて私も知らない変なルートが足されたとか……？）

公式には悪いが、ゲームの設定を揺るがす欠陥があった以上は変に疑ってしまう。チェルシーも知らないバグがまだ潜んでいるのではないかと……。アップデートも然りだ。

（これでもシナリオをなぞりながら生活はしているつもりだし、今のところ目立った異変も思い当たらない……でも、長引かせるのは危険ね。これからの計画も慎重に練らないと）

チェルシーは、麗らかな太陽の日差しを浴びて光る星空のガラス玉を、ちょんとつつく。

「大丈夫。私の夜空にも光はあるはずよ。先にできることから始めなきゃ。絶対この五周目こそ、誰も死なせない。エンディングの先に進んでやるんだから！」

日記を開いて、これからやるべき目標をしっかりと書き記した。

——攻略キャラとの出会いイベントの達成！

──ブラックダイヤ探しを手伝ってくれる人材の確保！

──ブラックダイヤを自分の代わりに壊してくれる人材探し！

──※〈石化エンド〉回避のために、定期的な呪いの発散も忘れずに。


攻略キャラ全員と出会うのは、四周目のようにふいを突かれないようにするためだ。親密になっておいて、少しでも危険な要因をなくそうという意味があった。

「そのためには、ひとりひとり着実にアタックしなくちゃね。──そう、今日から！」

チェルシーは、髪を結っている大事なリボンをさらりとなでる。

前もって日記に綴（つづ）った計画の最終確認を開始した。

本格的に動き出すときは、もう目前に迫っていた。

──サフィア・ルネール。
『マテリアル』におけるチェルシーの最推しだ。モチーフ宝石は、高貴な輝きを放つブルーサファイア。テーマとなる宝石言葉は『天命』。身分は、チェルシーと同じ男爵令嬢である。
彼女との出会いは、父親同士が共同事業を行うことがきっかけで知り合う。

シナリオを知るチェルシーは数か月前から指折り数え、その日をずっと待っていた。

「長かったけれど、やっとだわ……！」

室内に戻ったチェルシーは日記やらペンやらを腕に抱えたまま、くるくると踊るように回った。ついに待ち焦がれていた日がやってきたのである。

「象徴しているのは、果てしない天空と海！　月の光もよく似合う神秘的な宝石ブルーサファイア……はあ、いつも冷静で品があって、純粋で繊細で、優しくて美声で顔面世界遺産なサフィアにぴったりな、まさに彼女のための宝石だわ。私の月の女神（アルテミス）……うふふぅ」

リボンをなでていたときのように、うっとりとした表情でチェルシーはため息をつく。

家族や侍女。この世界で生きるようになって、大切にしたいと思う相手が増えたチェルシーだったが、推しという存在はまたベクトルが違った。たとえ画面越しに応援はできなくなってしまっても、その本質は変わらず。

（ただ幸せを見守って、愛（め）でていたい！）

チェルシーは生粋のサフィアファンなのである。

「サフィアは必ず私が守ってみせる！」

一周目や二周目のように、バグのせいで目の前で彼女が死ぬなんて終わりは断じて許さない。

リボンもその決意の表れだ。これはチェルシーにとっては鉢巻きと同じなのである。

「さて、私の経験だとそろそろコーラルが呼びに来るはずなんだけど」

今か今かと待つチェルシーは、何度も柱時計に目をやり、うろうろと部屋中を歩き回った。待っているときほど、時間の進みは遅く感じる。座っておとなしく待つのもままならない。ついには「廊下で待とうか……」と考え始めれば、ようやく待ち人が姿を現した。

「お嬢様、旦那様が応接間に来るようにと」

（きた！）

表面上はあくまでも何も知らないことを装って、了承の返事をする。

（よかった！　ここまでは無事に私の知っているシナリオどおりだわ）

このあとはサフィアと信頼を築いて、そのあとはまた別の登場人物に会いに行って——そう順序立てながらチェルシーは廊下を進む。緊張はしていたが、会いたかった人に会えるとあって足取りは軽い。コンコンと自分で鳴らす扉の音さえ、春にさえずる小鳥の歌声に聞こえた。

「お父様、チェルシーです。お呼びでしょうか」

「おお、来たか。入りなさい」

頬が緩みそうな状況に耐えながら、部屋に入ったチェルシーは速攻サフィアを探した。

「…………？」

ところが、期待していた姿は見当たらない。微笑みを湛（たた）えたまま静かに首を横に倒す。

（えっと……？）

頭上に疑問符を十個ほど並べたチェルシーは、父を見て、反対側のソファに腰かける紳士を見る。おそらく父とそう変わらない歳だろう。白髪交じりで、気品あるライトグレーのスーツがよく似合う。人と会うとき、特に身なりに気を配る父と比べても見劣りしないほど、上質な物だと一目でわかった。

紳士はチェルシーと目が合うと、優しそうな笑みを向けてくれる。だが、知らない人物に変わりはない。

もちろん、その奥に座った青年も――。

(誰?)

チェルシーが扉近くで固まっていると、緊張で動けないとでも思ったのだろう。勘違いした父が幼子に言い聞かせるようにそっと促す。

「怖がらなくても平気だとも。さ、紹介するからこちらへおいで」

「は、はい……」

父の言葉を受けて、チェルシーがしぶしぶ傍へ行けば、客人のふたりが立ち上がった。

「チェルシー、こちらはベルフォン伯爵。となりは彼の息子、アレクセイくんだ」

「初めまして。ミス・チェルシー」

「は、はじめまして……」

見た目どおり、ベルフォン伯爵はやわらかな物腰であいさつをしてくれる。

チェルシーはいちおう返事はしたものの、正直心ここにあらずだった。

（サフィアちゃんじゃない!?）

大事なことなのでもう一度言う。言わせてほしい。

（サフィアちゃんじゃない――――ッッツ!!）

その衝撃は、思わずさくらのころの呼び方に戻ってしまうほどだった。

（待って待って、私何か間違えた……？）

一瞬そう疑うが、何度考えても出会いのタイミングは今にたどり着く。

（そう、あの手先が器用なコーラルが剪定中に薔薇の棘で怪我をした一週間後だもの）

いち、にい、さん、と頭の中で繰り返し数えても、今日。

……なのに、サフィアとは似ても似つかない長身の青年がチェルシーの前に立つ。

おそるおそる見上げれば、彼の父親と同じく気がよさそうな笑みが返ってきた。

「はじめまして、チェルシー。俺はアレクセイ・セイスベリル。以後お見知りおきを」

慣れた手つきで、アレクセイと名乗った男がチェルシーの手を取る。

こちらこそ、とまた上辺だけのあいさつをしたチェルシーは、手の甲へのキスもされるがまま、ぽかんとした表情を浮かべる。その脳内は大騒ぎである。

（こ――――こんな人、知らない……っ!!）

目を合わせているのが怖くなって、ぐんと真下へ首を折る。

冗談でもなんでもなく本当にチェルシーは彼のことを知らなかった。これまでの四度の人生どころか、現代日本でゲームをプレイしていたときも。通い詰めた公式サイトでも。

(ま、ままま、まさか、またバグ……!?)

チェルシーは長いスカートの下で足を震わせた。

(タイミングからして、サフィアと出会うはずのイベントが彼との出会いに置き替わったってこと……!? 今日まで変わった出来事なんて何もなかったのに!? いったい何がッ! どうして……!? それに……この人、ただのモブ、じゃない……?)

少しだけ、と目線だけをアレクセイに向ける。独特の雰囲気がある彼をこっそり観察した。

……よく眺めれば、なんてきれいな男性なのだろうと思う。

最初に目に入ったのは、天使の輪が浮かぶ美しい銀髪だった。左側だけ少し長く、あごの辺りまで髪が輪郭をなぞっている。次に、くっきりとした線を描く目鼻立ち。やわらかな表情でもどこか謎(なぞ)めいた迫力があるのは、彼から漂う気配のせいだろうか。

長い睫毛(まつげ)を少し伏せるだけで絵になった。気品はもちろんのこと、どこか神聖で触れるのが憚(はばか)られる。人工美という言葉が脳裏を過(よぎ)るほどのオーラに、気付けば手汗がびっしょりだ。

これが実際ゲームに実装されていたら、ランキング上位に食い込みそうなタイプではある。

(瞳の色は……澄みきった森みたいね……たとえるならエメラルド……?)

『愛』『希望』『幸運』『夫婦愛』。チェルシーは、もはや職業病のように宝石言葉を思い浮かべた。だが、どれもパッとしないなというのが感想だ。他にも、緑系の宝石をいくつか当てはめ

てみるが、やはりいまいちだった。

公式に存在しない以上、攻略キャラではないからだろうか。だとしたら、やはりただきれいなだけのモブか。そのモブが、サフィアと入れ替わったというのだろうか。

（それって、もうどこをどう考えたってバグじゃないの！）

それもチェルシーにとっては最低最悪の。

そうしてチェルシーがひとり絶望していると、再びぱちりと目線が交わる。当然だ。こっそりというのをつい忘れるほど、まじまじと凝視していたのだから。

しなやかだが芯のある声が、笑いを含んだ調子で言った。

「そんなに見つめられたら顔に穴が開いてしまうよ」

「あっ……」

チェルシーは、しまったと自身の失態に顔を覆いたくなった。

事情を知らない人が見たら、初対面の男性に見惚れていたように映ったかもしれない。ここには父や伯爵もいるのだ。変な誤解は生みたくない。そうチェルシーが懸念すれば……。

「どうだ。チェルシー、優しそうな青年だろう？」

「ええ、まあ……」

ここぞとばかりに話しかけてきた父のなんと嬉しそうなこと。なんだか嫌な予感がした。

「うんうん。恥ずかしがらなくていい。それに彼はこれくらいで怒ったりしないとも」

「お嬢さんに好かれているのだとしたら光栄なことです」

「い、いえ、そういう意味ではなくてですね……」

社交辞令なのか、なんなのか。なんだかひとり置き去りで話が進んでいるような気分になる。

どうか気のせいであれと願うが、居住まいを正して咳払いした父に嫌な予感が増す。

「実は、お前をここに呼んだのは他でもない。お前の将来について話が――」

これはまずい。チェルシーはとっさに動いた。

「あ、あの、お父様！　私ちょっと気分が優れないので部屋で休みたいと思います！　その話はまた後日……ええ、また機会があったらで！　ええ、非常に残念ですが！」

ここから先を聞いたら後戻りできない――そんな勘が働き、チェルシーはなんの捻りもない常套句を切り出して、すすす、と後退する。そもそもサフィアがいないなら、ここに用はない。

おかしなことになる前に、早く部屋に戻るが吉だ。

「それは大変だ。部屋までお送りしようか？」

だというのに、一番関わり合いたくないアレクセイがそう申し出る。

「いいえ、めんどくさ――じゃなくて。アレクセイ様のお手を煩わせるほどではありませんから、ご心配なさらず……！」

ついて来ようとするアレクセイに、チェルシーはぶんぶんと全力で両手を振った。

作り笑顔のまま、ずるずると後ろへ下がれば、扉に背中が当たる。ホッとしてノブに手をかけようとした、そのときだ。

「あなた！　やっと探していた壺を見つけましたよ！」

突然、ドカン！　と大砲でも撃ったかのように、応接間の扉が大きく開け放たれた。……らしい。らしいというのは、その瞬間チェルシーはそれどころではなかったからである。

「ぐう！」

扉の真ん前にいたチェルシーは、その大砲の格好の的となったのだ。

見事に弾き飛ばされ、足を滑らせ、しまいにはドレスをおもいっきり踏んずけてつんのめる。

この場にいた全員が「あ」と口を開け、息を呑んだ瞬間だった。

そこからは、さながら映画のスローモーションシーンのようにことが運んだ。

部屋へ突撃してきた人物は、なぜか両手に壺を抱えており、それをつるりと滑らせたのが次の出来事だった。落ちていく壺に、父は目玉が零れそうなほど目を剥き、さらにちょうどそのころ、部屋には給仕のメイドがいた。彼女は、大惨事目前の光景に思わず肩を竦め、力加減を誤った手から、紅茶の入ったカップを落下させてしまう。

この部屋にいるほとんどの人間が、いろいろ終わったと覚悟しただろう。

（転ぶ！）

前のめりになった状態のチェルシーも、次にくる衝撃を想像してぎゅっと視界を閉じた。

カラン、トン、ポス。

「………」

ところが、間もなく聞こえたのは、複数の陶器が割れたとは思えないほど拍子抜けした音だった。転んだはずの身体も全然痛くはない。何が起こったのか見当もつかなかった。

「――大丈夫？」

次の瞬間、耳元に吐息が触れ、チェルシーはバッと瞼(まぶた)を跳ねた。

「アレクセイ……！　いやはやよくやった」

傍にはベルフォン伯爵の安堵(あんど)する姿があり、ようやく状況を理解する。

チェルシーは、アレクセイの右の片腕にすっぽり収まっていたのだ。

きれいなだけだとばかり思っていた彼は、どうやらしっかり男性だったらしい。支える手は大きく骨ばっていて、ぶつかった身体も硬く、ジャケットの下に鍛えられた筋肉がついていることは容易に想像できた。その彼の両目が細められ、チェルシーを見下ろす。

「チェルシー……？　もしかして、どこか怪我でも？」

「あっ、ち、違います、大丈夫です！　助けてくださってありがとうございましたっ！」

「よかった。無事ならそれでいい」

チェルシーは、自分が長いこと彼に抱き着いている状況に気付き、急いで飛び退(の)いた。恥ずかしさを紛らわすように、手が頭のリボンに伸びる。

よく見ると、アレクセイの左手にはメイドが落としたカップがあった。中の紅茶が零れた様子はない。さらに長い左足には、サッカーのトラップでもするかのように、バランスよく壺が鎮座している。

冷静になったチェルシーは、彼の理解できない反射神経に頬を引きつらせた。

（う、うへ～……）

（助けてもらっておいてなんだけど、やっぱりこの正体不明のモブとはあんまり関わらないほうがいいような気がしてきたわ……）

幸い、アレクセイはチェルシーを助けたあと、紅茶と壺を持ち主に返しに行ってしまった。

この隙になんとか抜け出そうと、忍び足で再び脱走を試みる。

「ごめんなさいね、チェルシー」

と、それより先に誰かがふらりと話しかけてくる。

謝罪というにはいささかのんびりとした口調の女性――チェルシーの母だった。

「あんなところに突っ立ってるとは思わなくて。やっと見つけた壺も、全部パアにしちゃうかと思って肝が冷えたわ……おほほほほ」

どうもその口ぶりから、壺を抱えて猪のごとく突進してきたのは自分の母だったらしいことを知る。チェルシーは一度抜け出すのを諦め、母に向き直った。

「お母様、笑いごとじゃありません。その壺だって、きっと高価な物なんでしょう？」

「うん。まあそうね」

あっけらかんとする母が言うには、一命を取りとめたあの壺は、昔祖父がある陶芸家から買った代物らしい。同じく骨董が趣味のベルフォン伯爵に見せる予定だったが、今日になって仕舞い込んだ場所を忘れてしまったという話だった。

壺の価値は現在右肩上がりで、低く見積もっても購入時の数百倍……。割れていたらそれこそ大変な事態だった。どうりであの瞬間からずっと父の眼中には壺しかないわけである。

「ちゃんとノックしてから入ってください」

「両手は塞がってるし、壺は重いしで、ノブを回すのだけで精いっぱいだったのよ」

いや、それにしたって限度があるだろう。全然反省の色がない母に突っ込む。

このの んきな母は、これでもチェルシーと同じ魅了の力を持っている数少ない人物だ。

だが、ご察しのとおり、呪いとはすこぶる縁のないポジティブ思考、鋼メンタルの持ち主である。これが通常運転であり、今もアレクセイがいてくれてよかったとニコニコしているくらいだ。そして困ったことに、大砲だけでなく爆弾発言も得意なのである。

「彼ならチェルシーの婚約者として申し分ないわね」

「は――っ!?」

せっかく助けられたのに、チェルシーはその場でぶっ倒れそうになった。

「おっ、おおおお、お母様!?　またそんなご冗談を！　アレクセイ様に失礼では!?」

「あら、何その反応？　もしかしてお父様からまだ聞いてないの？」

「え？　…………え？」

先ほどの嫌な予感の正体はこれだったのか。ギリギリと首を動かして父を見やる。

父は、チェルシーが最初にこの部屋に入ってきたときと同じように、伯爵たちと向かい合うような体勢で、ちょうどテーブルに壺を置いているところだった。母との会話は聞こえていたのだろう。気まずい空気をかき消すようにわざとらしく咳払いを連発する。

「ま、まあ……急で驚いただろうが、お前ももう十六。親としては将来を考える時期になったということだ。伯爵家との婚姻は、私たちも悪い話ではないと思っている」

（う、嘘……）

チェルシーは、今度こそ地べたに崩れ落ちるかと思った。

サフィアがいないだけではなく、得体の知れないモブの婚約者になれだなんて。

（い、いったい全体どんなサプライズよ……シナリオを改悪しないでちょうだい！）

わなわなと震えるチェルシーは、心の中でありったけの思いを叫ぶが、父たちに同じことを言うわけにもいかなかった。

返す言葉を失って立ち尽くしていれば、何を想像したのか突然父がハッとする。

「ま、まさか、もう好きな男がいるのか!?」

「いるわけありません！」

（しまった！　嘘でもいるって言えばよかった）

一番使えそうな言いワケを失い、チェルシーは内心天を仰いだ。

しかも残念ながら、それが仇（あだ）となった。

「――だったら、ひとつ。俺（おれ）から提案しても？」

親子の騒がしいやり取りのさなかに、凛（りん）とした波紋が広がる。

スッ、とその白皙（はくせき）の手を上げて発言したのは、これまで成り行きを見守るように黙っていたアレクセイだった。みんなが一斉に注目するなか、彼はにこりと微笑む。

「チェルシー」

「は、はいっ」

名前を呼ばれたチェルシーは、生徒が先生に反応するように、つい姿勢を正した。

「突然のことでごめんね。驚いただろう？」

「い、いえ……たしかにびっくりはしましたけど、順序がおかしくなったのはアレクセイ様たちのせいではありませんし……その、正式な手順をちゃんと踏んでいたら、こんなに驚きはしなかったと思います……」

たぶん。とチェルシーは尻（しり）すぼみに答える。彼特有の周囲をものともしない雰囲気は、なんだか調子が狂う。チェルシーはスカートの前で指同士を絡めて、視線をさ迷わせた。

「そう言ってもらえて嬉しいよ。だからここは、どうかな。婚約の話はひとまず保留ということで、考えてはもらえない？」

「保留……？」

「そう、保留。さすがに俺も父も、嫌がる女性を無理やり奪うほど非道ではないつもりだからね。何度か会ってみて、君がどうしても嫌だったら断ればいい。――いいですよね。父上？」

「もちろんだとも。本人たちの同意なく進める婚姻も多いが、私は可能ならば息子やその花嫁には、本当に好きな人と結ばれてほしいと思っているからね。アレクセイと引き合わせようとしたのも、まずは息子と話をしてみてほしかったからだよ」

「そう、だったんですか……」

「それに、いつも世話になっているのは私のほうだ。その大事なお嬢さんに失礼はできない。仮に、君たちふたりが婚約にいたらなくても、それも星の導きということ。誰も責めたりはできないと理解しているよ」

ベルフォン伯爵は諭すようそう語る。見た目やしゃべり方だけではなく、思想も紳士だ。こういうのはたいていい親同士が勝手に決めて、強行されるものだと思っていた。

「親の私も今すぐ答えがほしいとは思っていないからね。アレクセイもミス・チェルシーも、考える時間は必要だ。――どうだろう。息子の提案を受けてやってはくれないかな？」

「…………」

チェルシーは、父と母の表情をうかがい、それからアレクセイへ視線を向けた。

「……、……わかりました。そういうこと、でしたら、その……考えてみます……」

とにかく今は、この場を穏便にすませる選択を採った。

ヘタに断るより、保留ならベルフォン伯爵と父の面目も保たれよう。それに。

（遠回りにはなるけど、この問題は先に片付けてしまったほうがよさそうだもの。中途半端にして忘れたころに面倒事になっても困るわ）

とんだ奇襲だったが、伯爵たちが分別あるいい人だったのは助かった。

こうなってしまったからには、後腐れなく婚約を白紙に戻すしかない。

（婚約なんて絶対無理！　バッドエンド回避で忙しいのに、何度も会う時間なんてとれるわけがないわ）

婚約をなかったことにするには、先に当事者同士で話し合うのがいいかもしれない。アレクセイとふたりで決めたのだと伝えれば、納得してくれるはずだ。

さらさらとリボンをなでるチェルシーは、どうにか彼とふたりで話せないか方法を探った。

（私から誘うのは難しいわよね……どうしたら……）

「――――で、チェルシーも、それでいいかしら？」

「はい……」

「そう！　よかったわ。じゃあ、よろしく頼むわね」

「はい…………ん？」

流れで頷いたチェルシーは、母の喜ぶ声で思考の海から帰ってくる。今何か聞き逃してはまずいことをお願いされたような気がしたが……。

茫然としているチェルシーの元へ、気のせいではないというように、いかにもご満悦な母がやってくる。そのままポンポンとチェルシーの両肩を叩くと、意気高らかに言い放った。

「うちにある絵画のコレクションの案内は、あなたに任せるわね。ちゃーんとアレクセイくんと仲よくするのよ！」

おもいがけず、ふたりになる機会はすぐにやってきた。

父の集めた名画の数々を、アレクセイに見てもらう予定だったらしい。

チェルシーとアレクセイをふたりにするつもりで、当初から、組み込まれていた計画かは知らないが、今回ばかりは好都合だった。

カーティ家には、一階と二階に数室ずつ、美術品のために専用の部屋が設けられていた。

部屋が分かれているのは、手狭になるたびに次々と空き部屋が改造され、客室の一部もコレクションルームと化しているからだ。小さな美術館並みに物があふれていた。

絵画、骨董、異国の意味不明な置物……と続くこの収集癖は一代限りのものではない。

父の絵画、祖父の骨董とカーティ家はとにかく何か集めていないと気がすまない質なのだ。

かくいう自分も、しっかりとその血を受け継いでいる。

当然出ていく金は出ていくわけだが、祖父も父も人徳と商売の嗅覚だけはある人だった。

おかげで屋敷と同じく影が薄い貴族なわりに、カーティ家は繁華街のヘタな貴族よりよっぽど裕福だ。そういう家の事情から主人公が落ちぶれないよう、ゲーム上で設定されているのかもしれない。

……なので、増える。チェルシーなどは、宝石ならまだしも絵画は完全に専門外であるため、無限増殖する名画ひとつひとつを憶えるのはほぼ不可能であった。

(お父様の作った目録ぐらい持ってくればよかったわ……)

チェルシーは、婚約のことを相談する機会をうかがいながら、父の絵画に悩まされていた。

「こちらが、ステン・リアム・ビョルネの、えっと……」

「『薔薇』だね。実物はこんなに大きいのか。大振りの花が多いからかな、迫力がすごいな」

「そ、そうですね」

すかさず助け船をくれるアレクセイに、チェルシーはぎこちなく口角を上げる。なんとなく察してはいたが、アレクセイは期待を裏切らず、頭もいいらしい。

(文武両道で、品行方正、顔面まで優秀ときたものねぇ……この能力までバグったモブはどこから生まれたのかしら。今まで関わらなかったのが不思議なくらいだわ)

ちらりと盗み見た横顔は、この場に彫刻として飾ってあっても違和感がないくらい様になっていた。きれいすぎて近寄りがたい雰囲気はあるが、冗談にしても唐突に後ろから襲いかかってくるようには……いちおう見えない。

念のため、この部屋の入り口にはコーラルもいる。さすがに結婚前の男女がふたりきりでは体裁が悪いため、万が一を考えてだったが、問題が起きることはおそらくないだろう。

「彼はやはり赤の使い方が光る画家だな。知ってる？　当時、赤色の原材料は虫から採っていたんだよ」

「む、虫!?　虫ってあの虫ですか……」

苦手なくせに、チェルシーは芋虫のような生物を想像してしまい、背筋に怖気(おぞけ)が走る。

「そ、熱帯に生息する小指くらいの大きさの虫だよ。これでも当時は高価な代物だったんだ。でもビョルネは多くの作品で惜しみなくこの赤を使っている。この絵は、そのころからいかに彼の作品が評価されていたかがわかる、歴史的にも価値のある絵だよ」

「これ、そんな貴重な絵だったんですか……虫なのに……」

「ふふ。虫だけどね。でも、本当に君の父上は目利きだね。個人でここまでの物を集めている人は初めてだ」

「ありがとうございます。きっと父も喜びます」

アレクセイはそうして次々に絵を観ては、豊富な知識を披露してみせた。

チェルシーはちゃんと相槌(あいづち)を打ちながら聞いていたが、彼はなかなかに鋭い。他人をよく観察しているらしく、三つ目の部屋に入ってしばらく、こう切り出してきた。

「君は、俺に何か話したいことがあるんじゃない？」

「ど、どうしてそれを……！」

「ずっとそわそわしてた」

動揺するチェルシーに、アレクセイが確信しているような視線を向ける。

（そ、そんなにわかりやすかったかしら……）

そこはかとなくショックを受ける一方で、チェルシーはこの機会を逃す手はないと気付く。

頭を切り替え、アレクセイと絵画一枚分を隔てて、いざ向き合った。

「どうしてもお伝えしたい話があって、いつ話そうかタイミングをうかがってたんです」

「なんだ、そうだったの。もっと早くに打ち明けてくれてよかったのに」

「ちょっと、言い出しにくいことでしたので……」

「……へえ、聞こうか」

探るように薄く閉じられた瞳を見なかったフリをして、チェルシーは本題を口にした。

「……婚約を保留にした件なんですが、なかったことにしてはもらえませんか？」

「それは……今すぐ俺の婚約者になりたいと？」

「ち、違います！　逆です、逆！」

「ふふ、冗談だよ」

真面目な話の出端をくじかれ、チェルシーが真っ赤になって首を振れば、アレクセイはからかうように笑った。余裕のある笑みに、チェルシーは言葉を詰まらせる。

意外に一筋縄ではいかないかもしれない――このとき、心の片隅でそう思ったが、きっとなんとかなると自分を鼓舞した。

「私は、婚約を白紙にしてほしいんです」

「保留でも嫌だと？」

「……はい。私はあなたとは婚約できません。親切にしていただいたのに申し訳ありません」

はっきり告げてチェルシーは謝った。

アレクセイはあごに長い指をあてがい、思案するように明後日の方向へ目線を投げる。

「なるほど。俺は振られたわけか」

「わ、悪いのは私です。アレクセイ様に非があるわけじゃありません」

「それなら、理由を訊いても構わないよね？　俺はこれでも君を大切にするつもりだよ。保留で君に会っている間も、君以外の女性にはなびかないと約束しよう。それに、伯爵家に相応しい男になれるよう努力は惜しまない。それでも俺は候補に入れてもらえないかな？」

穏やかに問うアレクセイの伏せた睫毛が、憂いを帯びる。そこまでして想ってもらえることに悪い気はしない。だが、同時に引っかかりを覚えてチェルシーは尋ねる。

「……反対にお尋ねしますが、どうして私なんですか？　自分で言うのもなんですけど、私地味ですし、ものすごく普通ですよ……？　あなたのような方と釣り合うとは……」

今日はたまたまおろしたてのリボンと、手持ちの中でも装飾のついたワンピースを着ているが、普段はもっとおとなしい格好をしている。主人公という立場上、見栄えには恵まれたが、そうであっても彼のスペックと並べば、月とスッポンではないだろうか。

「頭だって特別いいわけじゃありませんし、手先だって侍女のほうが器用なくらいです」

それこそアレクセイほどの男性なら、女性のほうが放っておかないに違いない。こんなところで、チェルシーみたいな流行遅れの女なんて相手にしているほうがおかしいのだ。

けれど、肝心の彼は大した問題ではないように、そんなことかと呟く。

「俺はその謙虚なところが嫌いではないけど？」

「でもそれって、今知ったところですよね？」

もの言いたげにチェルシーが見つめれば、アレクセイが再び何かを考えるように上を向く。

ふと、思いついたといわんばかりに声を上げた。

「――ああ。それから、瞳の色」

「――ッ！」

チェルシーは動揺して声を漏らしそうになった。奥歯を噛みしめて口をつぐむ。平静を装おうとするが、代わりにコンクパールの瞳が泳いだ。

ダヴェルニエ家の人間は、自分たちの能力もあって、そのくらい目の話題には敏感なのだ。秘密を知らないアレクセイに悪気はないとしても心臓に悪い。

「とてもおいしそうで、食べてしまいたくなる」

「……それはさすがに無理です」

「ふふ、そうだね」

内心焦っていたチェルシーをよそに、アレクセイはまた冗談だとからかう。でも本当にきれいだよ、と口説くように続けて。

（……この人もしかして、けっこうクセあり？）

大人たちの前では慎ましい印象だったが、こうしてふたりきりで話すとまた雰囲気が違う。どうしてチェルシーとの婚約にこだわるのかは知らないが、胡散臭（うさんくさ）い口説き文句に警戒心を強くすると、当たり前のようにアレクセイはそれを察した。

「まあ、そんなふうに俺を睨（にら）むところも可愛い、と言いたいところだけど、君の機嫌を損ねるのも本意ではないからね。ちゃんと話すよ……そうだな、一番の理由は両親のため、かな」

前者の内容はともかく、ようやく降参したようにアレクセイがそう語った。

「直（じき）にわかることだから明かしてしまうけれど、俺はベルフォン伯爵家の実の子ではないんだよ。たまたま縁があってね。後継ぎとして選ばれてここにいる」

「そうなんですか？」

ふざけていた態度はともかく、その打ち明けられた内容にチェルシーは目を瞬（しばたた）かせた。

「おふたりとも仕草がなんとなく似てたので、私はてっきり……」

「よく言われるよ。なぜだろう。これでも一緒に暮らしているせいかな」

アレクセイは、朗らかに言ってわずかに首を傾げる。

この国では、跡継ぎのいない家が養子を取るのは決して珍しいことではない。王族やよほどの上流貴族でなければ、婚約にも差し支えない程度には根付いた風習だった。彼がさらりと事情を明かせるのも、これを理由に婚約を断るのは不可能だとわかっての告白だろう。

「でも、たとえ血の繋がりはなくてもふたりには感謝してる。だから、なるべくその恩を返したい。結婚も、できるなら彼らの利になる相手が理想だ」

「……それが私ですか？　自分で言うのもなんですが、そこまで価値があるようには……」

「ある。俺の義父はあのとおり、結婚相手は自分たちに委ねる人だからね。優しいのは父の長所でもあるけど、腹の探り合いが日常的な貴族社会では短所にもなりうる。単に金があるというだけで、つけ入ろうとする輩もいる。……実際、俺がまだこの家にいなかったころ、父から金を騙し取った奴がいたくらいだ」

そのひどい話に、チェルシーは眉間にしわを寄せた。

「あんな心の広い穏やかな方を騙すなんて、罰当たりな……」

「だから俺は、両親には余計な気苦労をしてほしくないと考えていてね。親戚になる相手くらい仲のいい友人でもいいと思うんだけど……君はどう思う？」

あえての問いかけに、チェルシーはなんとなく彼の言いたいことを理解した。

「たとえば、私の父のような方、ということでしょうか？」

「ふふ、物わかりがよくて助かるよ。君が相手なら、父は無駄な心配をしなくてすむ。最終的に一緒になったら誰よりも喜んでくれるよ、きっとね」

つまり彼がチェルシーを望む理由は、財産や権力などではなく、両親の安寧というワケだ。

(性格には少し難があるけど、家族には誠実な人なのかしら……)

もしかしたら、アレクセイのスペックがびっくりするほど高いのも、ふたりのために努力した結果なのかもしれないと思った。

「あなたが一時の気の迷いで婚約したいわけじゃないということはわかりました」

「光栄だな、お嬢様」

話が通じてよかった、そう告げるようにアレクセイが整った顔に笑みを浮かべる。さらに、当然答えはイエスだよね、とでも続きそうな空気すらあった。

「…………」

だが、チェルシーの考えは変わらない。この婚約を待ち望む人たちには悪いが、なおさら承諾はできないと思った。彼が平和を望むなら、チェルシーと関わらないほうが安全だからだ。

(それに、アレクセイ様ほどの人物と関われば、今後絶対に動きづらくなるわ)

視線を下げたチェルシーは、指に髪飾りのリボンを絡めて先のシナリオへ思いをめぐらす。

(もし、アレクセイ様に私の行動がバレでもしたら……)

どう転ぶかわからない。そもそも彼は、バグによってサフィアと入れ替わって登場した人物なのだ。できる限り危険は避けるべきだろう。

（……だから余計に心苦しいけど）

「アレクセイ様、申し訳ありません。それでも私の気持ちは変わらないです」

チェルシーはあくまでも断るのは個人的な事情だと告げた。

一度上げた視線は、おのずと地面へそそがれる。他人の願いを突っぱねるのは、しかたがないとはいえ気持ちのいいものではない。

アレクセイは、すぐに返事をしてこなかった。

おかげで顔が上げるに上げられず、チェルシーは絨毯を凝視する困った状況になる。

改装してしばらく経つ部屋の絨毯は、逆なでされたせいかところどころ毛羽立っていた。そんなどうでもいい情報にまで目がいくほど、長い時間俯いていた。いたたまれなさからか、空気がやたら重く感じる。

（何、この間……せめてうんとかすんとか言ってほしいんだけど……）

不安になり始め、チェルシーの手に汗がにじむ。

「――はぁ」

直後、アレクセイが薄く息を吐いたのがわかった。

それを聞いたチェルシーは、下を向いたままの体勢で眉をひそめる。

いやに気怠そうに聞こえたのは、自分の思い過ごしだろうか、と。

かすかに心臓もドキドキといい始め、何かおかしいと訝しんだのもつかの間。

「思った以上に君は」


——ガードが堅い。面倒くさいな。


アレクセイが何かを言いかけた——いや、最後まで言ったかもしれなかった。

声が小さく、チェルシーには「君は」までしか聞き取れなかっただけだ。

俯くチェルシーに暗い影が落ちる。

ハッとして見上げれば、いつの間にか正面にアレクセイが立っていた。戸惑うチェルシーを無遠慮に覗き込むような眼差しだ。

「あ……」

声になったのはたぶんそれだけ。彼の纏う空気が明らかに変わり、口を開けたまま固まる。

想像したよりずっと翠の瞳が近い。簡単にチェルシーの領域を侵したアレクセイはやたらと背が高く、しゃべれば息がかかりそうな距離だった。

絡んだ視線は射抜かれたように逸らせなくなる。

そして、ふと違和感に気付く。

神聖な森と同じ色の瞳に、別の色が浮かび上がってきたのだ。

（赤……？）

それは、明るい輝きを持った翠とは真逆の色だった。

どこか淀(よど)んでも見えるそれに、チェルシーは目を奪われる。

それこそ、ゲームのプログラムがバグを起こして、ぼうと鈍い光を放っているかのようだ。

静かだが確実に危機感をあおる色に、唾(つば)を飲み込めば喉(のど)が鳴った。

目の色が変わるなんて、正常だとは思えない。

（やっぱり……彼、なにか変……っ）

逃げなくては、と脳が指令を下す。

だが、それよりもアレクセイの片腕が持ち上げられるほうが先だ。

（や、殺(や)られる――――！）

チェルシーは過去の経験から瞬時に悟り、ぎゅうと目をつむった。脳内を走馬灯のようなものが一気に駆けめぐっていく。

（ああ、私またダメだった……サフィアにも会えないまま逝くのね……ごめんなさい、サフィア。ごめんなさい、コーラル。ごめんなさい、お父様、お母様……）

悔しさがこみ上げるチェルシーの髪に、ついに彼の手が触れた。

――が、思わず息まで止めていたチェルシーを襲ったのは、血みどろの未来ではなかった。

「これ、せっかく可愛いのに、解けてる。……ほら、リボン」

ふいに、緩く髪が引っ張られる。

「…………え？　リ、リボン……？」

落ち着いた声色に瞼を開ければ、視界の端を何か蒼いものがするりと通り抜けた。

すんっ、とようやく吸った空気は、書庫のようなやわらかな香りだった。まさしく自分の家のコレクションルームのもの。さっきまで感じていた殺伐とした空気ではない。

声をかけてきたアレクセイも悠々とした態度で、禍々しいオーラなど微塵も感じない。もちろんこちらを覗く瞳も、純粋な翠色。彼の手に載っていたのは、サフィアをイメージして買った例のリボンだった。

リボンは、いつもより早い時間にセットしたうえに、今日のチェルシーはそれをクセのようによく触っていた。シルク素材でさらさらとしていたこともあり、緩んでいたらしい。

……と、なんとかそこまではチェルシーもすぐに理解したが、自分が経験したであろう出来事との温度差に、しばらくぽかんとしてしまう。

あれは、いったいなんだったのだろう。アレクセイにも少なからず抱いた疑いと、過去のトラウマが合体して悪い夢でも見せたのだろうか。

(アレクセイ様も普通にしてる……私の勘違い……？)

気怠そうなため息も。底冷えするような話し声も。澱のような瞳も、何もかも……。

嘘だ。そんなはずがないと否定する自分がいる。しかし、殺されると思った瞬間、緊張で気が遠くなった。そのせいか、じゃっかん記憶が曖昧（あいまい）といえば曖昧なのだ。気のせいだと言い切られてしまえば、しぶしぶ頷いてしまうかもしれない。

チェルシーがそうしてアレクセイからリボンも受け取らずぐずぐずしていると、こちらへ駆け寄る姿があった。これまでのやり取りを傍観していたであろう、コーラルだ。

「すみません、お嬢様！　私の不手際です！」

コーラルはすっ飛んでくるやいなや、目を皿のようにしてチェルシーの顔を覗き込んだ。

「──んん？　お嬢様、なんだか顔色が優れないように思うのですが」

「え、そ、そう？　そんなつもりはないんだけど……」

どうやら緊張で引いた血の気がまだ戻ってないらしい。コーラルに手を握られれば、なるほど。たしかに自分の手のほうが冷たい。

「俺があちこち休憩もなく連れ回したせいかな。今日はもう部屋に帰って休んだほうがいい。俺も父たちのところへ戻ることにするから」

続けてチェルシーの様子を確認したアレクセイが申し訳なさそうに言った。だが、チェルシーとしてはここで帰られては困る。婚約保留の件を保留にされてはたまったものではない。

「アレクセイ様、私は平気ですから話の続きを。まだ戻らないでください」

「戻らないで、か。魅力的なお誘いだな。内容があれじゃなければもっと素敵なんだけど」

アレクセイは、どこまでものらりくらりとかわすつもりなのだろう。謎の出来事といい、実はアクの強い性格といい、彼を甘く見ていたのはチェルシーの落度だ。

「心配しなくてもまた来るから」

「……もう来なくて大丈夫です。私なんて忘れてください」

「つれないな」

チェルシーが完全に下手に出るのをやめて冷たくしてもこの態度だ。じゃあねまた、などという不吉な文句を残して部屋を出ていこうとする。チェルシーは慌てて追いかけようとした。

「ちょっと待って、まだ話は……！」

ところが、この部屋に家具や置物が無造作に放置されていたのが、チェルシーの不運だった。いや、正確にはただの不注意だ。

ガンッ、といかにも痛そうな音を立てて、重厚な机に膝をぶつけたのである。しかもその反動で机に載っていた置物まで足に落ちてくる。

置物は、そこそこ大きな鉢植えほどのサイズで五角形をしていた。狙ったようにその角っこが足の甲を直撃する。靴を履いていたとはいえ、痛いものは痛い。

「〜〜〜ッ!?」

「お、お嬢様！　大丈夫ですか!?」

声にならない叫びを上げてうずくまったチェルシーに、コーラルがすかさず寄り添う。

「ほら、チェルシー。だからね、急いでもいいことなんてないよ。落ち着いて考えてみて。後悔はさせないから。ねえ？」

早くも扉に手をかけたアレクセイが、忠告というようにいけしゃあしゃあとのたまう。涙目で睨んではみたが、大した効果はなかっただろう。さらに。

「あ、あれ？　お嬢様、そういえばリボンは……？」

「え――――あっ！」

返してもらうのを忘れていたことを思い出し、再度アレクセイに目をやれば、ちょうど扉についたほうの手だ。リボンは彼の手にちゃっかり巻きつけてあった。

呆気に取られているチェルシーに、アレクセイは何かを企むように微笑む。

見せつけるように瞼を閉じて、あろうことか――リボンに口づけた。

「なっ！　なっ、なっ……！　わたし、の、大事なッ……！」

「ああ、やっぱり。頻繁に触ってたみたいだから、普段から着け慣れてないか、大切なものかなって予想してたけど、当たったようでよかったよ」

「全然よくない！」

怒りで震えながら、チェルシーは信じられないと顔中を真っ赤にする。

「大丈夫だよ。ちゃんと返しに来るから。もちろんそのときは、門前払いなんてやめてくれるよね？　これからも仲よくしよう、チェルシー」

だが、アレクセイは悪びれる様子もなく、むしろ最後まで清々しいほどの態度だった。

あまりの衝撃に、ただ見送る羽目となったチェルシーはしびれる足を押さえ、とうとうガクリと肩を落とす。考えるのを諦めた頭で、やけになって叫んだ。

(あんなのが登場するなんて聞いてないわよ────!!)

その日、チェルシーは日記につらつらと怨念を綴るように今日のことをしたためた。

ぐるぐると何度も丸をして、〈やることリスト〉に新たにこう書き足す。

──サフィアの所在の確認!!

──アレクセイとの婚約を絶対なかったことにする!!

第二章　バッドエンド全力回避計画……とその他もろもろ

「なんなのよ、あの人は……」

次の日の午餐後、愚痴を綴るだけでは飽き足らなかったチェルシーは、自分の部屋よりずっとファンシーな装飾に囲まれた部屋にいた。

ミント、レモン、ストロベリーと名付けられたテディベアが載ったベッド。天蓋は夜会のドレスにでも使いそうなリボンで束ねられ、棚に目を移せば、蝶ネクタイをつけて楽器を持った動物たちのガラス細工が可愛くディスプレイされている。淡い壁紙と絨毯、シャンデリアも花びらのような笠を持ち、今にもふわふわと舞い降りてきそうな雰囲気だ。

部屋中に漂う甘い香りの正体は、刺繍入りのテーブルクロスに載った、三段からなるアフタヌーンティスタンドのお菓子たちだろう。一口サイズのケーキに、色とりどりのマカロン、苺や葡萄などのフルーツもあった。

チェルシーもやけ食いとばかりに、ぱくぱくとお菓子をいただく。

その姿を見ていた人物が、はあとため息をついた。

「お姉さま、わざわざそんな愚痴を言いに来ただけなら帰ってください。せっかくのケーキがまずくなるでしょう?」

この部屋の主であるその人物は、呆(あき)れたように手にしたカップに口をつけた。

ベビーピンクの髪がふわりと揺れ、天使の羽のような睫毛(まつげ)が瞳(ひとみ)に影を作る。瞳の色は、瑞々(みずみず)しいオレンジがかった黄色。ビスクドールのような造形の顔(かんばせ)は、見る者を惹(ひ)きつける魅力があった。今年で十四歳になったこの子は、そう。

チェルシーの、弟だ。

「つれないこと言わないで、ね、リト。頼りにしてるんだから」

フリルとリボンがよく似合う弟リトに、チェルシーはそう言って微笑(ほほえ)みかける。

リトは、しかたないですねと紅茶をテーブルへ戻した。

「ちゃんとアレクセイ様がどういう方か調べました。もしかしたら、将来義兄(あに)になる方かもしれませんので」

大丈夫、それは絶対にありえないからという言葉を呑(の)み込んで、チェルシーは耳を傾けた。

「まず、ベルフォン伯爵ですが、この方は温厚な性格なので目立つほうではないですが、所領への配慮はこと欠かないと聞きましたね。能力的にはそうとう優秀な方のようですよ」

「見た目からそんな感じはにじみ出てたわね。少ししか話せなかったけど、強行されると思ってた婚約も自分たちで決めていいって言ってくれて。いい人だとは思うわ。伯爵は」

せめて彼だけは聖人のイメージのままであれと、チェルシーは語尾を強調してそう祈る。

「僕らの父とは、一年ほど前から同好の士みたいです。僕たちは父の個人的な買い物にはついていかないので知りませんでしたけど、いわゆる古物商で意気投合したみたいですね」

「そういえば、昨日もお祖父様が買った壺を見せていたわね」

チェルシーは自分の腰をさする。壺といえば、昨日は母のせいでえらい目にあったものだ。

あとにわかったが、最後にチェルシーの足を直撃した五角形の物も母のものだったりする。

実は、ゲームにも登場するおまけのアイテムで、チェルシーとしてはこんなところにあったのか、という気持ちだった。

（アイテムの説明には、代々ダヴェルニエ家の女性が受け継いで大事にしている、みたいに書かれてたけど……大事に……？）

乱雑な部屋に放置されていたといっても過言ではない扱いに、チェルシーは首を傾げる。

頭の片隅では母が「大丈夫、問題なし！」とバイタリティたっぷりに言っている気がした。

「まあ、そんなワケで、ベルフォン伯爵も静かに芸術品を愛でるのがお好きなようです」

ぱく、とケーキを頬張ったリトに、チェルシーはうんうんと頷いた。

「その気持ちなら私にもわかるかも。没頭できるあの時間が幸せなのよね……」

ペーパーウエイトを磨いて傍に置いていると、その優しい輝きのように、気持ちが明るくなるものだ。あれがなければ今ごろチェルシーはもっと荒れまくっていた。

「お姉さまの部屋のアレもだいぶ数が増えましたよね……。父といい、お姉さまといい、なんで甘くも可愛くもないものを集めたがるのか、僕には理解できません。それよりも、僕個人としては、伯爵の好きな食べ物が、イエローベリーのジャムを使ったマフィンというのがポイント高いですね。酸味がある果物なので、甘い生地との相性がいいんですよ！　ああ、よくわかっていらっしゃる！」

　甘いものが大好きなリトは揚々として語る。その口は姉たちを理解できないと言うが、

（このスタンドのケーキを毎日全部食べてるリトだけには言われたくないわ……）

　あと、ひとつ付け加えさせてもらえば、ペーパーウエイトは十分可愛い。

「でも、昨日の今日でそんなプライベートな情報まで仕入れられたわね。リトはあの場にもいなかったし、もちろんお父様たちに訊いたわけじゃないんでしょう？」

「ええ、当然です。お姉さまはお父さまたちに、アレクセイ様に興味を持ったと思われたくはないって知ってますからね。そりゃ、相手は選びますよ。ちなみに今回聞き出した相手は、メイドです。ちょうど、ベルフォン伯爵の領地から奉公しに来ている子がいたので、話を訊いたんです。彼女たちは噂好きですからいろいろ教えてくれますよ」

　これくらい余裕ですとリトが得意げに言う。

（この子、自分の武器の使い方心得てるものねぇ……）

　リトは弟だが、魅了の能力を持っていない。なぜなら、父方の伯父の子だからだ。

初めてカーティ家に来たのは三年前。事故で両親が他界したために、チェルシーの父が自分の家の子として引き取ったのだ。だからチェルシーにとっては義理の弟にあたる。

『マテリアル』では、シトリンがモチーフの攻略キャラのひとりだった。

（弟が裏切るとは思えないけど、しっかり姉弟やってきてよかったかも）

おかげで、こうした予想外の展開でも、彼のコミュニケーション能力の恩恵にあずかれる。

（ホント、昔からは想像もできないわ……）

一周目と二周目はともかく、引きこもっていた三周目と四周目の途中までは、家族でありながら、ほとんど会話もなかった弟だ。バグった呪（のろ）いに怯（おび）えてびくびく暮らしていたチェルシーをリトは毛嫌いしている節さえあった。仲がいいとはほど遠かった記憶がある。

（だから、私もわざと関わらないようにしてたというか……でも、そうね）

ぎくしゃくしたあのころの関係より、今のほうがずっといいとは思う。

「……ちょっとお姉さま、僕の話聞いてます？」

「あっ、ええ！　もちろん、聞いてるわよ」

うっかり過去に思いを馳（は）せたまま上の空だったチェルシーをリトが呼ぶ。

「……なら、続きを話しますけど、アレクセイ様はつまり僕と同じみたいです」

「え？　同じって？」

「聞いてないじゃないですか」

「うっ、ごめんなさい。今度はちゃんと聞いてるから、もう一度お願い」

「次聞き逃したら二度と同じ話はしませんからね」

「は、はい」

チェルシーが素直に謝るとしぶしぶ許してくれたようで、詳しい事情を教えてくれる。

リトが同じと述べたのは、アレクセイも伯爵家の実の子ではないという話だった。

「それなら私も本人から聞いたわ。あれ、嘘じゃなかったのね……」

「それから、もうひとつ。こっちは信憑性に欠けるのでただの噂話として受け取ってほしいんですが……実は、アレクセイ様は本来グレイヴ侯爵家の嫡子だったらしいですよ」

「グレイヴ侯爵家って……あの名門貴族の……？」

急に声をひそめたリトに、チェルシーは好物の苺を撮んだまま、あんぐりと口を開けた。

名前だけはチェルシーでも聞いたことがある。間違いなく由緒ある大貴族だ。それこそ、一介の男爵家など足元にも及ばないほどの。

莫大な資産を有し、高貴である者の義務をつつがなく全うするのが当たり前とされ、結婚だって自由はない。候補に挙がるのは、持参金の多い娘だけだと聞く。

こういってはなんだが、男爵令嬢と婚約するしないで揉めてるなんて知られたら、いい笑い種だ。一生ものの醜聞だ。それくらい同じ貴族でも住む世界が違う。

アレクセイがそんな家柄の子だったといわれても、話半分にしたって信じがたい。

（仮に噂が事実だとして、こんないかにも察するに余りある事情持ちの人物を私にどうしろと……？）

チェルシーは襲いくる頭痛に耐えるように眉間を指で押さえた。

バグで現れたであろうただのモブが、バリバリの存在感を放っている。

しかも、大切なサフィアもいない。リボンも盗られてしまった。

チェルシーは、昨日のアレクセイの行為を思い出してしまい、机に勢いよく突っ伏した。

（最後には、あんなっ、あんな……！　私のサフィアを穢すようなまねを……ッ！）

なんの飾りけもない髪をくしゃっと押しつぶせば、完全に引いたリトが鬱陶しげにする。

「ちょっとお姉さま。こんなところで情緒不安定になるのやめてもらえます？」

「あなたに私の苦しみはわからないわよ……」

「自由意志の結婚なんて、貴族に生まれた以上は諦めないと疲れちゃいますよ」

「違うわ。私は結婚も婚約もしてる暇がないのよ……」

テーブルクロスに額を押しつけたまま、チェルシーは力なく頭を振る。反対側で、やれやれとリトがチョコレートケーキにフォークを刺した。

「まあ、その辺りは僕には力になれませんからいいです。とにかく、僕が聞いた話はこれくらいで……、ああそうそう」

新しいケーキを頬張り始めたリトの声に、チェルシーはゆるゆると首をもたげる。

「お父さまとお母さままですが、アレクセイ様をたいそう気に入っていらっしゃるようで」

「ははは、そうみたいねぇ……」

「お姉さまのところへの訪問は歓迎だと、いつでもおいでとお母さまが許可を出してました」

「はあ――――!?」

勢いよく立ち上がった拍子に、椅子が地面に転がった。

「聞いてないわよ、私は!!」

ただでさえ、リボンを返す名目で訪ねると本人が図々しくのたまっていたというのに。そう何回も会いに来られてたまるか。そんなことになれば、バッドエンド回避計画が困難になる。

声を荒らげる姉を尻目に、弟はのんきにケーキを口へと運んだ。

「お母さまはそういうところありますからねぇ」

「ううぅ……あの人、味方じゃないの?」

チェルシーは自分の家ですらアウェイの状態に、中腰になって再びテーブルと合体する。

「敵味方というより、野生の勘みたいなものでいつも突っ走ってますから、関係ないんじゃないですか？　今回も『大丈夫、大丈夫！』と言ってお父さまたちを丸め込んでましたし」

「こっちは大丈夫じゃないわよ……」

「でも、お母さまの勘は当たりますけどね」

「今回はハズレ、大ハズレよ！」

まるで、アレクセイと結ばれるのが正解だというような物言いに悪寒がする。

（私はサフィア一筋なのに……！）

くすんと涙を流し、悲しみに暮れるチェルシーだったが、この家族はとことん容赦がない。

「というわけで、ひとつ貸しですよ。お姉さま」

チェルシーは、喜々とした声色にがばりと起き上がった。涙がひゅんと奥へ引っ込む。

「不幸な姉から見返りを求めるつもり？」

「当然です。情報は剣と同じ、武器なんですから。買ったら対価を払ってくださらないと」

リトは無慈悲なまでの態度で、姉の憂いを軽くあしらう。

「そうですね……スイートオペラのザッハートルテと、ナッツのアマレッティ……それから期間限定宝石箱のタルトとスミレの砂糖漬けで手を打ちましょう」

「あそこのお店、人気でいつも並ぶのよ……使用人に頼むのはダメなの？」

「……ダメです。彼らは全員お父さまの手先ですから」

「お父さま」と言ってかすかに目を逸らしたリトに、チェルシーははたとなった。

「またお父様に甘いものを制限されてるのね？」

初めからリトの目的はこれだったのだ。気前よくチェルシーにアレクセイの情報を渡したのも自分の欲のため。チェルシーなら、リトの欲しいものを手に入れる手段があるからだ。

「僕にはわからない。僕はいくら食べても太らないいし、健康そのものなのに、なぜ好きなものを制限されなくてはならないのです？　スイーツは僕の食事のメインなんです。お姉さまたちが、子牛のローストやヒラメのソテーを食べるのと一緒なんです」

「……それ、一緒かしら？」

どこまでも食い意地が張ったリトに、今度はチェルシーが呆れたように呟（つぶや）く。

しかし、ここまでスイーツのために動くリトがここで引くはずもない。むろんチェルシーを追い詰める手段は持ち合わせている。

すぅと視線を細くしたリトが、声のトーンを落とす。

「……いいんですか？　きちんと対価を払ってくださらないと、お姉さまが秘密にしてるあのこと、お父さまとお母さまに話しちゃいますよ？」

なんのことを指しているのかわかったチェルシーは、「ダメ！」と荒々しく立ち上がった。

「それは卑怯（ひきょう）よ」

その慌てっぷりに、勝ちを確信したのはリトだ。そのドヤ顔に、しまったと今さら後悔しても遅い。ギリギリと歯を食いしばった姉に、リトは上目遣いで可愛らしくねだった。

「買って来て、く・れ・ま・す・よ・ね？」

（こ、この小悪魔め……）

交渉は成立した。

酒場兼宿屋、蛍亭。

街の中央通りからほどなくして見える、錆びついた鉄製の看板を掲げた小さな店。

リトと約束を交わした数日後のこと。チェルシーは慣れた様子でその店の扉をくぐった。

「ロージーさん、こんにちは」

「おや、チェルシーちゃん。そろそろ来るころだと思ってたよ！」

快活な声で出迎えてくれたのは、蛍亭の女将であるロージーだ。

酒場が賑わい始めるのは宵の口から。お昼どきを過ぎたばかりのこの時間の客足はまばらで、彼女はカウンター席に座って、帳簿をつけていたらしい。

恰幅がよく溌剌としたロージーは、ニッと笑うと目じりに小さなしわが寄る。この愛想のある親しみやすさと面倒見のいい性格から、この辺りでも彼女の店は治安がよかった。もっともそれでも暴れる輩はたまにいて、そのたびにロージー自ら追い払うという強い女性でもある。

チェルシーが彼女と出会ったきっかけも、そんな彼女の正義感からだ。

当時、チェルシーは十四歳だった。過去の記憶を取り戻し、ブラックダイヤの情報を集めるために街に出ようと決めた、そんな矢先——御者から離れたチェルシーを暴漢が襲った。

白昼から酒瓶を片手に持ち、酔っているのは明白だった。さらに大声で怒鳴るものだからたちまち騒ぎになった。ちょうどこの店の近くだ。それが男を悲運へ導いた。

仕込みをしていたロージーがフライパンを携えてやってきたかと思えば、それで男をおもいっきり殴りつけたのだ。

そのあとはあっという間だった。ロージーの行動を皮切りに、わっと周囲にいた大人たちが暴漢を取り押さえ、あれよあれよと役所に送られた。助け出されたチェルシーは、彼女の店で怪我（けが）の手当てを受けたが、当時は正直気が気でなかった。

素性がバレでもしたら、両親は二度とチェルシーを屋敷から出さないだろう。どう言い逃れしようか、ぐるぐると悩んでいた。

けれどロージーは詮索（せんさく）してはこなかった。

洗い場（スカラリー）メイドが着るようなワンピース姿のチェルシーは、十分あやしかったはずだ。何せ労働者階級にしては手にささくれひとつなく、自分のものを履くしかなかった革のブーツは、誰（だれ）が見ても高価な品に違いはない。他（ほか）にも、絡まりひとつない髪や、訛（なま）りのない言葉からも、チェルシーが平凡な街娘ではないことは明らかだっただろう。我ながら半端な変装だったとしかいいようがない。

だが、それでもロージーは何も訊かず、丁寧に介抱してくれた。

だから、チェルシーはお礼を伝えたあと、思い切って彼女を頼ってみることにしたのだ。探し物を手伝ってほしいと。ブラックダイヤという宝石の情報がほしいとお願いした。

　もともとチェルシーが街へ来た理由も、家の外に拠点がほしいと考えたからだ。その場合、人の出入りが多く、情報が集まる場所……酒場はもってこいだった。

　ロージーはどこまでも太っ腹で、ワケありのチェルシーのお願いを快く引き受けてくれた。

　あれから二年。彼女との関係は相変わらずで、チェルシーの大事な情報源となっている。

　チェルシーはフードをめくり、カウンターの隅の席へ腰を下ろした。今ではすっかり変装も様になったと思う。服装もどこかがちぐはぐなんてことはない。

　ロージーは帳簿を片付け、チェルシーにオレンジジュースを出してくれた。皮付きのオレンジがついた、いつもよりちょっと豪華な仕様だ。

「なんだか今日は疲れてるように見えたからね」

「すごい。当たってます。実は先日からちょっといろいろあって……」

　サフィアの代わりにアレクセイという謎のモブが現れ、そのモブの情報を餌に、弟に使いっ走りにされ……。チェルシーは頬杖をついて、行き場のない感情にぎゅうと顔をしかめた。

「少しそこで休んでな。あたしは、裏から仕込みの食材取ってくるから」

「ありがとうございます……」

　ロージーの気遣いに、チェルシーはありがたく甘える。

　ちなみに、チェルシーが定期的に街を訪れている秘密を知っているのは、脱走を手伝ってくれるコーラルと、ここまで馬車を出してくれる御者、それからリトである。最後のリトは協力者というより、両親に内緒でともに悪さを働く悪友みたいになっているが。

つまり、リトがチェルシーを脅迫した内容はこれだったわけだ。……帰りにケーキ屋に寄るのを忘れないようにしなくては、あとが恐ろしい。

とにもかくにも、みんなの協力を得て危ない橋を渡っているからには、そろそろめぼしい収穫がほしいところだった。

しかし、ブラックダイヤはゲームでもキーアイテムとあって、一筋縄ではいかなかった。

ロージーと、彼女の店の常連などにも声をかけて探し回っているが、話に上がるのは普通のダイヤモンドか、それとは別の黒い宝石の話題ばかりだ。

チェルシーはポシェットから例の日記帳を取り出す。〈やることリスト〉のページを開いた。

(ブラックダイヤ関連は、根気強く頑張るしかないわね……それよりも、今はこっちの問題が前進したことを喜ばないと)

〈サフィアの所在の確認!!〉には、チェックマークがつけられていた。

アレクセイの登場からずっと身を案じていた彼女の居場所がわかったのである。

(お父様にそれとなく尋ねてみてホントによかった……！)

サフィアは、シナリオどおりにこそ現れなかったが、存在はしているはずだと考えたチェルシーは父を頼ってみたのだ。同じ歳(とし)くらいの友達がほしいとお願いしてみたところ、サフィアの名前を挙げてくれたのである。もちろん食い気味で即決した。

　サフィアは、生まれつき身体（からだ）が丈夫でないこともあって、地方の領地で暮らしているらしい。

　王都へ来るのは難しいため、チェルシーとは文通友達ということになった。

（でも、案外サフィアには、このまま領地にいてもらったほうが安全かもしれないわ）

　こちらの問題が解決するまでは、遠くにいたほうがきっと危険は少ない。

（近況は手紙で把握できるように、なるべくこまめに返事をしてもらえるような内容を選んで……ああそれから便せん！　便せんもちゃんと彼女に合った可愛いものを買い揃（そろ）えて、美文字を心がけないと！　あとはインクも新しいカラーを買おうかしら！）

　もらったジュースを飲みながら、チェルシーはさっそくサフィアとの文通に心弾ませる。

（名付けて、遠くから最推しを見守ろう作戦！）

　ぐっと拳（こぶし）を握りしめる。

　すると、年季の入った床の上をパタパタと誰かが走ってくる音がした。

「チェルシーちゃん！　チェルシーちゃん、ちょっと！」

　まっすぐこちらへやってきたのは、ロージーだった。そわそわした様子でチェルシーの傍まで駆けて来る。身を屈（かが）めて、耳打ちするように言った。

「たまたま今、近くの店に用事があったのを思い出して行ったんだよ。そうしたら、その店の前に荷馬車が停（と）まってて、降りてきた男が言ってたんだ。――黒いダイヤがなんとかって！」

「そ、それ本当ですか!?」

日記を閉じたチェルシーに、ロージーは千切れんばかりに首を縦にぶんぶんと振った。

「そのあと、誰かと話を始めたみたいだったら、声はかけられなかったけど、とにかくチェルシーちゃんに知らせなきゃーと思って、慌てて帰ってきたんだ！」

「わ、私、行ってきます！」

フードを被り、わたわたと出口へ急ぐチェルシーに向かってロージーが叫ぶ。

「店出て右！　五軒先の帽子屋の前にいる、こげ茶色の旅人っぽい格好した男だよ！」

「ありがとうございます！　ロージーさん！」

チェルシーは息せき切ったように告げると、店から飛び出した。

すぐさま右を見れば、道路に貴族の家紋が入った四輪馬車と……その少し先に、ロージーの言う特徴の荷馬車がこちらを背に停められていた。どうやら荷馬車のほうは用事を終えたらしく、今にも出発しそうな雰囲気だ。

「待って！」

どんなささいな情報でもいい。とにかく知っている話が訊きたかった。

スカートを撮んでチェルシーは人の行き交う往来を走った。

「そこの荷馬車、お願い。待ってください！」

そう声を上げるが、荷馬車の主はその手に鞭を持って表に回ってしまう。

さらに、タイミングが悪いことに横の店から人が出てきた。

「すみません、そこの人！　退い――――!?」

チェルシーは、その瞬間目を瞠った。「げっ」と品のない声が喉からつい漏れる。急ブレーキをかけて、光の速さでフードを目深に引っ張り下げた。

「君は……」

（あああぁ……聞き覚えのあるこの声は……）

――アレクセイ・セイスベリル。

フードで足元しか確かめられないが、目が合ったあの翠は間違いない。こんな街中で遇うなんてなんと間の悪い。まるで、シミュレーションゲームにありがちなイベントみたいだ。

（どうしてこんなところにいるのよっ！）

チェルシーはすり足で後退りながら文句を垂れる。だが、予想を上回る危機に、悠長に構えている暇はない。チェルシーは、ええい！　とリトのまねをして猫なで声を作った。

「あらぁ、私ったらぁ、ごめんなさい。ちょっと急いでてぇ。父が、その……爆笑茸を間違って食べてしまったから、笑い転げて死ぬ前に早くお医者様に診せないといけないんですぅ。どうか許してくださいねぇ、旦那様。うふふふふ――――それでは！」

口から出まかせに嘘を連ねて、チェルシーは佇むアレクセイの真横を通り過ぎようとした。

「待って」

「！」

けれど、例の反射神経は脱兎のごとく去ろうとしたチェルシーの腕をいともたやすく掴む。

次の瞬間には、ひょいとフードまでもが剥ぎ取られた。周囲のこもっていた音が瞬時に喧騒となり、真昼らしい明るさ——眩しさが戻ってくる。……違う。眩しいのは彼の笑顔だ。

「こんにちは、チェルシー」

「こ、こんにちは……」

ぎこちなく返すチェルシーに、アレクセイは極上の甘い顔を向けてくる。

ほどなくして、馬車の嘶きが響いた。どんより沈むチェルシーを蹴り飛ばすように、蹄と轍の音が容赦なく遠ざかっていく。もちろんチェルシーはその場を動けなかった。


カラン、と扉のベルを鳴らして戻ってきたチェルシーに、ロージーはさぞ驚いただろう。仕込みも早々に引き上げ、前かけで手を拭きながら出てきたわけだが、チェルシーの後方を見てその動きを止める。

「あ～……、えっと、この方は私の父の知り合いのご子息で、たまたまそこで会って、ワケあってちょっとお話しすることになりまして……奥の席、借りてもいいですか？」

「あたしは別に構わないけど……」

呆気にとられているロージーに、チェルシーはお礼を言う。他人との距離感を弁えているロージーなら、詮索はせず黙っていてくれるだろうが、なるべくアレクセイと一緒にいるところは見られたくない。

報告はまた後日にとチェルシーは決め込み、足早に奥の席へ移る。階段下にあたる場所で、昼間でも薄暗い席だ。ふたりは使い古されてところどころはげた樫の木の椅子に座った。

「ずいぶん慣れているね」

ごつごつとした木のテーブルを挟んで向かい合ったアレクセイが口にする。

チェルシーとは違い、上から下までしっかり貴族のなりをした彼とこの場所はえらくちぐはぐだ。酒場に入り浸るような放浪貴族とも違う、清潔さと顔立ちが悪目立ちしている。

他に場所がなかったからしかたないとはいえ、早く話を終わらせてしまいたかった。

「余計な話はいいんです。ここの人たちは関係ないんですから」

「余計なことね……それは、あれかな。たとえば、君がとてつもなく嘘がヘタだとか。さっきの面白かったたな。誰かのまね？」

「そ、それこそどうでもいいです！　忘れてください！」

自分でも薄々わかっていた。あれはリトをまねたけれど、リトではないと。

（ああもう、あれは絶対に失敗だった……）

変なところでモノマネ芸人のすごさを知ったチェルシーは椅子に座り直す。

「わ、私はそんなことを話すためにわざわざ連れてきたわけじゃありませんから。――単刀直入に言います。私が街に出ていることは、お父様たちには黙っててほしいんです」

「ああ……どうりで。こっそり抜け出して来ているわけか。しかも、かなり前から。……どうだろう。一年……いや、もしかしたらもっと前からかな」

思考するときのクセなのか、あごに指を当ててアレクセイがぽつぽつと呟いた。

チェルシーは、悟られないよう平然を装ったつもりだったが、ばちりとぶつかった視線がにこりとする。

「ひとついいことを教えてあげる。その人を知りたいときは、靴を見るといい。特にこういう街のなかではね。紐（ひも）の結び方、底の擦り減り方、汚れの有無。ごまかせないことも多いし、意外に相手の盲点だったりするから」

そう教えられて、チェルシーは図らずも自分の足を見てしまった。

「君の場合は、どうやらしっかり足のサイズに合っているみたいだ。ここの店員とも顔見知りであることを踏まえると、昨日今日が初めてということもないだろうね。あと、君が屋敷を抜け出すのがお手のものだとしても限度はある。多くても月に……二度か三度くらいかな。そこから汚れなんかを総合すると、一年以上は経ってると思ったんだけど。どうかな？」

チェルシーはなんと言っていいか、返答に困った。何しろ、大きく外れてはいなかったからだ。だいたい二年前から、月に二度ほど街へ偵察に訪れていた。革靴だから、そう買い換えたりもしない。こまめに手入れをしてくれるコーラルのおかげもあって、当時から靴だけは変わっていなかったのだ。

「その沈黙は、正解とみていい？」

「……いいです」

結局話すつもりのなかったことを簡単に言い当てられてしまう。なんだか、尋問を受けているみたいに喉がカラカラになってきた。ここに座っているだけで丸裸にされそうだ。

「……で、黙っててもらえるんですか？」

これ以上詮索されたらたまったものではない。チェルシーは、いつかのようにはぐらかされないためにも、話の軌道を元に戻す。

「どうしようかな」

「なっ――!?」

「俺（おれ）の求めてることを叶（かな）えてくれたら、約束してもいい」

涼しい顔でそう所望するアレクセイに、一度は絶句したチェルシーだったが、その返答を予想してないわけではなかった。

いたしかたない。むしろ、変に抵抗せず、最初からこうしていればよかったのだ。

「わかりました。婚約の件、アレクセイ様が望むように保留にします――ただし」

チェルシーはアレクセイの空気に呑まれないよう、先手必勝とばかりに手のひらを突き出した。わずかに瞠目（どうもく）したアレクセイに、ぴしゃりと言い放つ。

「私がいいと許可するまでは、会いたくありません」

「……焦らすね」

「どうしても私がいいと言うなら、我慢してください」

「君にアプローチすることも許されないんだ？」

「……それ、必要ありますか？　私のこと好きでもないのに。湯水のようにささやかれた愛の言葉を聞くほうの身にもなってくださいよ」

信用してませんという目で見れば、アレクセイはよほど面白かったのか、声を出して笑う。

「冗談だよ。というか、もうやめる。こういうのは君には効かないってわかったしね。だから今は、どうやったら君に好きになってもらえるか考え中、かな」

「……好きになる以前に、私の大切なリボンを盗んだこと、許してませんけど？」

「それならちゃんと返しに行くって言ったはずだけどな。――ああ、でも君が会うのを許さないなら、俺がずっと預かったままか。今日はあいにく持ってないしね。ちなみに訊くけど、君に近づくお許しがでるのはいつの予定？」

きれいな髪を揺らして首を傾けたアレクセイが質問する。それにはチェルシーも考えた。

このあとの予定でまず考えてるのは、残りの攻略キャラとの接触だ。

ベニトアイトとアメジストのふたり。

（アレクセイ様みたいな想定外のパターンもあるから、これだけは最優先で終わらせないと。

四周目みたいに、突然殺されるのは避けたいわ）

それ以後は、ひたすらブラックダイヤ探しだ。通常のシナリオだと、だいたい半年後くらいに、ブラックダイヤの在処が明らかになるが、今回は悠長にゲームを楽しむつもりはない。

日記の〈やることリスト〉にも書いたとおり、ブラックダイヤを探す手立てを増やして、できるならなるべく早く決着がつくのが理想的だ。

「長くて半年くらいだと思います……ですから、リボンを返すのはそのときでけっこうです。すごく腹立たしいですけど」

「半年か……長いな」

「それが嫌なら、他の婚約者候補を探してくださっても構わないんですよ？」

「ふうん……君が何をしているかは知らないけど、粗方ここに通っているのもそれのためってことか……。でも、慣れてるとはいえ、ひとりで出かけるのは関心しないな。ここは街の中でも治安はいいほうだけど、最近は物騒で物取りが出るらしいからね」

「ああ、それなら私も知ってます」

ひたすらつっけんどんな態度で応じるチェルシーも、その聞いたことのある話題には反応してしまった。役人が見回りをしているはずだが、まだ捕まっていなかったのか。

「遭わなくてもいい危険に君がさらされるのは、困るな」

物取りの存在を懸念してか、アレクセイが独り言のようにそう零した。

捉えようによっては、チェルシーの身を案じるというより、自分本位に聞こえるような言い回しだ。本心が掴みにくいせいで、故意なのか偶然なのかはわからない。

ただ、それを理由に街へ出るのをやめろと言われるのだけは避けたかった。

「これでも、世間知らずの令嬢よりは物事を弁えてるつもりです。アレクセイ様に心配していただかなくても、ふらふら危険な場所に行くようなまねはしませんから」

「どうせ、俺が言ったところで君は聞かない。だろう？」

「……ええ、それは、まあ」

「だったら追及はしないよ。俺も、君が内緒でこんな面白いことをしてると知ったんだ。いろいろ考えないといけなくなったからね。あと、会いたくないと言われた件も」

何やら意味深なことを言う。考えるって何をだとは、恐ろしくて訊けなかった。

両親に恩があるとはいえ、チェルシーなんかを構うアレクセイの気が本気で知れない。

(単純に私をからかって面白がってるだけ？　でなきゃ、ひょっとして私の命を狙う刺客……それはさすがに飛躍しすぎかしら……)

仮に、ゲームのように悪役がいるとして、それがアレクセイとしよう。彼の目的はバッドエンド、チェルシーの死だ。こうして接してくるのは隙を作るためで、実は虎視眈々とこの命を狙っている——と、妄想を膨らませていたチェルシーだったが、バカバカしくなってやめた。

(ないない。だったら、初めて会った時点で殺されてるわよ)

あのときは、コーラルが控えていたとはいえ、ほぼふたりきりみたいなものだった。アレクセイほどの腕があれば、赤子の手を捻（ひね）るよりたやすいだろう。それに彼は、チェルシーが危険に遭うのは困るというのだから、矛盾している。

（……ダメ。ぜんっぜん、わからないわ）

そうこうしているうちに、彼は人と約束があるという話で、切り上げることになった。

——次に会うのは、たぶん半年後。

新たな出会いが控えているチェルシーは、そうであれと祈らずにはいられなかった。

——ガラガラガラガラ……！

立派な石造りの橋を、車輪を鳴らしながら馬車がひた走る。

橋を渡れば、上流貴族たちが暮らす繁華街があった。

赤やエメラルド色の屋根を支える眩しい白壁。はやりの様式を用いた屋敷がずらりと並ぶ。

どの屋敷にもある広い庭は、細部まで手入れがされ、こちらも見ごたえは十分だ。

「いつ来てもここは華やかね」

馬車に揺られながらチェルシーは窓から外を覗（のぞ）く。自分の家より明らかに垢抜（あかぬ）けた建物群に感嘆の声を漏らした。

「お嬢様、本当におひとりで行かれるんですか？」

景色に夢中になっているチェルシーに、真向かいに座ったコーラルが心配そうに尋ねる。

「あら、別に構わないでしょう。ただお父様の忘れ物を届けて、軽くあいさつするだけ。居座るつもりもないし、すぐに戻ってくるわ。父の大切な必需品だから娘の自分が持ってきたっていえば、相手の方も変には思わないはずよ」

チェルシーは、膝に置いていた小ぶりな横長の箱を手に取る。中身は父の金縁眼鏡だ。

父はいわゆる遠視というやつで、近くのものを見るときは必ずこれを使っていた。いつも肌身離さず持ち歩いているのだが、今日に限って忘れていってしまったのである。

わざわざそれをチェルシーが届けようとするのは他でもない。攻略キャラのひとりである、ベニトアイトとの出会いイベントが、その屋敷であるからだ。

（リンキイ伯爵のご子息、ベニート様）

それが、これから会う人物の名前だ。

サフィアのときのようなミスがないように、事前に念入りな調査も行っていた。目的の人物が屋敷にいることはすでに確認ずみ。今度こそチェルシーの知るシナリオに向かっていた。

（大丈夫。今日は抜かりないわ）

いくらか緊張した面持ちのチェルシーが、ぎゅっと眼鏡の入った箱を握る。

注意が必要なのはむしろそのあと。ベニートとの出会いは少し特殊で、接触して間もなくダヴェルニエ家の魅了を使うイベントに突入するためだ。

（だから、コーラルには申し訳ないけど）

なるべく第三者は少ないに越したことはない。問題が起きないよう未然に防ぐのも重要だ。

そうして到着したリンキイ邸は、他の貴族の屋敷同様、白壁が美しい瀟洒な屋敷だった。

来訪者に気付いた使用人に事情を話し、チェルシーは難なく屋敷への侵入に成功する。

とりあえず父に眼鏡を渡すまでは簡単な仕事だ。箱を手にし、案内されるまま広い廊下を進む。応接間の扉も、チェルシーの家――リーフ男爵家とは比べものにならないほど堂々としていた。

「旦那様、ご用談の最中に失礼いたします。リーフ男爵様のご息女チェルシー様が、男爵様の忘れ物を届けにいらっしゃったのですが」

使用人の呼びかけに、入りなさいという了承が下りる。

（よし。あとは、これを渡してしまえば、ベニート様に会いにいけるわ）

チェルシーは颯爽と中へお邪魔させてもらった。

「…………」

が、笑顔でその場に固まる。軽いデジャヴを覚えたのは、たぶん気のせいではない。前にもこんなことがあった。絶対にあった！

（い・るっっっ!!）

ビシャーン！　という集中線がソファに腰かけたチェルシーの父……のとなりを指す。

アレクセイ・セイスベリル――父の真横には、なぜか彼が座っていた。

（どっ、どうして、こんなところに……！）

思わず頬を引きつらせたチェルシーに対し、相も変わらずアレクセイは、その考えの読めない微笑みでこちらを翻弄する。声はかけてこなかったが、オーラだけでお腹いっぱいだ。

「おお、チェルシー。わざわざ私の眼鏡を持ってきてくれたのか！」

「――はっ、はい、お父様。これがないと不便でしょう？」

完全に停止していたチェルシーは、父の声でようやく再起動した。手汗まみれになった箱をぎくしゃくと渡す。すぐさま逃げ出したかったが、リンキイ伯爵がいる手前そうもいかない。

さっそく父は、リンキイ伯爵にチェルシーを紹介し、お気に入りの眼鏡の話やら、遠視の話をし始めた。解放されたのは、力んだまま相槌を打っていた首が痛くなってきたころだ。

（早くベニート様と会わないと……！　長居をするのは危険な予感がするわ！）

適当な理由をつけて部屋を出たチェルシーは、今度は使用人を撒く準備にかかる。

「では、玄関ホールまでご案内いたします」

「ちょっと待って。あなた、前髪に埃がついてるわよ」

粛々と仕事をこなそうとする男性使用人に、チェルシーはそうデタラメを言って振り向かせた。目が合った瞬間に意識を集中させ、自分の中にすかさず呼びかける。

(さあ、魅了の呪いよ。あなたの望むものをあげるわ)

すると、コンクパール色の瞳が応えるように揺らいだ。

音もなく、身体の底からブラック・レガリア・ダイヤモンドの欲望が湧き上がってくる。

まるでチェルシーの意思とは別に、何か違う生き物が棲みついているような感覚だ。

呪いはそのまま、チェルシーの目を通して、見つめた者を魅了していく――。

『私はひとりで大丈夫だから、あなたは自分の持ち場に戻って』

「は、はい……かしこまりました」

チェルシーが声をかけると、男性は直前まで仕事モードだった顔を赤く染めて深々と腰を折った。そこにためらいや迷いはない。心にあるのは、ただチェルシーに従うことのみだ。

魅了の効果は短時間しかないため、間もなく我に返るだろうが、今はそれだけで十分。

チェルシーは、廊下の奥へ消えていく使用人を見送り、くるりときびすを返す。

「さ、急がないと」

地図は頭に入っていた。階段を上り、廊下を音もなくゆく。目指すはベニートの部屋。

T字になった通路の陰から、そっと先をうかがうように顔を覗かせた。

「えっと、あとはここの角を曲がって」

「この先に何かあるの？」

ぎゃ――――――っっっ!!

真後ろ、それも耳元で声がして、チェルシーは飛び上がった。それでもすんでのところで口は押さえたので、叫び声はセーフである。びゅんとスカートをひるがえしながら、振り返った。

「ア、アレクセイ様ッ……!」

チェルシーは目の前に立つ人物に、やはりという気持ちを押し殺して名前を口にした。

「どうしてこんなところに……! 父たちはどうしたんですか!?」

屋敷の人たちに見つかってはまずいため、声量を落として問う。

アレクセイはいちおう空気を読んでか、それに合わせて小声で答えた。

「俺に忙しいって言った君が、時間をかけてこんな場所に眼鏡だけ届けに来るなんておかしいと思って、偵察に。リーフ男爵には、君と話がしたいと言ったら快く見送ってくれたよ」

(お父様のバカ~~!)

ここでも娘の願いとは真逆の行動に打って出る父親に悪態をつく。悪気がない分質(たち)が悪い。

「――で、どうしてお嬢様はこんなところに? この先に何が、ある?」

秘密を見透かそうとする半眼に、チェルシーはぐっと後ろにのけ反った。彼にヘタな嘘は言えない。何をどうごまかしても、バレるような気がした。

「あ……あなたこそ、どうして私の父と一緒にいたんですか?」

結果、質問には答えず、質問で返す。

「なんだか俺ばかり質問に答えてる気がするけど……まあいいか、隠すようなことでもないからね。俺が君の父と一緒にいたのは、俺が勉強したいって頼んだからだよ」

「べ、べんきょう？」

「そ。将来的には、俺も伯爵家の当主になるわけだから。見識は広げないと。リーフ男爵は、そういう意味ではぴったりだと思ってお願いしたら、ありがたいことにむしろぜひにと賛同されてしまって。熱心にいろいろご教授いただいたよ。それにしても、君の父はずいぶんフットワークが軽いんだね。街に、川に、森に、いろいろ連れ回されて驚いたな」

開いた口が塞がらず、ただただ父を呪いながら理由を聞いていたチェルシーは、その話に父のある性格を思い出す。

「ああ……お父様は、ああ見えて全部自分の目で確認しないと気がすまない人なんです。少し、神経質で。必要な情報をそれで見極めてるので、悪い意味ばかりじゃないんですけど」

この世界にはインターネットなど、便利なツールがない。だから父のそういうマメな性格が、家を存続させる秘訣でもあるのだろう。さらに、そうして家を空けてくれるから、チェルシーも屋敷を抜け出しやすくなるわけで。これに関してだけは、父さまさまである。

「……ん？　そうなると、これからもうちに出入りするってことですか？」

アレクセイが父の傍について学ぶというなら、そうなるではないか。

チェルシーは、例の約束を破る気かとアレクセイに詰め寄った。

「それは違うな。俺は、あくまでも男爵に会いにいくだけ。そうだね……男爵と君は同じ家に住んでいるから、たまたま遇ってしまった、なんてうっかりは起こるかもしれないけど。でもまさか、偶然で約束を反故にしたとは君も言わないだろう？」

（ああ言えばこう言う……っ！）

「チェルシー、君ってよくそうやって俺を睨むけど、一度鏡を見たほうがいい。全然怖くないから。うん、そのふくれっ面も。公園で団栗を頬張ってる地リスみたいで可愛いよ」

「もう、そういう文句はやめたんじゃないんですか！　ホント余計なお世話です!!」

チェルシーは自分が隠れていることも忘れてワッっと声を張り上げる。——すると、

ガシャン！

通りの向こうから、突然派手な音が聞こえた。

さすがにふたりして動きを止める。チェルシーのほうは冷や汗も浮かべた。

（ど、どうしよう……もしかしてうるさくしすぎて、ベニート様に気付かれた？）

一瞬そんな心配が過るが、すぐに勘違いだとわかる。

「この役立たずのメイドが！　さっさと出ていけ！」

間髪を入れず乱暴にドアが開かれ、怒声が聞こえた。きゃ、という女性の悲鳴が続く。

「あれは……リンキイ伯爵の息子か」

一足先に、角から顔を覗かせたアレクセイがそう呟いた。チェルシーも急いで彼の陰からそ

の様子をうかがう。通りの奥に、身なりのいいひとりの青年と座り込んだメイドがいる。

もしやとは思ったが、チェルシーはその光景に頭を抱えたくなった。

（アレクセイ様がいるのに、イベント始まっちゃった……）

ベニートとの出会いは、彼がメイドを叱りつけている場面に居合わせるというものだった。

しかも、チェルシーは魅了を使い、彼の行為を止めなくてはならない。

（ベニート様の気持ちが掴めるかはここにかかってるのに……！）

焦るチェルシーには、どうしてもそれを成功させなければならない理由があった。

ベニートというキャラは面白いことに、ここで魅了するかしないかで、今後の態度が大きく変化する人物なのだ。今はメイドに逆上し、罵声を浴びせるような性根の男だが、これがぐるりと百八十度変わる。

『マテリアル』では、宝石言葉の『成功』をテーマにした比較的明るいストーリーを担当する人物でもあり、間違っても敵勢力にならないよう、おとなしくしていてもらう必要があった。

（今日は出直したほうが……ううん、これを逃せばリンキイ邸に来る口実がなくなるわ……危険はあるけど、魅了は他人に見えるようなものじゃないから、慎重に進めれば……ええい！）

ああでもないこうでもないと悩んだ末、チェルシーは腹をくくって廊下に飛び出した。

アレクセイは止めようと腕を伸ばしてきたが、先日のようには捕まらなかった。チェルシーはひょいと避けて逃げ切る。

「ちょっとあなた、かわいそうなことはやめてあげて！」

「ん？　なんだお前？」

　突如乱入してきた部外者に、ベニートが振り向く。いかにもぼんぼんという風情の青年だ。緩いクセのある金髪が揺れ、ベニトアイトと同じ青色の瞳が不機嫌そうにこちらを睨んだ。

　メイドは、地べたに座って今にも泣きそうな顔でチェルシーを見上げる。

「私は、リーフ男爵の娘のチェルシーです。彼女があなたに何をしたか知りませんけど、そんなに怒鳴る必要はないでしょう？」

「リーフ……？　ああ、最近父上が気に入ってよく会ってる地味男爵か。あの、鼠色の屋敷の。そこの鼠女が、どうしてこんな場所にいるんだ？」

　ふん、と偉ぶるベニートがその艶やかな金髪を手で払う。

（そうそう、これこれ）

　ゲームでも、ベニートは最初チェルシーをこうして罵った。自分より格下の、しかも女に注意されるのが気に入らないという理由で。

（なんだかすごく懐かしいわ……）

　何度も死に戻っているが、ベニートとリアルで顔を合わせるのは実はこれが初だ。家にいても出会えるリトやコーラルとは違い、出向く必要があるせいか、ずっと縁がなかったのだ。

　実際会ってみるとこんな感じなのか、とチェルシーはいら立つベニートなどお構いなしにずんずん近づいていった。今のチェルシーにとって、ゲームのシナリオどおりに進むなら、リスだろうが鼠だろうがカピバラだろうが、なんでもいいのである。

「な、なんだ、俺様に指図する気か？」

「あなたには申し訳ありませんけど、そうさせてもらいます」

ベニートの青い瞳を見つめ、チェルシーは意識を集中させる。先ほどの使用人のときと同じように、自分の中にいる呪いを呼び起こした。ざわっと、身体中が反応する。

『金輪際、メイドに――いえ、周りの人間を蔑(さげす)むのはやめなさい』

私の言うことを聞きなさい、そう命令するように言葉が力を持つ。

「なっ…………………――」

ベニートは、チェルシーの上から目線の物言いに顔を歪(ゆが)ませた。

だが、それもほんのわずかで、じょじょにその表情からは悪感情が削(そ)がれていく。

ぽかん、と魂が抜けたように立ち尽くすまで時間はかからなかった。長い沈黙のあと、釘付(くぎづ)けになったベニートが、ごく、と喉を鳴らす。ゆるゆると動いた右手が胸に置かれた。

「し、心臓がドキドキする……ひょっとして、これが……これが、恋……!?」

ダイヤモンドのように輝くと云われるベニトアイト。青い眼差しがチェルシーへの憧(あこが)れで同じくらい眩しく輝くころには、傲慢(ごうまん)な姿など嘘のように消え去っていた。

『約束してくださる？』

チェルシーが念を押すように尋ねると、ベニートはデレと目じりを下げた。

「は、はい……約束しますぅ……」

しまいには、きゅ～んという恋に落ちた効果音まで聞こえそうな返事が口から漏れる。地べたに座ったままのメイドが、あんた誰、とでも言いたそうな胡乱な目でその様子を見ていた。

（本当にベニート様には、絶大な効果を発揮するわね……）

ゲームで反応を知っているとはいえ、その変わり様にはチェルシーも苦笑する。

通常、魅了は一時的にチェルシーの言うことを聞かせるくらいしか効力がない。

ところが、ベニートの場合はその一時のトキメキを、恋と勘違いしてしまうという設定があるのだ。これ以降は、主人公に付き従う従順なわんこのようになる。

このチョロさからファンの間ではバカ可愛いと人気があった。この小物感があえていいと。

（ベニート様を攻略するつもりならいいんだけど、そうじゃないと彼、こうなるとどこまでも報われないのよねぇ……設定が鬼だわ、公式さん！）

だからあえて避けてきたというのもあるのだが、今回ばかりはそうもいかない事情がある。

（私から植えつけた憧れが叶わないのは申し訳ないけど、これでこの屋敷のメイドたちも平和に過ごせるから、どうか許して！　ごめんなさい！）

とにもかくにも、これで無事にミッションは達成された。

「さて、残るは……」

（アレクセイ様になんて説明するか考えないと）

次の問題のほうが難関かもしれない。

そう思い悩むチェルシーの肩を、急に後ろから誰かが引いた。

「――っ!?」

声を出す間もなく、無理やり振り返らされる。犯人はアレクセイだとすぐにわかったが、なぜか突き刺すような険しい表情を浮かべていて、チェルシーは驚いた。

けれど、魅了を解いてなかったのを思い出し、ほとんど無意識のうちに突き飛ばす。

『ダ、ダメ、離れて』

後先考えず、とっさに口走った。

たぶんその言葉が効力を持ったのだろう。アレクセイが怯んだ隙にチェルシーはふらふらと数歩後ろへ下がる。よろけたところをベニートが支えてくれた。

「大丈夫かい、マイ・フェアレディ」

「あ、ありがとうございます。ベニート様……」

「『様』はいらない。どうかベニートと呼んでくれ。敬語もいらない」

「は、はあ……」

すっかりベタ惚れ状態のベニートにチェルシーは曖昧に微笑む。

「おい、お前。誰だか知らないが、レディにひどいことをする奴は許さないぞ」

ベニートがアレクセイと対峙するようにチェルシーを庇って立つ。チェルシーもアレクセイへ目線をやるが、その瞳と視線が交わった瞬間――ゾッと背筋が凍った。

(目が……赤い……!?)

それは、彼と初めて会ったあの日と同じ。

(やっぱり、夢でも見間違いでもなかったんだわ……!)

アレクセイはまたその両眼を赤くして、竦みあがりそうな視線をチェルシーに送っていた。

しかも、その足は『離れる』どころかゆっくりと前進している。チェルシーの命令に抗うかのように――。アレクセイは、わずらわしげに眉間にしわを寄せただけで、魅了をものともしていなかった。

(そ、そんな……逆らえるの……!?)

チェルシーは、あの使用人やベニートとも異なる反応に、何度も目を瞬いた。ゲームでもこんな反応は見たことがなかった。まるっきり初めての経験に混乱を隠せない。

「なんで……――ッ、痛っ!」

すると、何が起こったのか、今度はチェルシーの眼がガンガンと痛み始めた。

目元を押さえて身を丸くしたチェルシーに、ベニートが慌てて声をかける。

「マイ・フェアレディ!? 大丈夫かい!?」

「うっ……へいき……」

そう答えたものの、目の奥からの突き上げるような痛みは増す。

呪いと身体を共有しているチェルシーには、なんとなくそれが、呪いが怒っているせいだと察することができた。自分の思いどおりにならないアレクセイが気に入らないのだ。

（嘘でしょ……）

こんなに呪いが自我を訴えてきたのは初めてだった。口にはしない代わりに、痛みでチェルシーをせっついてくる。あいつをなんとかしろと。

（ど、どうしろっていうのよ……相手はアレよ。目は赤くなるし、魅了は無効化されたし、何より最推しと入れ替わってくるような、バグ男なのよっ！）

これ以上、魅了するのが怖いとチェルシーが思えば、呪いはとんだ女王様気質だった。

「いたたたたたたたっ!!　もう、わかった！　わかったってば！」

激しい独り言にベニートが茫然とするのも気にしている場合ではなかった。チェルシーは、いまだ魅了に落ちないアレクセイに立ち向かうしかない。

『アレクセイ様、逆らわないで。私の言うことを聞いてください。お願いですから！』

じくじくと続く痛みから、まともに頭が働かないチェルシーは、従うままに魅了を使う。自分の内側から、かなりの量の呪いが放出されたような気がした。

「くっ……」

それが気のせいではないというように、アレクセイが今度こそ足を止めて俯く。同時に呪いも満足したらしく、眠るように痛みが引いていった。

（だ、大丈夫かしら……）

いくぶん冷静になったチェルシーは、状況に流されるままのベニートと一緒に、アレクセイを見守るしかなかった。

これでなんとかなれと願うが、彼が顔を上げた瞬間、ぴしりと岩のように硬直した。

……赤と翠が入り混じった瞳に。

（こ、これは、大丈夫じゃない！　全然アウト……っ!!）

ヘタをしたらさっきより怖い。

「お、おい……お前、どっか身体の具合でも悪いのか……？」

となりに立つベニートまでもが、異様な空気を感じ取ったのか、心配をし始める始末だ。

アレクセイは、そんなベニートとチェルシーを視界に入れて、ふっと微笑む。

「問題ないよ。それよりチェルシー、君に離れろと言われるのは堪えるな」

ようやく言葉を発した彼はいつもの調子に聞こえる。しかし、何事もなかったかのような様子に、不安は余計にあおられっぱなしだ。

「あ、あれは突然だったからで……そ、それより、本当になんともないんですか？」

「そう言ってるんだけどな」

彼の瞳は、赤色が弱くなり翠色が強くなった。表情もやわらかく、一定の場所から近づいてくる様子もない。まさしくチェルシーの魅了が効いた状況を表していた。……けれど。

(んん？　な、なんかまた、赤色が復活してきたような……!?)

ズモモモ、とまた彼の瞳の色が姿を変える。ぶるぶると顔を振ったが見間違いではない。

(や、やっぱり大丈夫じゃないわ……むしろもっと変に――バグってるわ！　ああもう、二回も魅了なんて使うんじゃなかった……これ以上おかしなことになる前に、早くこのアレクセイ様をなんとかしないと……！　私が原因で変になった事実は変わりないんだから！)

慌ただしく決め込むも、元に戻す方法は自然と魅了が切れるのを待つくらいしか思いつかない。その間にもチェルシーの前では、壊れた信号のように赤と翠が交互に入れ替わっている。

傍から見ればおっかない光景だ。だが、忙しない瞳の中とは違い、本人はいたって冷静だった。再び翠だけに染まった瞳のアレクセイが、あごに指を当てて首を捻る。

「でも困ったな。俺から君には近づけないのか……君のお願いを無視するのは本意ではないし、そうだな……じゃあ俺から君を呼ぼうか」

「え？」

なんだか恐ろしいことを言われた。呆けた顔をするチェルシーの眼前に、ジャケットの内ポケットから取り出されたそれが、ひらりと舞う。

「わ、私の、リボン……！」

まるで餌だった。つい足を踏み出し、手を出したチェルシーの右腕をアレクセイがあっという間に掴んだ。何より驚いたのはその力が想像より強いことだ。アレクセイの瞳に、薄っすらと赤が浮かび上がる。

「きゃあ！」

ぐん、と強引に引っ張られれば、足がたたらを踏む。完全に巻き込まれただけのベニートが、後ろでハラハラとしているのがわかったが、それどころではない。

「ちょっ、何して――!?」

自分の足とベニートに気を取られていたチェルシーは、アレクセイの所業にぎょっとする。手は、いつの間にか繋ぎ直されていた。ちょうど彼の左手と恋人繋ぎをしている状態だ。

これだけならまだいい。それをあろうことか、アレクセイはもう片方の手にあったリボンでぐるぐる巻きにして器用に結んでしまったのだ。

「これでいい」

「ぜ、全然よくない！」

チェルシーはいつぞやのように叫んだ。信じられないと睨めば、彼の瞳の色はせめぎ合うように半々くらいでこう着しているのが見えた。

「そう？　こうすれば君も傍にいてくれるからいい案だと思ったんだけど。……ほら」

軽い発言とともに、次は左手までもが囚われてしまう。チェルシーは暴れたが、びくともしなかった。特に右手は硬く握られ、わずかに痛みが生まれる。その力加減に戸惑って再び見上げた眼差しは、ほとんどが赤くなっている。

「――ッ、ア、アレクセイ様！　ベニートだっているんですから、放してください！」

「そんなの放っておけばいい」

「おいいいいい！　お前、言っておくが、ここは俺の家だぞ！」

さすがに黙っていられなかったのか、ベニートが突っ込むように口を挟んだ。

「それに、そんなふうにレディの手を握るんじゃない！　痛いじゃないか！」

「さっきまでメイドを邪険に扱ってた男には言われたくないね。邪魔しないでもらおうか」

ギンッと睨みをきかせたのは、真っ赤になった鋭い視線だった。威勢よく飛び出したベニートも、その射殺さんばかりの半眼には戦意を根こそぎ削がれたのか、短い声を上げて後退る。

「くぅ……こ、このままですむと思うなよ、この、俺たちふたりを引き裂く悪魔め！　待っていてくれ、マイ・フェアレディ。すぐに助けを呼んでくる！」

ベニートは、自分ひとりでは太刀打ちできないと考えたらしい。悔しげに叫んだあと、ダッと廊下を走っていってしまった。

「……やれやれ、これで邪魔者はいなくなった」

その言葉に周囲を見渡せば、一緒にいたはずのメイドもいつの間にか姿を消していた。

しん、とだだっ広い廊下が怖いくらい静まり返る。右も左も。無機物な柱や飾り鉢ですら、チェルシーなど知らん顔で澄ましているように見えた。

（これは……もしかして、私、かなりピンチなんじゃ……）

誰もいない状況を自覚すれば、途端に心細さがこみ上げてくる。

そうしてまた他に気を取られていたチェルシーの手を、アレクセイが強引に引いた。手加減をするつもりもないのか、骨がギリッと軋むほど強く握られる。

「い、いたっ」

あまりの痛みにチェルシーがあからさまに声を上げると、なぜかその口元には薄情な笑みがにじんだ。少しの温かみもない、こちらを見下すかのような気味の悪い微笑。

（ア、アレクセイ様……？）

垣間見えた表情に、チェルシーはびっくりして呆気にとられた。

脳裏を過ったのは〈盲愛エンド〉を迎えたキャラたちだった。

だが、何度も攻略キャラに殺されたチェルシーではあったが、愛ゆえに傷つけてくる彼らとアレクセイは何かが違う。魅了によって傾倒した愛情というより、もっと別の……。

「え、ぁ……!?」

けれど、考える時間も与えられないまま、立て続けに今度は背後に身体を押された。もつれた足で後退れば、ドンと背中を打ったのは壁だ。

両手を束縛されて、壁に追いやられ、呑み込むように彼の影が全身を覆う。

怖々と見上げた顔には、あのときと同じく、ぼうと光る真っ赤な瞳があった。だが、前とは違って、ここには誰もいないし、まともな身動きすらできない。

「や、やめてくださ……」

「いや」

震えを抑え込んで反抗するチェルシーに、アレクセイは笑みを浮かべたまま即答した。

その大きな身体が屈み、ガチガチになったチェルシーの顔のほうへ近づいてくる。

力で敵わないチェルシーは、恐怖でぎゅっと目を閉じるしかなかった。

（ひっ⁉）

その刹那、肌を温かな息がかすめ、ぬるりとしたものがかすかに瞼をなでる。

「甘いね、君は」

（ななな――舐めっ……⁉）

皮膚に触れた感触と台詞からそう嫌でも察した。真っ白になりかけた頭に、彼がふざけて言っていた言葉が重くのしかかってくる。

――とてもおいしそうで、食べてしまいたくなる。

（う、うそ……あれは冗談じゃなくて、本気で食べ……⁉）

ぐるぐると彼の言葉が去来する。自分の目玉が抉られる場面まで思い浮かんだ。

「睫毛、震えてる。可愛いね」

アレクセイのささやきに、びくりと肩が跳ねた。胡散臭い文句に突っ込む余裕も今はない。

顔を背けてもアレクセイは追ってきて、キスと呼ぶにはあやしい行為を瞼の上に繰り返す。怯えているのを楽しむかのように、時間をかけて嬲っているかのようだった。

「ひっ、う……やめ……」

耐えるのも限界だった。追い打ちをかけるように、必死に逃げた瞼に硬いものが当たる。チェルシーは何度目かの引きつった悲鳴を上げ、ほとんど恐慌をきたして、めちゃくちゃに暴れた。

「か、噛みちぎられるなんて、嫌ぁ――――っ!!」

――と、静寂を貫いていた廊下の奥側が急に騒がしくなった。いくらも経たないうちにバタバタと数人が駆けてくる足音がして、ハッとする。

「お嬢様あああぁ!!　この変態っ!!」

その中にコーラルを見つけたと思うが早いか、次にはバコンッという衝撃音が走る。目を丸くしたチェルシーの前髪が、巻き起こった風でぶわっと浮き上がった。

真正面では、低い呻き声を上げたアレクセイの額に銀のトレーが直撃していた。

きっとこの屋敷のものだろう。ガラクタを扱う古道具屋で手に入る薄っぺらいものとは違う、しっかりと厚みのある純銀製だ。殴られれば、軽い傷害事件でも起きそうな。

案の定これにはアレクセイもひと溜まりもなかったのか、頭を抱えてゆるゆると崩れ落ちた。手を繋がれたチェルシーも、一心同体といわんばかりに引っ張られる。そのまま魂が抜けたように地べたへ座り込んだ。呪いが見せた幻から、現実に引き戻されたような心地だった。

「——えっ！　ア、アレクセイ様!?」

殴った張本人コーラルは、相手が何者かわかると、瞬く間に青ざめた。

「わ、私っ……あやしい紳士がお嬢様に無理やり迫ってると聞いて急いで駆けつけたんですけど、あわわわわ、それがアレクセイ様だったなんて……!!　殴っちゃった！　殴っちゃいました！　ど、どうしましょう!?　お嬢様!!　も、申し訳ありません……っ!!」

「コーラル、大丈夫だから落ち着いて」

パニック状態のコーラルを落ち着かせようとチェルシーは声を張る。彼女の後ろには、ベニートと、先ほどまでここにいたメイドが立っていた。想像以上に到着が早かったのは、どうやら彼女のおかげらしい。コーラルは、そのメイドから事情を聞いたようだ。

ひと呼吸置いて気を取り直したチェルシーは、舐められた部分をごしごしと袖で拭う。続けて頭を押さえて動かないアレクセイの肩に触れた。

「アレクセイ様、平気ですか？」

ずっと握られていた手からは力が抜けていた。リボンも今なら取り戻せる。

しかし、チェルシーは少し考えてから、自分の手を抜き取るだけにする。

「アレクセイ様」

「……ッ、君……チェルシー……？」

ややあってアレクセイが気怠げに起き上がった。あれだけ本気で叩かれたのだ。本調子ではなさそうな姿には心配になるものの、ある一点を確認し、ホッと胸をなで下ろす。

（よかった……目の色、元に戻ってる）

瞬きを繰り返すアレクセイの瞳は、純粋な翠だった。赤は、ちらつきもしていない。

これでおそらくは、あんな乱暴なまねはしなくなるはずだ。

傍で見守っていたコーラルも、顔を上げた姿によかったと小さく声を漏らす。

「本当に申し訳ありませんでした。私の早とちりで勘違いしてしまって」

「私からもお詫びします。どうかコーラルのやったことは許していただけませんか？」

一介の侍女が貴族を殴りつけたなど大問題だが、ここは穏便にすませてもらうほかない。

何より殴られる発端を作ったのはチェルシーの魅了。コーラルに非はないといえる。

アレクセイは状況を把握するためか、しばらく謝るふたりを眺めていたが、自身の額に触れるなり、チェルシーのほうを向く。実に奇妙だという顔つきだ。

「……俺は……君に何かした？」

「え!?　えーっと……」

ふいに投げかけられた質問に、チェルシーはドキリと心臓を鳴らした。なぜか彼に握られて赤くなった右手を、さり気なくスカートのふくらみへと隠す。睑はともかく、くっきりと痕の残ったこっちはごまかしようがない。――とはいえ。

（な、なんで私こんなこと……。どうせすぐ思い出すんだから隠す意味なんてないのに）

それにこれはチャンスだった。アレクセイがチェルシーにやった不躾な行いをベルフォン伯爵や父に話せば、きっと婚約の話も白紙にできる。目的のひとつを達成できるはずだ。

そう強く思うくせに、隠れた手はちっともドレスのふくらみから出てこようとしない。

ここで彼を責めるのは公平じゃないと心ではわかっているからだろうか。何よりアレクセイの異変を招いたのはチェルシーだ。こんな方法で決着をつけても自分が納得しないだろうと、また違う自分が飛び出して語りかけてくる。

（ああもう！　そんなことよりバッドエンド回避のほうが大切でしょう！　こんな魅了もまともに通じないどころか、意味のわからないバグを起こす男と一緒にいたって危険なだけよ）

チェルシーは、自分の中の天使と悪魔のケンカに挟まれているような気分になった。

「チェルシー！　こんなところで何をやってるんだ！」

そこへやってきたのは父とリンキイ伯爵だった。さすがにうるさくしすぎたのだろう。リンキイ伯爵などは、息子といる自分たちを見て本当に不思議そうにしている。

「あの……えっと、お父様……ごめんなさい。私のせいです……」

どこをどう頑張っても言い逃れできなくなり、チェルシーは観念して父へサインを送った。

ありがたいことに、父は即その意味に気付いてくれる。

何やらいろいろあって、チェルシーがダヴェルニエ家の能力を使ったのだと。

「う、うむ。おっほん。あ〜……これはどうやら、千年前からこの地に棲みつく妖精が引き起こしたいたずらのようですな！　知っていますかな。ラホの精と云うのですが――ああ、ご存じないのも無理はない。最近見つかったばかりの文献で私も人伝に聞いたばかりなのです。うちの娘はどうやらその妖精に誘われた、そのようです」

「なんと、うちにそんな妖精が棲んでいたとは！　では、俺とマイ・フェアレディが出会ったのは妖精たちの気まぐれによるものだったんですね。はあ、ロマンチックな！」

即興で作り上げたらしい父の根も葉もない空言に反応したのは、ベニートだった。「マイ・フェアレディ？」と首を傾げる父の手を取り、自分とチェルシーの出会いがいかに劇的なものだったかを語り始める。……じゃっかん脚色が激しい気がするものの、この勢いで押してもらえれば、疑われずにすみそうではある。

「……じゃあ俺たちもその妖精に弄ばれたってところ、かな」

遠目にベニートの話を聞いていれば、アレクセイが話しかけてきた。記憶の混濁が治まったのか、疑いの眼がチェルシーに向けられる。

（うっ……ベニートは騙せても、アレクセイ様は簡単に騙されないわよね……）

穴が開きそうなほど見つめられ、チェルシーは居心地が悪くなった。ごまかすように父のホラ話に乗っかる。

「そ、そうだと思いますよ。私も部屋を出たあと、こうふわっとくらっとして、気付いたらここにいたんです。アレクセイ様の行動の原因も妖精のせいだと私は思いますね！」

今後は二度とアレクセイに魅了は使わないから、もうそういう話にしてしまいたかった。

しかし、利き手というのは無意識につい使ってしまうものだ。胸の前で緩い拳を作ってしまえば最後。たしっ、と目敏く手首を掴まれる。

「はい。捕まえた」

チェルシーの視界に入るように、アレクセイが腕を少しだけ上げる。そこには、いまだ強く握られた指の痕がありありと残っていた。突き刺すような視線が痛い。

いささか早口になったアレクセイが問いかける。

「これをつけたのは、俺だよね？　それに他にも失礼なことをしたんじゃない？」

「あ……えーっと……」

せっかく隠し通そうとしていたのに、見つかってしまった。

こうなれば、どうせうやむやにはできないのだから真実を告げるべきなのだろう。なのに、この期に及んでもチェルシーは彼を傷つけない言葉を探している。今度こそ「そうよ」と言えるタイミングだったにもかかわらず。結局どうなりたいのか、自分で自分がわからない。

（――ええい！　もう、悩むの疲れるだけだからやめよ！　今はやりたいようにやるわ！）

チェルシーは、にこっとできる限りの笑顔を浮かべた。

「掴まれたときはびっくりしましたけど、これくらい全然大したことありませんから。アレクセイ様だって、私がお転婆なのは知っていらっしゃるはずでしょう？　普通の令嬢よりタフなんです。それに、妖精のせいでアレクセイ様だって大変な目に遭ったんですもの。私にした失礼なことも、やったのは妖精であなたじゃないんですから気にしないください」

あくまでも妖精のせいだと言い張る。手も、ほら、とグーとパーを繰り返して無事であると伝えた。ほんのちょっとピリッと痛んだが、意地で我慢する。

アレクセイは、譲らないチェルシーに納得せざるをえなかったようだ。追及のかわりに謝罪をくれた。それ以上でもそれ以下でもない、普通の。

その後、チェルシーとコーラルは用もなくなったので屋敷に戻ることになった。

唯一ベニートだけが、チェルシーとの別れに滂沱（ぼうだ）の涙を流し、今生の別れのごとく悲しんだが、アレクセイは父やリンキイ伯爵と最初の部屋に間もなく戻っていく。

（……これでよかったのよね……？）

馬車に乗り込んでしばらく、チェルシーは小さくなったリンキイ邸を遠望していた。

あとになって考えれば、彼にはいつも反抗的な態度だったから、急に正反対の態度をとったのは失敗だったかもしれないと思った。

けれど、別れ際のアレクセイも気にしている素振りはなかったことを思い出す。

安堵（あんど）する気持ちと……それから。

（やっぱり、リボンだけでも取り返せばよかったかしら）

このお人よし、とついため息が出た。

ガラス窓が曇れば、快晴の空にぽっかり雲が浮かんだようだった。

◇◆◇

翌日。

チェルシーは蛍亭を訪れていた。ロージーに先日のお礼と荷馬車の件を報告するためだ。

いつもより早い日程で店に来たチェルシーをロージーは喜んで歓迎してくれる。

「この間はありがとうございました。まさかあの人にこんなところで会うとは思わなくて、他に思いつく店もなかったので……」

「そんなの構やしないって。それだけあたしがチェルシーちゃんに信頼されてると思えば、嬉(うれ)しい限りさ。これからもいつでも大歓迎だよ！」

特等席に案内され、そのままカウンター越しに作業をするロージーと話す。

今日も、リッチなオレンジジュースが目の前に差し出された。

「で、結局黒いダイヤのほうはダメだったのかい」

「はい……せっかく急いでもらったのに、話を訊く前に彼と会ってしまったので」

グラスに反射した自分の顔と、まだいくらか赤みが残る手をぼんやり眺めながら、チェルシーはジュースを飲む。

昨日のあの出来事は、可能な限り忘れるつもりだった。アレクセイにとっても、最後の態度を見れば、気にも留めてないとわかったからである。ならば、自分だけ気にしているのも、バカバカしい話だ。早く忘れてしまうのがきっと正解だろう。

「ロージーさんのほうは、あれからどうですか？」

「そうだね。あたしも、もしかしてチェルシーちゃんは話を聞けなかったんじゃないかと思って、あれから同じ御者がいないか探してるんだけど、なかなか難しいねぇ……」

「そうですか……」

悔しいが、こればかりはしかたがない。次の機会を地道に狙うしかないだろう。

ならば、とチェルシーは頭を切り替えた。街へ来たのには、他にも理由があるのである。

（今日こそは！　ちゃんとケーキ屋さんに！　寄って帰らないと！）

実は先日、チェルシーはリトに頼まれていたおつかいを忘れていたのだ。

あんな騒動があったあとに、憶えていられるわけがないだろうと反発したいところではあるが、お礼の意味も兼ねているためそうもいかない。昨日は肝心のケーキ屋が定休日で、是が非でも今日買うしかなかった。

（しかも今回を逃すと、季節限定のタルトが終わっちゃう！）

つくづく思う。限定というのは罪だ。人間をこうも不必要に焦らせるのだから。

チェルシーは、忘れてはならないケーキの名前を呪文のように唱えながら、ジュースをがぶ飲みする。三分の一ほどを残して、ロージーに早めに帰ることを伝えた。

「もっとゆっくりしていけばいいのに。どうせ、この時間なんて大して客も来ないんだから――っと、誰だい。言ってるそばから空気読まない奴は」

カランとベルが鳴り、来客を告げる。

「女将～！　腹減ったからなんか作ってくれぇ！」

「ああ……あんたかい」

現れたのはチェルシーも知る蛍亭の常連だった。

ずっしりとしたがたいに、短く切った髪がよく似合う中年の男性だ。彼は煉瓦職人で、会うたびあちらこちらに、カラカラになった粘土をつけている。今日もいつもどおりだった。

当然チェルシーが彼を知っているのだから、向こうもチェルシーを知っているわけで。

「お！　おお～！　チェルシーちゃん!?　久しぶりだな！」

こちらに気付いた男が、上機嫌にカウンターまでやってくる。ドスンとチェルシーのとなりの席へ腰を下ろした。ほとんどチェルシー専用になってる隅の席からはいくらか距離があったが、それでもロージーは盛大にため息をつく。

「あんたねぇ。そこにいるのは、いつも泥だらけになってるあんたの弟子じゃないんだよ。もっと繊細なレディなんだから、せめて一声かけるなりしな！　このあんぽんたん！」

「おっと、そりゃ違いねぇ。悪かったな、チェルシーちゃん。許してくれよ」

「ええ、もちろん。それくらい私は気にしませんから」

並みの令嬢だったら発狂&卒倒ものだろうが、何せ現代を経験しているチェルシーだ。これくらいで動じたりはしない。

「カァ～！　ホント、チェルシーちゃんは優しいねぇ。オレの息子の嫁になってほしいくらいだぜ。……もしよかったら、今度会ってみねぇか？」

「調子に乗るんじゃない！」

ロージーがカウンター越しに、男を引っぱたく。

「いてて。冗談だって！　――――あ!!」

「なっ、なんだい。急に大きい声出して。びっくりするじゃないか」

どやされていた男は、その衝撃で何か思い出したらしく、くるりとチェルシーを見た。

「そういえば、ついこの間、他の常連客に聞いたんだけどよ。チェルシーちゃんに、ピッカピカの大理石みてえな男前が会いに来たって噂はホントかい？」

――ぎくっ。

何事だろうと思ったチェルシーは、その質問に肩を揺らした。

「しかもその男、身なりがそうとうごリッパで？　お貴族さまなのは間違いないとか。そんな裕福な男がこんな酒場まで会いに来るたあ…………あれかい？　雇い主さんかい？」

「…………え？」

焦りを覚えたチェルシーは、しかし予想とだいぶ違う解釈に目をぱちくりとさせた。

ロージーも同じように思ったのか、この脳筋、とため息まじりに明後日（あさって）の方向を見上げる。

「あれだろ。使用人の素行チェック的なやつ！　まったくお貴族さまってのはヒマだなぁ。こっちは毎日汗水たらして働いてるっていうのに！　うらやましい限りだぜ！」

「あはは……実は、そうなんです……」

アレクセイが暇かどうかはともかく、いい感じにチェルシーをメイドか何かと勘違いしてくれたのは、おおいに助かった。素性がバレたら、ここに来づらくなってしまうところだった。

チェルシーは残りのジュースを飲んでさっさと退散しようと、グラスに手をかける。

ロージーも切りをつけて、調理のため厨房（ちゅうぼう）に消えていった。

「……にしても、そうか。雇い主か……実はオレ、最初はそいつがチェルシーちゃんの彼氏や夫だったらって考えたりもしたんだけどよ」

「げふんげふん！」

オレンジジュースがめちゃくちゃ喉に引っかかった。

「ちょっ、チェルシーちゃん大丈夫か!?」

「だ、だいじょうぶ、れふ……」

チェルシーは、慌てる男に手を振ってなんともないと答える。

「こほっ……それより、ど、どうして途中から雇い主に……？」

男はきょとんとした表情になったあと、腕を組んで唸った。

「いやぁ……だって、いつかお嫁に行っちまうとか想像するだけで寂しいだろ？　オレ、娘はいねえけど、いたらやっぱり息子とは違うよなって考えちまって。チェルシーちゃんの父親の気持ちを思うと、これからは自分じゃない誰かが娘を守っていくんだなって……ぐずっ」

彼は意外にも涙もろい性格らしい。その雄々しい瞳に、涙を浮かべて洟をすする。

「今回は雇い主だったけどよぉ。いつかチェルシーちゃんにも、そうやって守ってくれる王子さまが現れるんだよなぁ……ぐずっ、そうしたらオレは、オレは……ずびび」

「もう王子様なんて大げさですよ。全然そんな人いませんから」

メルヘンチックな話をする男に、チェルシーは困ったように笑う。

（私を守ってくれる王子様か……）

あまり、というかこの世界に来てから、考えたことなかったかもしれない。

最初はのんびりと生きていたが、一度死んでからはとにかく必死で。

守ってもらうのは、ひとつの手段だっただろう。

でも、チェルシーは選ばなかった。

その代わりに、たくさんの人たちに協力を得る方法を採ったけれど。

まだ道は半ばで先は長い。しかも最近は計画どおりに進まないことだらけだ。

（昨日の、リンキイ邸でのアレも……）

あのあと、家に帰ったチェルシーは自分の魅了がおかしくなったのではないかと、コーラルに使ってみたのだ。「手紙を出してきて」という、簡単なお願いに。

本来であれば、彼女にそんな魅了など必要ないのだが、〈石化エンド〉を回避するためには、誰かにわざわざ使わなくてはならないときもある。

（でも、やっぱり魅了されてあんな怖い結果になったのは、アレクセイ様だけなのよね）

呪いに急かされて、コントロールを誤ったというのもあるかもしれないが……。

魅了は、簡単そうに見えて思いのほかコツがいるのである。画面越しに〈する〉〈しない〉のボタンひとつで操作するのとはワケが違う。

洗脳するまで相手の目を見続けないといけないし、集中力はいるし、力の加減は必要だしでこちらの言うことを聞かせるのはけっこう大変……どちらかといえば、苦手だった。

ただ、これをやらないと生きるか死ぬかの瀬戸際なので、チェルシーはだいたい月に一度、決めた日に行うようにしていた。

（それにしたって、目の色がころころ変わるのは、尋常じゃないわよね……）

そして、同時に現れる冷たい姿も。

出会ったころからずっと疑っているが、やはり存在自体がバグっているとしか思えない。

（逃げるチャンスを手放したのは、失敗だったかしら……）

どうすれば離れられるだろうと、チェルシーは渋い顔になる。

（……まあ、その問題の代わりに、サフィアが遠くにいてくれてよかったとは思うけど）

心配していたサフィアとの文通は、滞りなく始まっていた。

（そうそう。想像以上に返事が早く届いて。嬉しかったなぁ！）

チェルシーから始めた文通の返信が届いたのは、ちょうどリンキイ邸を訪れた前日。コーラルにお願いした手紙は、その手紙への返事だったのである。

初めての推しからの手紙は、涼しげな青のデルフィニウムの便せんにしたためられていた。

（はあ〜〜〜、もうすべてが想像どおり——いえ、想像以上！　初めてなのに、いきなり三枚も返事を書いてくれて！　そんな情報当然知ってるのに、丁寧に自己紹介まで書いてくれて！　友達になってくれて「ありがとう」だなんて〜〜〜！　そ・れ・は、私のセリフぅ〜〜〜なのになぁ！　ぐふふふふぅ！）

花と動物が好きなことも、領地にあるプラタナスの木陰がお気に入りの場所なのも、甘いものより辛いものが好きなことも、苦いものが苦手なのも、ひそかに王都に憧れているのも、ぜ〜んぶ知っていたが、チェルシーにとってそんなことはどうでもよかった。

（だって、生身の推しから直で教えてもらえるなんて、こんなすばらしい体験この世にある⁉　それ以前に、スクショを拡大して調べたサフィアの部屋の間取りとか家具の配置とか、スチルを一枚一枚隅から隅まで確認してた私からしたら、こんなのは序の口よ。公式がふざけてＳＮＳ

に公開したスリーサイズまでバッチリ憶えてるんだから！　ああ！　触りたい!!）

「……チェ、チェルシーちゃん？」

気付くと、頬に両手を当ててぐふぐふ言い始めたチェルシーに、煉瓦職人の男がその大きな口をあんぐりと開けていた。妄想世界から返ってきたチェルシーは笑ってごまかすしかない。

「えっと、な、なんでもないです。うふふふふ」

（いけない、いけない。サフィアのことを考え始めると、どうも論点がズレちゃうのよね）

反省……とチェルシーが思っていると、ロージーが料理を持って厨房から戻ってきた。

「はい。おまちどうさま。どうせこのあとも仕事なんだろ。肉多めにしといたよ」

ドン、と男の前に置かれたのは、大皿に載った野菜と肉の炒め物だった。シンプルだがスタミナはたっぷりという感じで、男は嬉しそうにさっそくがっつき始めた。香ばしいソースの香りと、元気な姿を見ているだけで、こちらも頑張れそうな気がしてくる。

チェルシーは残りのジュースを一気に飲み干す。

「じゃあ、私はお暇しますね。これ、ごちそうさまでした」

財布からジュースの代金を取り出し、ロージーたちと別れた。

（目指すは、サフィアたちとの平和な日常のために！）

カラン、とベルを鳴らし、店の外に出る。いざ、次は忘れてはならないケーキ屋さんへ。揚々と目的地に向かおうとするチェルシーだったが、その真横で誰かが足を止めた。

「おっと、君とはここでよく会うね」

苦笑するその姿に、もはや条件反射のようにチェルシーはざざっと後ろへ下がる。どうしてこんなところに……というのは、もはや自分自身でも耳にタコだ。

「アレクセイ様……」

顔を合わせて数秒で訝(いぶか)しむチェルシーに、アレクセイはくすくすとおかしそうにする。

「そんな警戒しなくても、今回は正真正銘偶然だよ」

アレクセイが腕に抱えていた何かをこちらに見せた。

「讃美歌集……？　教会帰りですか？　礼拝の日って今日でしたっけ？」

「いや、これは単に父の使いで。礼拝は三日後だよ。あとは街を散策ついでにちょっと二、三野暮用をすませただけ」

アレクセイの説明にチェルシーは、なるほどと今さらながらあることに納得した。

この世界にもいちおう神様と崇拝される存在がいる。宗教的な制約はほとんどなく、信仰心はまちまちだが、人によっては毎週礼拝に通うほどだ。

「もしかしてベルフォン伯爵って、けっこう敬虔(けいけん)深い方だったりします？」

ひとまずアレクセイと出会った不運な自分を忘れ、チェルシーは気になったことを尋ねた。

「そうだけど、どうして？」

「婚約の話のときに、『星の導き』なんて言い方をされてたので。それって教会の教えだったのを思い出したんです」

この世界での神様は、星に宿ると伝わっていた。星の動き――神様の声を聴き、自分たちの生活に結びつけているのだ。感覚としては占星術が近いだろう。それだから、真面目な信者ほど星の流れには逆らわず、身を任せることを大切にしている節があった。

一見『マテリアル』のテーマである宝石とは縁がなさそうではあるが、星座には守護石というものがある。公式からは詳しく語られなかったものの、チェルシーはその繋がりで星が神様として選ばれたのだと思っていた。

そして、どうやらベルフォン伯爵には、その教えがしっかり根付いているらしい。どうりで大事なひとり息子の婚約にさえ、ああも穏やかでいられるはずだとチェルシーは感心する。

「へえ、君も教会に行くような機会があるんだ？」

「私は滅多に……前に一度、ワケあって訪ねた際にそう教えを説かれたくらいで。まあ、そこでの出会いで大事なことは学びましたけど」

忘れもしない。四周目で、父によって教会に担ぎ込まれたときだ。

ベルフォン伯爵ほどの信仰心は芽生えなかったが、あれをきっかけにチェルシーが前向きになれたのはたしかだ。

趣味のペーパーウエイトと出会ったのも、あの教会だった。そのときのペーパーウエイトが星空を模していたから、今でも似たようなデザインのものがお気に入りなのだ。気付けば、サフィアと並ぶほどの心の支えになっていた。

当時を思い出すチェルシーは、ふふとアレクセイの前にもかかわらず、頬を緩めてしまう。

「……ふうん」

すると、興味なさそうな、どこか冷たい声がアレクセイから返ってきた。

チェルシーは、そのすげない態度にムッとして口を尖らせる。

「そっちから訊いておいてなんですか。興味ないなら、私忙しいんでもう行きますけど？」

「君があまりにも楽しげにするから……うん、たぶん嫉妬しただけ、かな」

「ですから、そういう嘘はやめたんじゃなかったんですか？　しかも、たぶんって。そんなテキトーな」

言うにしてもそこは言い切るところだろうと、チェルシーは呆れながら突っ込む。

「……そうだね。うん、嫉妬しただけだよ」

「言い直さなくてけっこうです」

（本当にこの人、何考えてるのかしら……）

チェルシーは、ほとほとアレクセイという人間がわからなくなる。できるなら、ベニートと足して二で割りたい。そうすれば、多少は可愛げも湧くというのに。

今も、上目がちにアレクセイをうかがうが、わかるのは何か考えごとをしているということだけだ。あごに指をあてがい、遠くのほうを見ている。

「嫉妬なんてことは……」

「?」

間を置いてまたもやワケのわからないことを呟く。チェルシーは付き合いきれなくなった。

「あの、もう行っていいですか。弟のおつかいをすませないといけないんです」

チェルシーが声をかけると、アレクセイは気を取り直したようにこちらを向いた。

「ん。ああ……俺も、まだ用事が残っているから。残念だけど、君とのおしゃべりはまた今度のようだね」

「また今度って……私との約束忘れないでくださいよ?」

「君って、本当にお堅いね」

許すのは偶然までだと言い張れば、アレクセイはやれやれと肩を竦めた。

また何か理屈をこねて言い返されるかと身構えたが、用事があるのはお互い様だ。思いのほか会話は再開することなく、アレクセイは「じゃあね」と軽く目礼をしたあと去っていった。

通りの向かいにある店に入っていく後ろ姿を、ぼーっと見届けたチェルシーは、ふっと我に返るなり脱力感に襲われる。

(……なんか、普通に話しちゃった)

昨日の騒動なんて全然会話に出なかった。アレクセイはいたって普通だった。

(私がああ言ったんだから、当たり前よね……)

ホッとしたような、だからといってすっきりしない、妙な心地。

（せめて、コーラルが打ったところくらいは大丈夫だったか訊けばよかったかも）

アレクセイの額は、前髪で隠れているから覗こうにも難しい。街を散策できるほど、元気なようだから心配はいらないだろうが、きれいな顔にこぶでもできてたら……。

（だから！　なんで私ばっかり気にしてるのよ……！）

チェルシーは勢いよく頭を横に振った。彼に関わると不可解なことばかりで調子が乱れる。

（はあ……また余計な疲労が蓄積されたわ……）

ふと――――なんの脈略もなく、チェルシーは少し先にある街灯へ視線をやった。

その真下、人が行き交う中にぽつんとひとりの紳士がいるのを見つける。

誰かと待ち合わせでもしているのか、目深に被った黒いハットに、同じ色のジャケット。手には杖を携えている。どこにでもいそうな雰囲気の男性だった。

けれど、なんとなく。前にアレクセイが言っていた忠告が頭に浮かんで、チェルシーは視線を靴へ下げた。

（変ね……ああいうタイプの男性が履くには少し不格好なような……）

遠目からなうえ、靴までもが黒っぽいのでわかりにくいが、小ぎれいな他のファッションと比べると、靴は武骨。紳士靴の定番である、先のすぼまった革靴ではないのは定かだった。

（靴が足に合わないなら話は別だけど）

釈然としないままチェルシーが紳士を注視していると、ふいに彼がハットを上げた。周囲をキョロキョロと――やはり誰か探しているのかと思えば、その目線がおかしいことに気付く。

相手を確認するにしては、なんだか顔の角度が下すぎやしないだろうか。

そのとき、チェルシーの中で繋がった。

靴は、逃げるときに走りやすくするためなんだ――そうわかった直後には、男は物色が終わり、獲物に狙いを定めていた。若い女性がつけたエプロンのポケットへ、その腕を伸ばす。

「エプロンのお姉さん！　気を付けて、物取りよ！」

誰よりも先に男の犯罪に気付いたチェルシーはとっさに叫んでいた。

瞬時に周囲がどよめき、エプロンの女性が身をひるがえす。ポケットの財布には男の手がすでに触れていたのか、反動でぽすんと地面に落ちた。

「ど、泥棒――――っ!!」

事態を把握した女性が悲鳴をあげた。犯人はいらついたように後ろへ飛び退る。手にしていた杖を左右へ引っ張り、中からギラリと光る物を取り出した。場の空気が張り詰める。

ナイフだ。

周囲の喧騒がさらに広がるなか、物取りの鋭い目つきがチェルシーを捉える。

「そこの女、よくも！　退けっ!!」

物取りは完全に逆上していた。退路を確保するのが目的としても、その途中でチェルシーや他の人を傷つけてもなんらおかしくはなかった。

（だったら、私の能力で……！）

チェルシーは素早く判断すると、ナイフを手に突っ込んでくる相手にぐっと構えた。

呪いを呼び、ハッと息を吸う。だが次の瞬間、口を開いたまま身を硬くした。

（声が、出ない――!?）

首元に触れ、驚く。

チェルシーは、震えていたのだ。

足も、地面に張りついたように動かなかった。

そのうちにも、ギラつくナイフは目前に迫っている。逃げないと危険だと、警鐘がうるさいほど鳴っていた。にもかかわらずその強い光から目が逸らせない。ただ、尋常じゃないほどガタガタと震える手を押さえて佇む。

この風景をチェルシーは前にも目にしたことがあった。

サフィアに刺されたとき――いや、もっと前だと古い記憶が語った。

甦る、夜でも明るい街。電車の音。窮屈なヒール。排気ガスに混じった草と土の香り。

（そうだ。私がさくらだったあのときもこんなふうに……）

自分がこの世界にくる前の――自分が死ぬきっかけとなった事件がフラッシュバックした。

六月三十日、二十二時七分。街の電光掲示板が遠くで点灯する。

仕事帰り、駅から十分ほど歩いた、公園に面した人通りの少ない裏道だった。

「あなた早く逃げて！　警察にこのことを……！」

さくらはありったけの声量でそう叫んで、彼女を逃がした。

辺りは暗くなり街灯が点滅していた。道沿いにある年季が入ったアパートは、住人がいるのかわからないほど、静まり返っている。

街灯の下にふたりの人影を発見したのは、いつもと変わらない週末。

立ち竦む黒っぽい人物の前で、地べたに座り込み恐怖を浮かべる女性がいた。

よく見れば、コンクリートには点々と黒いものが落ちていて、それが腕を押さえた彼女の血だとわかるのに時間はかからない。男の手には、液体の滴る刃物が握られていた。となり街で通り魔の噂があったが、その非日常的な光景に、そいつが場所を移したんだと瞬時に察した。

さらに目を奪ったのが、被害者の彼女の顔に見覚えがあったことだ。

それはつい昼間だ。自分の勤めるジュエリーショップを訪れたお客さんだった。

結婚式を間近に控えた可愛いカップル。噂に聞く、三か月分の給料を彼がはたいて、ふたりでお揃いの指輪を買っていた。

「どうかお幸せに」

さくらも、そうして仲睦まじいふたりの未来を願ったものだ。なのに。

一触即発の今、自分が行動しなかったら彼女は真っ先に殺されてしまうかもしれない。

そんなの。そんなのはあんまりだ。こんな未来のために、あの指輪を、宝石を買ってもらったワケじゃない――そう憤りを覚えたら、バッグを通り魔に投げつけていた。

走りにくいヒールでコンクリートを蹴って、通り魔の背中に飛びかかる。

「あなた早く逃げて！　警察にこのことを……！」

暴れる通り魔を必死に押さえながら叫んだ。

最初は戸惑っていた彼女も涙を流してこくこくと頷くと、きびすを返して走っていく。

「――っこの、クソ女‼」

通り魔が乱暴に腕を回すと、人相を隠すために被っていたフードがめくれ上がった。

おそらく五十ほどの男。荒れた髪や無精ひげ、饐えた臭いが彼の暮らしを物語っていた。

さくらは、男の抵抗に為す術もなく、コンクリートに投げ出され、うつ伏せに転がる。

「手こずらせやがって……まあいい。相手は誰でもいいんだ。今度こそ殺してやる」

街灯の下で刃物の切っ先がギラついた。あまりの眩しさに、さくらは上体を起こす途中で目を眇める。今さら迫りくる底なしの恐怖と、息を切らしたせいでまともに動けないでいれば、男はゆらゆらと近づいてきた。

「俺はアンタを殺して捕まるんだ……こんな惨めな生活、死刑になれば終わるんだ……」

言葉を失うさくらの傍で、バッグから飛び出たスマホの画面がチカチカと揺れる。

もう、助けを求めたところで間に合わない。

そう――間に合わなかった。

チェルシーの真横でものすごい音がした。

過去から意識を取り戻すように瞼を跳ね上げる。暗い記憶の谷底から、何か強い力で引っ張り上げられたかのようだった。

自己防衛の本能で上げていた両腕をそろそろと下ろす。

「……え？」

まず、声になったのはそれだけ。何しろ直前まで迫っていたはずの物取りの姿がどこにもなかったからだ。何が起こったのか、理由は皆目わからなかった。

だが、街の人たちがみんな、茫然とある一点を見入っていることに気付く。

ゆっくり視線を追えば、すぐ近く――蛍亭のとなりの空き店舗――の外壁から砂煙が上がっていた。何かが煉瓦の壁に突っ込んだらしく、チェルシーにも舞ってきた粉塵がかかる。

これだけでも十分何事かとびっくりしたが、さらにチェルシーを一番に驚かせたのが、そこにいた人物だ。

「アレクセイ様……!?　ど、どうして……」

チェルシーは、これ以上ないほど目を瞠った。

アレクセイは、自分の肩についた砂煙を軽く払い、チェルシーの声に一瞥をくれる。

見たこともない真剣な横顔に一瞬ドキリとするが、彼は間もなく前を向いてしまった。

その足元には、また違う人物が壁を背に崩れ落ちている。

（あ、あの人……！）

チェルシーはその光景にまたもや目を丸くした。間違いない。物取りだ。

「ち……ちく、しょう……いったい、なんだってんだ……」

物取りはそうとう弱った様子で、それでもまだいら立ちをあらわにする。だが、ふっと自身に落ちた影に首をもたげた途端、ヒッと強張った声を漏らした。

「ななな、なんなんだよ……あんたは……」

「何ってそれはこっちの台詞だよ。誰の許可を得てあの子に手を出そうとしたの？　ねえ？」

「きょ、許可なんて、そんなもん、知らね――ヒィィッ!?」

アレクセイが身動いだと思えば、ドッ――と岩が割れたような音がした。

男の顔すれすれに蹴りを食らわせたのだ。パラ、と砕けた煉瓦の破片が男の肩に落ちる。

「ひぃぃぃぃぃぃ……すみません!!　すみません!!　すみません!!」

瞬時に男は真(ま)っ青(さお)になって謝罪を繰り返した。

「あのね、俺に詫びてほしいわけじゃないんだよ。わかる?」

「は、はひ?」

早口言葉のような謝罪でほとんど口が回らなくなったのか、男がまぬけな返事をする。

は、と短いため息をついたアレクセイは、悠々と、それでいて氷点下な態度で言い放った。

「俺より役人のほうがよっぽど優しいだろうけど――どう、このまま俺にする?」

再び男が首を絞められたみたいな声で鳴く。

「ひぃ!　す、すみません……か、彼女に、謝って……や、役人の、ところに、行きます……絶対に、もう、盗みなんてしませんから……どうか、許してくだひゃい……」

「彼女には近づかなくていいから、さっさと捕まってくるといい」

震え声で最後盛大に噛(か)んだ男は、シュバッと立ち上がると、遅れて到着した役人に自ら両腕を差し出していた。ことの次第を見届けた街の人たちも、次第におのおの日常に戻っていく。

(………、えっと、終わったの……?)

一部始終を傍観することしかできなかったチェルシーは、いまだ面食らったままでいた。

だが、事件の終わりに気が抜けたからだろう。ゆるゆるとへたり込んでしまう。

「怪我はない?」

そこへアレクセイがやってきた。チェルシーは力なく彼の名前を呼ぶ。

「アレクセイ様……あっちの店にいたのにどうして……」

アレクセイは、うろたえるチェルシーの手を取ると、ゆっくり立ち上がらせてくれる。

「あんなに騒ぎになってたらさすがに誰だって気付く。……ところで、君、危ないことには首を突っ込まないんじゃなかった？」

珍しく攻めるような、真面目な表情を向けられる。それにはチェルシーも小さくなった。

「ご、ごめんなさい。私っていつもこんなのばっかりなんです……ただ、アレクセイ様がおっしゃってた話を、実行しただけだったのに、こんな大変なことになるなんて思わなくて」

「俺が言った話？」

「気になったら靴を見てみろって言ったあれです」

チェルシーが答えれば、アレクセイは空のほうを向いて、ああ……と零した。

「よくわかった。今後いっさい、君には余計な知識は与えないほうがいいみたいだ。いちいち心配していたら俺の身が持たない」

「……心配してくれてたんですか？」

「でなかったら助けない。というか、君の中で俺ってそんなに冷血漢なんだ？」

自嘲するような薄笑いを浮かべたアレクセイに、チェルシーはしまったと口をつぐんだ。危険を顧みず助けてくれた相手に使うべき言葉ではなかったと反省する。

彼が助けてくれた姿も憶えている。いつもはチェルシーをからかうような行動ばかりで、ちっとも本心は見えないが、あの真剣な表情が偽りだとは思えなかった。

「いいよ。君が俺を警戒してるのは知ってるしね。とりあえず、今日のところは馬車を呼んでくるから、ここでおとなしく待っててほしいかな」

何か弁明しなければと焦るチェルシーとは裏腹に、アレクセイは落ち着き払っていた。車道を見渡して、男爵家の馬車のほうへ歩いていこうとする。

――つん。

けれど、なぜかその瞬間、チェルシーとアレクセイふたりして身体が内側に引っ張られた。

「え……あ！」

原因が発覚したチェルシーはカッと顔を赤くする。いつからそうしていたのかわからない。自分が彼の上着の裾（すそ）を掴んでいたからだ。動揺したまま、急いで手を離す。

「あっ、わ、わたし……っ、どうして、こんな……」

子どもみたいですごく恥ずかしかった。まるで、怖いから傍にいてと言っているようだ。顔が上げられないと、俯くチェルシーの上から、くすくすという笑い声が降ってくる。

「君にしては、ずいぶん気が弱くなってるみたいだ。でも、これに関していえば、悪いのは君じゃなくて気の利かない俺だろうね」

一緒に馬車のところまで行こうか、とアレクセイは続けてチェルシーに手を差し出した。

その自然な仕草につられて腕を伸ばしたチェルシーは、自分の右手を見て引っ込める。まだ赤みが残っているのを忘れていた。どうしようかと、目が泳ぐ。

代わりに左手を出した。少し迷った末に、上着の裾を撮ませてもらう。

「……これでいいです。……その、助けてくださってありがとうございました」

そっぽを向いてぼそっと口にすれば、また彼が笑ったのがわかった。

馬車に着くと、わたわたと御者が出てきた。チェルシーが自由行動を許していたのもあって、事件が終わったころに、すべてのあらましを知ったらしい。

とにもかくにも心配する御者を宥めて屋敷に帰ることになった。

からからとゆっくり進む馬車に、疲れ切っていたチェルシーはうとうとと舟を漕ぐ。かくんと真横に倒れれば、誰かに寄りかかった。

家まで送ってくれると申し出たアレクセイの肩だ。

意識が夢へと舵を切るなかで、それだけは間違いないとわかっていた。

しかし、すでに起き上がるような元気もない。ただ拒む様子のない彼に身を任せていた。

――いつかチェルシーちゃんにも、そうやって守ってくれる王子さまが現れるんだよなぁ。

意識が途切れる寸前、なぜか煉瓦職人の発言が頭をぐるぐるとめぐる。

けれど、その台詞はすぐに抗えない睡魔の波に呑まれた。

きっと、目覚めたころには忘れてしまう。

今のチェルシーにはそれほどささいな会話だった。

アレクセイは、無防備に眠るチェルシーへ目をやった。その瞳に優しさや熱はない。彼女の膝に組まれた両手を、視界に入れていたというほうが正しい。

彼女は眠ってもなお、右手を隠すように左手を載せている。出会った時点で、とうにこちらはお見通しだというのに、意地でもアレクセイに見せたくないらしい。

痛くない、傷ついてないフリをしてどうしようというのだろう。

(お人よし)

さっきもそうだった。彼女の行動はただの通行人を物取りから救いはした。だが、アレクセイが助けなければ、盗みなどよりずっと取り返しのつかない被害者になるところだった。

(それは困る。今は生かさねば――)

アレクセイは、その薄い唇から静かに息を吐く。

肝が冷えたとは、まさにあのことだ。こんなに胸がざわつくものだとは知らなかった。

ざわつく。声。眼差し。仕草。今も聞こえる、規則正しい息遣い。

死ぬというのはそれが失われるということ。

「……俺は、従い、報告をするだけ」

余計なことは考えなくていい。アレクセイは自分に言い聞かせるように声にする。

ポケットから一枚の紙を取り出した。彼女を助けるために暴れたせいか、いたるところにしわが寄っている。項目の上部には『注文書』とあった。割印が控えであることの証だった。

そして、『余計なこと』をしている証。

今回限りだと言いワケを連ねてまで何をやっているのだろうと、冷静な自分が問う。

賑やかな彼女の家に着くまで、アレクセイはひとり問答を繰り返した。

伏せた瞳に、翠と赤が交じり合う。

第三章　最難関キャラの攻略法

あれから、二週間ほどが過ぎた。

気にしていた右手はすっかり完治し、物取り事件の記憶もひとまずは薄れてきて、普段の生活を取り戻してきたころ。よく晴れたその日、チェルシーはリトと庭の四阿（あずまや）にいた。

カーティ家の庭は、自然をそのまま生かしたスタイルで、それはそれは緑にあふれている。植物の管理を仕切っているのがあの母なので、感性の爆発という趣だ。チェルシーは密（ひそ）かにダイナミックイングリッシュガーデンと呼んでいた。

その中で、唯一まともな空間がこの四阿である。広めのテーブルの上にはクロスが敷かれ、リトのおやつセットが広げられている。

「まさか、口直しにお気に入りのケーキを食べることになるとは。それもこれも、ぜ～んぶお姉さまのせいですよ」

「う、うるさいわね……慣れないことをやらせたのはそっちじゃないの」

「言い出しっぺはお姉さまです」

くっと悔しさをにじませるチェルシーは、テーブルのタルトを恨めしげにねめつけた。ホールの形だったそれは、もう八分の一ほどしか残っていないが、異様な存在感を放っている。不格好なフルーツたちに、半分は焦げた生地。お世辞にも上手とはいえない出来栄えだ。挙手するのも恥ずかしいが、チェルシーが作った代物だった。

ことの発端は簡単だ。二度の不可抗力によりおつかいを遂行できなかったせいである。

そして、自分で作ってみせると豪語したせいだ。ならばと、この面白そうな機をリトが逃すはずもない。あれよあれよと、レシピを調べ上げ、材料を調達し、今日にいたり……今さらできないとは言えないチェルシーは作るしかなかった。

「見た目はあれだけど、この黒っぽいところを避ければ全然食べられたと思うんだけどな」

「ご冗談を。中のカスタードも口の中でべたつくうえにだまだらけで、ちゃんと強火で加熱しなかったんでしょう。おいしかったのはフルーツだけです」

「うっ……フルーツがおいしいのは当たり前じゃない」

だって自分は切ってしかいない。

「まあいいわ。今の私は、リトの毒舌にも届しないくらい幸せなの！　うふふふふ」

チェルシーは手元にある一通の封筒を持ち上げ、愛おしげに頬ずりをする。

スミレの描かれた可愛らしい封筒、その差出人は、サフィア・ルネール。

チェルシーが愛してやまない最推し、サフィアからの手紙だった。

すでに何度かやり取りをしており、四通目の返事だったが、チェルシーは一通目をもらったときとなんら変わらずのテンションだ。むしろ新しい発見に心躍らせる。

サフィアは筆まめらしく、チェルシーが手紙を出せば五日と経たず返事が届いた。どんな話を振れば彼女が乗ってくれるか熟知しているチェルシーでさえ驚いた。ゲーム内では直接会うのが普通だったから、今まで知る機会がなかったのだ。

（遠くから最推しを見守ろう作戦、実は天才的発想だったのでは!?）

こうして推しの知識も増えて、チェルシーとしても万々歳だ。彼女の書いた文字も合法で手元に置いておけて、好きなタイミングで眺められる。しかもその全部がチェルシー宛！

今回の手紙には、不安定だった体調がだいぶよくなったと書かれていた。チェルシーも知るプラタナスの樹の下で過ごす時間が増えたらしい。その木陰でオリーブのケークサレを食べたときの感想も綴られていた。

（だから、私も同じ物作ってもらっちゃった！）

チェルシーは、すでに半分ほど食されたパウンド型のケーキを前に、きゃっと頬を染める。見た目も当然ながら、中に入っているオリーブの出どころも抜かりなかった。サフィアのケークサレに使用されたオリーブは有名な産地のものではなく、辛味の強い別の地方のものなのだ。そこまできちんと揃えての同じケークサレだった。

これは、プライベートと食べ物、特にケーキの情報に強いリトが特定した結果だった。

（はあ……画面越しでは知りえないリアルだからこその情報感謝！　推しと同じ世界に生きてるって最高！　今日からこれが私の好物になりそうぅ……平和になったら絶対同じ皿のケークサレを食べてやるわ。この手紙の返事にもそう書いて――んん？　この手紙、よく吸えばフローラルの香りがする⁉　な、なんの香水かしら？　できることなら同じ香水を――推しの香水をつけたい……）

にやつきながらケーキを貪（むさぼ）っていたかと思えば、顔面に手紙を押しつけてすんすんすんと匂いを嗅ぎ始めたチェルシーに、リトが紅茶のカップを手にしたまま白い目を向ける。

「……義理とはいえ、こんなのが僕の姉だなんて……文通相手はよくこんな変人の相手ができますね。感心に値しますよ」

「サフィアは優しい子なの！　女神なの！　すんすんすん。それよりも、特定班（リト）！　しっかり報酬は渡すから、これからもよろしく頼むわね！　すんすんすんすん……」

「はあ……まったく、お姉さまは都合がいいんですから」

そうして、姉弟仲よく午後のひと時を過ごしていると、樹木や長い草で覆われた小道から、客人が現れる。横目に気が付いたリトが、「おや」と声を上げた。

「お姉さま、お茶会に珍しくお客さんが来たようですよ」

「こんにちは。君たち姉弟は仲がいいね」

すん。

幸せに浸っていたチェルシーは、その声に息を止めた。

ここまでくれば、いちいち驚くこともなくなった。爽(さわ)やかな笑みを浮かべるアレクセイを、手紙越しにジト目で見上げる。先日助けられたとはいえ、それはそれ、これはこれである。

チェルシーは毎度何かしらの理由をつけては、約束を破って目の前に現れる男に尋ねた。

「……今日はどういった理由で私の前に？」

「今回は君の父から、ここで楽しいことをやってるみたいだから行ってくるといいと教えられてね。男爵にすすめられたら断れないだろう？」

（お、お父様のアホ～～～！）

なんとなく察しはついていたものの、父を責めずにはいられない。しかも、チェルシーが嫌そうな顔をしたところで、アレクセイにおとなしく引き下がる選択肢はとことんないのだ。

「で、お茶会(これ)が楽しいことなのかな」

「ああ、たぶん。こっちじゃないですかね。お姉さまの作ったフルーツタルト」

「リト！　余計なこと教えないで！」

質問にあっさり答えたのはリトだった。父と母がアレクセイとずぶずぶの関係でも弟だけは味方だと思っていたチェルシーは、信じられないとリトへ目をやる。

「いかにお姉さまがお菓子作りがヘタか、知っておいてもらったほうがいいでしょう？」

失礼な。この弟は、甘いものが好きなくせにオブラートに包むという言葉も知らないのか。

（ほとんどひとりで食べたくせに）

チェルシーがくぅと漏らすと、アレクセイがテーブルに載ったタルトを指差す。

「これ、君が作ったの？」

「そ、そうですよ。でもシロートですから。リトいわく食べられたものじゃないそうですし」

自分で言ってちょっと切なくなる。残骸をアレクセイの前に晒しているのも恥ずかしくなってきてしまい、もうさっさと自分で食べてしまおうとフォークを手に取った。

ところが、不格好なタルトにフォークが刺さる前に、ひょいと別方向から手が伸びてくる。

そこにはマナーもへったくれもなく、タルトの大半は大きく開いた口の中へ消えていった。

「悪くないな」

しまいに、ぺろ、と赤い舌を出してアレクセイは自分の指まで舐めてしまう。

きれいな顔には似合わないワイルドな一連の行動に、チェルシーは呆気に取られる。それでもなんとか我に返って、わなわなと震えた指をアレクセイに突き立てた。

「ちょっと、何勝手に食べて――！　それに、おいしくないのに！」

「おいしかったよ。洗練されてはないけど、素朴な味でね」

けろっとした表情で答えられる。

「そ、素朴ってそんな、嘘つかなくても……」

「嘘じゃないよ。あいにく俺は君の弟と違って美食家でもなければ、評論家でもないからね。

自分がおいしければそれでいい。信じるか信じないかは君に任せるよ」

「ぐ、ぐう……」

チェルシーはいつもの悪ふざけを疑うが、彼の言うようにそんな素振りはなかった。どうやら本気であの失敗にも等しいタルトをおいしいと思ってくれたらしい。

「これは予想外の展開。でも、よかったですね。お姉さま」

「よくないったら！」

チェルシーはこの得体の知れない男に、手なづけられるワケにはいかないのだ。

（ただでさえ、この間は馬車の中で肩まで借りて寝ちゃったっていうのに……！）

〈やることリスト〉に記した、〈アレクセイとの婚約を絶対なかったことにする!!〉からは、どんどん遠ざかっているような気がしてならなかった。

「ところで、俺にはこっちも楽しそうな気配がするんだけど？」

アレクセイは、チェルシーの席までやってくると、テーブルに置いてあった一冊の本を手に取る。慌てて取り返そうとしたが、無駄だった。

『決定版！　淑女によるしつこい紳士の撃退法！　～優雅にさりげなく～』

「――それでも諦めないしつこすぎる紳士へ編……攻撃は最大の防御。初級。背後から襲われたときの対処法……」

栞の挟んであったページの見出しまで、淀みなく読み上げたアレクセイの視線がちくちくと刺さる。ふい、と顔をそむけたチェルシーにアレクセイが呆(あき)れたというように口を開いた。

「君、懲りないね。また自ら危ないってわかってる橋を渡ろうとしてない？」

「こ、これはただの知識ですから、何かあったときの！　ほら、この前も物取りに対して何もできなかったでしょう？　アレクセイ様がいなくても自分の身は自分で守れるようにしておきたいんです！　いざってときの護身術を覚えておきたいだけです!!」

次の攻略キャラのために、対策を練ろうとしていたとは口が裂けても言えない。

だからこそ、今後は特にチェルシーのやることに首を突っ込んでほしくはないのだが、アレクセイはどういうワケか関わりたがる。どうせ今回も……と思えば例によって、詳しく本の中身を読み始めた。

この本は大体がタイトルのとおり、紳士の誘いをやんわり断るための乙女(おとめ)たちの教典だ。だいたいは前半のソフトな対応で方がつく。だが、諦めの悪い男というのはどこにでもいるもので。後半には、非力な女性でも楽に身を守る方法が図入りで掲載されていた。

チェルシーが栞を挟んでいたのは、そのうちの初級編のひとつ。背後から襲われた場合に逃げ出す方法だ。抱き着かれたら膝(ひざ)を曲げてあごにずつきを食らわせ、逃走の隙(すき)を作るという。

「お姉さまは、僕で実践しようとしたんですよ。家族一繊細でか弱い僕が、その図の大男みたいなマッチョ役が務まるはずないというのに。どうせなら、お姉さまを助けたっていう、アレクセイさまのような立派な方に頼めばいいんですよ」

「え!?　いい、いい！　絶対にいい！　こちらから遠慮します！」

「その反応、傷つくなぁ……これでも、身体を張ってあのときは助けたつもりだったんだけど、君にとってはたいして役に立たなかったってことかな？」

「そ、そんな！　感謝はしてます……！」

「じゃあ、今回も君の役に立とうか」

(だから、なんで！)

どうしたってうちの家族は余計なことばかりをアレクセイに教える。あれよあれよと会話が進み、なぜか自分が悪者みたいになり、気が付けばアレクセイの手のひらで転がされている。

「――じゃ、さっそくやってみようか」

「え！　い、今からですか!?」

「当然。時間がもったいないからね。ほら、立って。少し場所を移そうか。この先にベンチがあったよね。そっちへ行こう」

そのままなぜか主導権までアレクセイに握られる。マイペースにケーキを楽しむリトに見送られ、チェルシーは庭の奥へ、左右の草をかき分けてついていった。

「はい。後ろ向いて。やることはわかってるよね？　本は――ここ、ベンチに置くから」

反論する余地もなく、続けざまに背を向かされる。こうなればもう従うのみだ。チェルシーは気持ちを新たに、今は護身術習得に集中しようと決めた。

(こうなったら、こっちがアレクセイ様を利用してやるわよ！　大男たちが襲いかかってきても、ばったばったと倒せるくらい強くなってやるわ！)

「わかりました。では、よろしくお願いします」

いちおう協力してもらう身として頭を下げれば、背後から短い返事が聞こえる。

チェルシーは、本に書いてあったポイントなどを頭で繰り返しながら静かに待った。

(身体を縮めるようにして、一気に屈んで飛び上がる。一気に屈んで飛び上がる……)

あくまで練習だから、本気でぶつかるようなまねはしないが、なるべくイメージは作っておきたかった。瞼を閉じて、脳内でプロレスラーのようないかつい男性を妄想する。

——その男は、チェルシーを逃がすまいとして後ろから襲いかかる。自分は逃げようとするが捕まってしまい、情け容赦なくその筋骨隆々の腕で、ぎゅううううぅ！　と。

「…………………」

カッ——と勢いよく開眼したチェルシーは、妄想の世界から早くも離脱した。

(違う……想像と全然違うっ!!)

肩に回ったアレクセイの腕を押さえ、チェルシーは心の中で叫んだ。

たしかに逞しい腕だ。それがチェルシーの身動きを封じている。けれど、これは暴漢に襲われているそれではない。さすがに加減してくれているのか、アレクセイの抱擁は絶妙な具合で、それがかえってチェルシーの羞恥を呼んだ。

密着した服越しにしっかり熱は感じるし、庭の植物とは明らかに異なる香りが鼻を衝く。サフィアの手紙とも違う、ムスクのような——大人の男性を彷彿させる深い香り。

（いやっ、ちょっ、まっ、こっ————っ⁉）

身体を縮めるどころか、完全にフリーズした。今の自分は耳まで真っ赤かもしれない。最悪なことに、アレクセイにはその様子が見えてしまっているだろう。

一度放してもらおう。そうしよう。なんとか頭を働かせてそう決め込むも、なぜか次には抱きしめる力が強まる。恋愛経験がほぼゼロのチェルシーには、刺激が強い一撃だった。

「う」

「う？」

「うきゃああああああぁぁぁぁ!!」

貴族令嬢とは思えない野性味あふれる奇声が上がった。ゴチン、という痛々しい打撃音も。

周囲の樹に留まっていた鳥たちが、仰天して一斉に空へ飛び立っていく。

そのあとの練習は、言うまでもなかった。穏やかに怒れるアレクセイに止められたのもあるが、何よりチェルシーが耐えられるはずもなく、断念するかたちとなったのだ。

だが、話はここで終わると思いきや、想定外の方向に転がっていくこととなる……。

数日後。

アレクセイと護身術を練習した日とはうってかわって、チェルシーは〈やることリスト〉を真剣な表情で眺めていた。


——攻略キャラとの出会いイベントの達成！

——ブラックダイヤ探しを手伝ってくれる人材の確保！

——ブラックダイヤを自分の代わりに壊してくれる人材探し！

——アレクセイとの婚約を絶対なかったことにする!!


手前ふたつの目標が埋まりそうな情報が手に入ったのだ。

情報をくれたのは、蛍亭の常連である卸売業の男性からだった。ロージーを介して渡された手紙には〈翡翠(ひすい)の館(やかた)という高級酒場に、見慣れない連中が出入りしている〉と書かれていた。

それはまぎれもなく、チェルシーの待っていた最後の攻略キャラの情報だった。

接触していない攻略キャラは、残すところあとその人物のみ。ブラックダイヤ探しも、その人物に依頼しようと決めていた。そのために、チェルシーも準備を進めてきたのである。

受け取った手紙を日記に挟むと、チェルシーはさっそく支度に取りかかった。

ツテで入手した衣装一式に、前もって用意していたブーツをクローゼットの奥から引っ張り出してくる。次にペーパーウエイトの戸棚から革製のカバーがついた短剣を手に取った。

……念のための護身用ではあるが、正直使いこなせる自信はない。

先日フルーツを包丁で切っただけでも、自分の手は震えていた。度重なる事件のせいで、刃物類がいつの間にか苦手になっていたのだろう。できれば出番がないことを祈った。

「あとは……連絡だけかしら」

チェルシーは引き出しから便せんを引っ張り出し、さらさらとガラスペンで手紙を書く。


蛍亭から例の情報をもらってきたので、今夜出発します。

時間は二十三時。場所はリーフ男爵邸より南の森、シンボルオークの下。

追伸。先日は、あごにずつきをしてしまって大変申し訳ありませんでした。


なんだか文書作成ソフトで作った業務連絡みたいになったが、チェルシーはそのままブロッターでインクを吸い取り、蝋で封をすると封筒へ突っ込んだ。

「コーラル、これを至急ベルフォン伯爵邸に届けてもらうよう手配してちょうだい」

「はい。かしこまりました」

手紙を手に部屋を出ていくコーラルを、どこかそわそわした気持ちで見送る。

陽が沈み、みんなが寝静まったころ、チェルシーはコーラルに着替えを手伝ってもらい、屋敷を出た。ランプを持った使用人と森の中を急ぐ。

事前に約束した場所にチェルシーが着くと、すでにそこにはアレクセイの姿があった。

「素っ気ない手紙をどうもありがとう、チェルシー」

彼は闇に紛れるように、黒いスーツで身を固めており、目立つ髪色を隠すためか、珍しくハットも被っていた。昼間からずっとそぞろになっていた気持ちがその顔を見た途端、すとんと地面に着地した気がする。

そのままふたりで森を行けば、伯爵家の馬車が通りに停められていた。

「花街にある翡翠の館まで頼む」

アレクセイが御者にそう指示を出し、ふたりで馬車に乗り込む。

これから向かう翡翠の館は、最後の攻略キャラ、アメジスト――ジルのアジトだった。

ジルは俗にいう、義賊。街から街を飛び回り、悪徳貴族や暴虐な豪商から金品を奪い、民に分け与えることを生業としている賊のボスだ。

そして、四周目でチェルシーを殺した、因縁の相手。

あの場には、家族も使用人も、チェルシーの慕う人たちが大勢いた。なのに、ジルが届けたブラックダイヤのせいで、すべてめちゃくちゃになったのだ。

バグにより〈盲愛エンド〉へ突入し、チェルシーに狂わされたジルが何人も殺した。恐ろしいほど手際よく。ある者は首を、別の者は腹を切り裂かれて。泣き叫ぶ人たちも、ひとりまたひとりと静かになって……。最後には絶望するチェルシーさえもその餌食になった。

チェルシーは死ぬ間際の血の海を思い出し、ぶるりと震える。

今世でもどうなるか、誰よりも出方がわからない相手だった。

しかも今回は、本来のシナリオとは違う方法で接触を図ろうとしている。

盗みを働いて街で噂になったあとではなく、狙うはその前。彼が王都に居着いて間もないころが、攻めどきであると判断した。

（蛍亭と翡翠の館。両方に出入りしている卸売商に出会えたのは幸運だったわ……）

おかげでチェルシーは、その機を逃さずにすんだ。

「俺が立てた計画は憶えてるね？」

「え――ええ、もちろん。忘れてません」

斜め向かいで足を組んで座っていたアレクセイの声に、チェルシーはハッと顔を上げた。

今回の件で、当初なかった要素といえば彼の存在だろう。

チェルシーも初めはひとりでジルと会うつもりだった。それがふたりになったのは、自分がアレクセイのあごにずつきをしてしまった、あの日に原因がある。

――あのあと、怒りを携えた彼に、なんでそんな練習が必要なのかと、事細かに尋問される羽目になった。それでどうにもこうにも逃げられなくなり、とうとう口を滑らせたのだ。

「翡翠の館にやってくるジルという義賊に会いたいんです……」と。

その瞬間アレクセイの眉がぴくりと動いたのを、チェルシーは見逃さなかった。纏う空気が変わったのもすぐのこと。慌てて目的は交渉だと告げれば、怖いくらいの笑顔を浮かべたアレクセイがドンと言い放った。

「それ、俺も行かせてもらうから」と。

驚愕の声を上げて、冗談じゃないと首を振りまくったが、こういうときの彼は横暴だ。揚げ足を取るように、チェルシーの失敗を責めるものだから、頷くほかなくなったのである。

（……でも、私、今になってひとりじゃなくてほっとしてるのよね……）

暗い夜道を駆ける馬車の中で、チェルシーは自分の胸を押さえた。

アレクセイがいなかったら、たぶんもっと心臓がバクバクいっていたはずだ。恐怖も、比べものにならないほど大きかっただろう。結局、彼がここにいる最大の理由は、自分が少しでも安心したかったからなのかもしれない。

（アレクセイ様とは離れるべきなのに、何やってるのかしら私……）

まったくもって、行動が矛盾している。しかもアレクセイに話せた事情といえば、翡翠の館にいるジルと交渉したいというひとつだけだ。これでよく協力してくれるなと不思議に思う。

（理由として考えられるのは、私が父親の友人の娘だから……？）

チェルシーが両親にも内緒で危険なまねをしているのを知って、見過ごせないという話だろうか。だったら、真っ先に首を突っ込むなと止めるほうが先決だと思うが……。

（止めても無駄って思われた可能性はありそう）

そうして、物思いにふけっていたチェルシーに、アレクセイがふいに話しかけてきた。

「それにしても、うん。案外そういう格好もありだね」

「え？」

「その衣装だよ。可愛い召使いくん」

チェルシーは、その茶化した口調で自分が普段と違う格好をしているのを思い出した。

「こっちは慣れない格好でドキドキしてるんですから、変な言い方やめてもらえます？」

「心配しなくても、よく似合ってるよ」

アレクセイの言い草に、チェルシーは久しく穿（は）いてなかったパンツ――トラウザーズをちょいと引っ張った。スカートとは違って引き締まる感じが懐かしい。

（まさか、ここまできて男装することになるとは……）

窓に映った自分のコスプレ姿に、チェルシーは複雑な顔を浮かべた。

おとなしい色合いのベストとジャケット、ダイヤ形の飾りがついた紐（ひも）タイに横がけの鞄（かばん）。髪はひとつにまとめてリボンでくくってあった。こういってはなんだが、チェルシーくらいの年齢であれば、童顔の少年召使いに見えなくもない。

（男になれって言われたときはびっくりしたけど、これもあやしまれずにジルに会うためよ）

チェルシーの立てた計画を一部変更したのはアレクセイだった。もちろん、その方法のほうが理に適(かな)っていたから賛同したまでで、何もかも委ねたつもりはない。断じて。

それからしばらく馬車に揺られていれば、目的の翡翠の館がある花街に到着した。

この場所は、いわゆる大人の街。男と女の駆け引きから始まり、賭(か)けごとや、非公然的な取引など、金持ちたちが贅(ぜい)を尽くしている場所とあって潤いに満ちている。

蠱惑的(こわくてき)な明かり、照らされる金と銀の装飾の店、どこかでは異国の薫りを孕(はら)んだ香が炷(た)かれ、何語かもわからない優雅な歌まで聞こえてくる。街を練り歩く客引きの娘たちも、とびきりに美しかった。それはもう、ここに女としていなくてよかったと委縮するくらいには。

馬車を降りてからはずっとそんな雰囲気で、チェルシーはアレクセイの後ろをぴたりと着いて歩いて進んだ。

目当ての店は、ほどなくして見つかった。金に縁どられた看板に翡翠の館とある。

「準備はいい？」

立ち止まったアレクセイがハットを深く被り直す。チェルシーもこくりと力強く頷いた。

一階は酒場とあって、酒と煙草の独特な匂いが充満していた。同じ貴族と思われる男衆がおのおの談笑を楽しんでいる。変装した自分たちは、彼らの同類だと判断されたのだろう。店に入ると同時に感じた視線もすぐに散っていった。これは計画どおり。チェルシーたちはきっと酔っぱらっている彼らの記憶にも残らないだろう。

「お客さんたち、初めて見る顔ね」

そこへ現れたのは、客引きの美女たちとはまた違った色気を纏う女性だった。エキゾチックな雰囲気で、鼻筋が通っており、片側に大きく寄せた長い黒髪が印象的だ。

（ベローズ！）

ゲームでこの店を知っているチェルシーは、彼女がオーナーだと気付いた。アレクセイの後ろに立ち、知らせるように彼のジャケットの裾を引く。返事をするように一瞥をくれた。

「失礼。少しお尋ねしても？」

「……なにかしら？」

「ここにいるジルという人物にお目通り願いたい」

「……そんな名前の人ここにはいないわよ。あなた他の店と勘違いしてるんじゃない？」

ゲームでもジルを慕うキャラとして登場するベローズは、当然のように匿う姿勢を見せた。

（……アレクセイ様、どうするつもりかしら？）

ここでの交渉は自分に任せてほしいと、事前にアレクセイから告げられていた。チェルシーはとにかく召使い役を徹底して、余計なことは考えないように、と。

「あなたはただ話を通してくれるだけでいい。ここに彼らが潜伏していることは口外しないし、有益な情報を提供すると約束しよう」

「しつこいわね。だから、知らないって言っ――っ!?」

意地でも譲らないといわんばかりのベローズの眼前に、アレクセイは一本の酒瓶を突き出した。ベローズはなぜか必要以上にたまげた様子で、化粧で盛った目をぎょっと見開く。

「では、酔っぱらった客に水で薄めた酒を提供していること——公にしても構わないね？」

（い、いつの間にそんなこと調べたのよ⁉）

ゲームには出てこない情報に、チェルシーもさすがにベローズと同じ顔になる。

（あ、で、でもそうか、彼女がジルに手を貸すのは、彼女自身が貴族を嫌ってるからだもの。納得のぼったくりだわ……）

ベローズは、ギリッと悔しそうに歯噛みした。

「だから、貴族なんて嫌いよ。みんなおつむの弱いバカばっかりで、いい金ヅルだと思ってたのに、たまーにあんたみたいな無駄に頭の働く奴がいるの。ムカつくったらないわ！」

ドカッと乱暴に椅子に腰を下ろしたベローズは、やけくそといわんばかりにそう吐き出した。ドン、と勢いよく置いたコップに酒をそそぐと一気にあおる。

「ガス！　——ガス‼　早く来なさい‼」

チェルシーたちがおとなしく待っていると、彼女は自分の手下を呼びつけた。かわいそうに。手下に落度があったわけではないのに、不機嫌な彼女によって烈火のごとくどやされている。

ぺこぺことへつらう手下は、伝言を伝えるためか慌ただしく階段を駆け上がっていった。

（す、すごいわ……）

思った以上にスムーズにことが進み、さすがのチェルシーもアレクセイには感謝してしまう。

「さ、ここからは君の役目だよ」

手下の消えた階段奥を見上げていると、アレクセイが言った。

「わ、わかってます。ここまで手伝ってくださってありがとうございました」

「これくらい、どうってことないよ。……ただ、しっかり見届けさせてはもらうから」

すぅ、と細められた視線に、チェルシーの背筋は自然と伸びる。

ほどなくして手下が戻ってくると、チェルシーたちはジルのもとに呼ばれた。


なんの変哲もない宿の扉の先は、一階よりも酒の強い匂いで満ちていた。

十人ほどいる下っ端が、ジョッキを手にチェルシーたちよそ者を無言で睨みつける。

アレクセイはそれをものともせず、ずかずかと部屋の真ん中を進んでいくものだから、チェルシーは離されないよう必死についていった。

一番奥――窓辺に立って背を向けていた背の高い男が振り返る。

無造作にはねた漆黒の短髪が揺れた。精悍な顔には、右から左の頬まで大きな傷がある。

放埒な男たちをまとめるには少々若いが、傷を堂々と晒して佇む姿は、義賊のボスそのものだ。アメジスト色の眼光は、さながら肉食獣だった。

（間違いない――ジルだわ！）

その顔つきを見た刹那、心臓がどくんと脈打った。かすかに震える手が、鞄にしまってあるナイフを布の上から掴む。呼吸の仕方を忘れてしまったかのように浅い息が繰り返し出た。

（お願い……何も起こらないで……）

彼の視線から指の先の動きまで、すべてに神経を集中させた。

ジルはそんなチェルシーに一度は目をやったが、すぐに逸らす。大股で床を鳴らしてアレクセイの前まで来ると、好戦的な態度でジロリと睨んだ。

「アンタか？　俺に話のあるっていう色男は。……ああそうだなぁ、たしかに下で飲んだくれてる奴らより、マシなツラしてるじゃねえの」

「……悪いけど、君と話がしたいのは俺じゃない」

「はあ？」

意味わかんねぇ、というようにジルが声を上げる。

「あ……あなたと話をしたいのは私です」

チェルシーが一歩踏み出して、そろりと挙手をした。ジルだけでなく、取り巻きたちも一斉にざわつく。再び目が合ったジルは鼻で笑った。

「なるほどな。その男は安全に乗り込むまでのカモフラージュか。どこで俺たちの情報を手に入れたか知らねえが、おもしれーことするじゃねえの――しかも」

軽々とチェルシーに近づいたジルが、ホンモノの獣のように、すん、と匂いを嗅いだ。

「アンタ、女か」

「おい！」

珍しく声を荒らげたアレクセイが、硬直したチェルシーとジルの間に立ち、けん制する。

「そんな殺気立つなよな、ボディガード。殺し合いじゃなくて、話し合いに来たんだろ？　いいぜ。ここまで来た褒美に話くらいは聞いてやる。そこに座れよ」

ジルが、チェルシーにテーブルにつくようあごで指す。

チェルシーは、急な出来事にまだ心臓がうるさいくらい拍動していたが、唾(つば)と一緒に恐怖を呑(の)み下した。背もたれのある革張りの椅子へゆっくり腰を下ろす。

アレクセイはその後ろに立ち、向かいにジルが座った。

「話の前に、先に名前くらいは名乗ってもらおうか？」

「……私はチェルシーと言います。彼は……私に付き合ってくれただけなので、今回は」

「わかった、いいぜ。こいつはいなかったことにしてやる。――で、チェルシーとやら、見たところ金に困ってるようには見えねえが、義賊のオレにいったい何のようだ？」

チェルシーは、膝に乗せた鞄を両手で握りしめた。

「私がほしいのはお金じゃありません。あなたの持つ情報網と腕を見込んで――ある宝石を探してほしいんです」

「……宝石？」

「はい。ブラック・レガリア・ダイヤモンドという、黒いダイヤモンドです」

ジルは、チェルシーの話に何か考えるような素振りをしたあと、テーブルに頬杖(ほおづえ)をついた。

「名前だけは聞いたことがあるな。たしか過去に紛失して今は行方知れずじゃなかったか？」

「はい……でも、絶対に存在はしてます。私はどうしてもそれを手に入れないといけなくて。探してくれると約束してくださったら――こちらを差し上げます」

チェルシーは鞄の中から筒状に巻いた羊皮紙を取り出した。この日のために準備した、彼らが何より望むであろう、重要な交渉材料だ。

「グライムス屋敷と、その隠し通路の見取り図です」

次の瞬間、場の空気が目に見えて変わった。

ジルだけではない。この場にいる全員の剥(む)き出しになった敵意がチェルシーを突き刺した。

対面のジルの眼光が、獲物を狙う獣のそれになる。

（――ッ、手の、震えが………でも、ここで頑張らないと……ッ）

チェルシーは、獣の放たれた暗い森を歩かされているような心地になった。ここから先、ひとつでも選択を誤れば、間違いなく――喰(く)われる。

それほどまでに効力を発揮するグライムス屋敷とは、グライムス商会の元締めアダム・グライムスの住処のことだ。彼は、裏であくどい商売を繰り返しているとの噂があった。

闇オークションに人身売買、麻薬……。その犠牲者は数知れず。かつて、ジルの仲間もこれの食い物とされた。ようやくグライムスが諸悪の根源だと突きとめ、王都までやってきたというのが彼らの事情だ。

そして、屋敷の見取り図も含め、これはゲームで得た知識であり、本来部外者が知る由もない内情。警戒されて当然のことをしているのは、チェルシーが誰よりよく理解していた。

「アンタ、オレたちをどこまで知ってやがる」

だらりと頬杖をついていたジルが身を起こす。空気は痛いほど冴えわたっていた。

「かっ——仮に、私がこれ以上の事情を知っていたとしても、関与するつもりはありません。私はただ、先ほど言ったことを手伝っていただきたいだけです」

「……だけどよ、その見取り図がホンモノっていう証拠もねえだろ。アンタたちはオレたちを嵌めるために、わざわざ商会が派遣してきた回し者って可能性もあるしな」

ふっといやらしく笑ったジルの言葉に、手下たちがさらに敵意を強くする。

(やっぱり簡単には信用してもらえない……だったら、次よ)

ぐっと唇を噛んだチェルシーは、乱雑に物が置かれたテーブルにある紙束を指差した。

「証拠はありません。ですからこの——トランプで信用を賭けて私と勝負してください」

チェルシーはそうはっきり提案すると、まっすぐジルを見据えた。

ジルはつかの間呆気にとられていたが、みるみる口角を上げ、瞳を爛々と輝かせる。

「オレにカードで勝とうってか！　おもしれーこと思いつくじゃねえの。そういうの嫌いじゃねえぜ。その勝負乗ってやる！　アンタが勝ったら、見取り図のこと信用してやるよ。ついでに、探してるっていうブラックダイヤもオレが見つけてやる」

言うが早いか、ジルはその手にさっそくトランプを取ると器用に切り始めた。

彼が無類のカード好きなことは、ゲームで学習ずみ。必ず乗ってくると確信していた。

「ただし、オレが勝ったらそのときは容赦しないぜ。アンタの知る情報、洗いざらい話してもらおうか。結果によっちゃあ、少し痛い目みるかもしれねえけどな」

ニッと意地悪く歯を見せたジルに対し、真っ先に反対したのはアレクセイだ。

「君がこんな男と勝負をする必要はない」

「おい、ボディガード。アンタはいないことになってるんだから黙ってろよ」

間髪入れずジルが口を出せば、ふたりの間で火花が散った。チェルシーは振り返る。

「大丈夫です。こう見えても私、トランプだけはけっこう強いんですから。それに、さっき見届けるって言ってくましたよね？」

「こんなことになるんだったら言わなかったよ」

どこか拗ねた様子のアレクセイはそう吐き捨てて両腕を組む。だが、チェルシーが引かないとわかってか、自分の言葉への責任か、以降はおとなしく口を閉ざす。

チェルシーはそんなアレクセイに背を向けた。

（大丈夫。もし、ここで負けるくらい気持ちが弱いなら、この場は助かったとしても、きっと別の場所で望まない死を迎えるもの。だから、負けたりなんかしない）

ジルにトランプを渡されたチェルシーは、落ち着いた気持ちでカードを切った。

店の外に出ると、星がきれいだった。

「……安心したら眠くなってきたわ」

ふあ、と盛大にあくびをするチェルシーを、横にいたアレクセイが見る。

「俺の気も知らないで、君はのんきだね。強いって言ったくせに、最後ギリギリだったのは、あれも計画どおり？」

「ぐ……さすがにあれは違いますけど、で、でも、勝ったんだからいいでしょう？」

ジルとの勝負の結果は、チェルシーの勝利に終わった。

しかし、アレクセイが言うとおり、苦戦を強いられたのは認めなければならない。

この世界でメジャーなカードゲームといえば、ポーカーなどというオシャレなものではなく、現代日本でも馴染（なじ）み深い、大富豪——一部の地域では、大貧民とも呼ぶらしい——だ。

『マテリアル』のおまけコンテンツでも、ミニゲームとして遊べる要素だった。

ふたり用にカードの枚数は制限されているが、基本ルールは同じ。『6』を最弱とし、数字が大きいほど強い。交互にカードを出し合って、手持ちが先になくなったほうが勝ちだ。

(大きい数字のカードも揃ってて、最強カードの『JOKER』まで手元に来たせいで気持ちが緩んだのかしら……)

その後、ジルに『6』四枚で革命——カードの強さが逆転して、数字が大きいほど弱くなる——を起こされるとは思わなかった。

(弱いカード持ち続けるのって、リスキーだからたいていみんな避けるのに、それを平然とできちゃうのがジルよね……)

義賊を名乗っているだけあって肝が据わっている。

さらに数ターン経過し、チェルシーのターンになれば、自分は手持ちが二枚、ジルが一枚。ここから勝てたのは、運を引き寄せたとしか言いようがない。

勝負に負けたジルは、それでもおおいにこのゲームを楽しんでくれたらしく、喜んで約束を守ると明言してくれた。四周目では悪い印象しかなかった彼も、本来は自身の義に忠実で仲間思いの性格だ。きっと、チェルシーの助けになってくれる。

そうして、やっと一番気がかりだったジルとのイベントを無事に果たせたのだ。だから、今はお小言は十分だと、チェルシーは並んでいたアレクセイを抜いて先をゆく。

「せっかく星もこんなにきれいなんですから」

自分の大切にしているペーパーウエイトを思い浮かべながら、くるりと後ろを向いた。

「星、ね。……まあ嫌いじゃない。むしろ好きだよ」

「……アレクセイ様、好きなものあったんですね」

意外だといわんばかりに立ち止まれば、アレクセイが苦笑してチェルシーの横へ並ぶ。

「君、この前から俺をなんだと思ってるの？　君からは、俺が心もないただの冷たい人間に見えるわけ？」

「そ、そうですよね」

ずっと『バグってる男（キャラ）』としての印象が強かったせいか、改めて言われるとチェルシーも思わず考えさせられてしまった。

（その他大勢（ただのモブ）とは少し違うかもしれないなんて、本人は知りようがないものね……でも）

物取りからチェルシーを助けた必死な姿も、ずつきを食らって本気で怒る形相も、こうして星が好きだという横顔も、この世界で生きている人間に変わりないんだなと思う。

（それにしても、星か……）

共通の好きなものを知ってしまって、違う意味で考えさせられる。偶然、なのだろうか。

どうにも彼を取り巻くいろいろな謎（なぞ）が解けない限り、過剰に疑いを向けてしまう。

（今日は頭を使いすぎたせいかしら。なんか、頭痛がしてきたかも……）

馬車に乗り込んでからも、チェルシーはどこか上の空だった。

「それにしても、グライムス商会の屋敷の見取り図なんてどこで手に入れたの？」

そこへアレクセイが質問を投げかけてくるものだから、つい反応が遅れた。

「え……それは、蛍亭の常連の方に……」

「隠し通路まで？　それもあんなに事細かく？　なるほど」

チェルシーはなるべく動揺を悟られないように装ったが、通用はしてなさそうだった。口ぶりもわざとらしく、翠色の瞳は完全に疑っているそれだ。

だが、ゲームで経験ずみです、なんてアレクセイに説明できるはずもない。

だから、だんまりを決め込めば、しびれを切らしたアレクセイがため息をつく。

「あのジルって奴には、宝石を探してる話もあっさり打ち明けたのに。君の口からそんな話、俺は一度も聞いたことない。……これからもあいつだけには話すんだろうね、君は」

やたらと棘のある言い方だった。いつもの知的さはなく、思ったまま、八つ当たりをしているかのようにさえ聞こえる。その理不尽さには、チェルシーも黙っていられなかった。

「あれは交渉に必要だっただけですから。アレクセイ様こそ、そんなわかり切ったことで機嫌を悪くされても困ります。いったい何が気に入らないんですか」

反論すれば、ガツンと頭痛がひどくなった気がした。頭が重く、俯いてしまう。

（はあ……なんで今さらこんな疲れる展開に……）

ジルとのイベントで精根尽きたのだろうか。ここにきて、張り詰めていた糸が切れたように、くてと身体を椅子に預ける。とにかくだるくてしかたない。すぐにでも眠りたかった。

「チェルシー……?」

向かいでアレクセイが、焦るように身を乗り出したのがわかる。なんの前触れもなく額に手を当てられ、驚いた。しかも彼の手が異様に冷たく、チェルシーは二度驚く。

「う……」

自分ではもっとまともな声を出したつもりだったが、そんな弱々しい声しか出なかった。身体に力が入らない。熱くて重くて、視界が回転するような気持ち悪さまでこみ上げてくる。

チッ——と、馬車の音に混じってアレクセイの舌打ちが聞こえた。

「どうして、もっと早く……」

考える気力もなくなったチェルシーの背を、倒れないよう大きな手が支える。

そこから先の記憶は曖昧(あいまい)だった。少しして停まった馬車から、抱きかかえられた状態で降ろされて、コーラルの声にはすぐ気付いたものの、それっきり。

思わぬ高熱を出したチェルシーは、それから数日間寝込むことになったのだった。

翌日。アレクセイは教会にいた。今日は礼拝の日だった。

神父の模範的な話を聞き、女神を崇めるための讃美歌を歌う。日課を終わらせた人々がぞろぞろと日常に戻っていく様子を、アレクセイは会衆席に座ったまま眺めていた。

星は好きだが、アレクセイに義父のような信仰心はない。しかし、アレクセイは月に二度は教会を訪れるようにしていた。

アレクセイが監視している、チェルシー・カーティのことを報告するために。

ところが先週、アレクセイは初めてその報告をサボった。適当な理由をつけて今日にしてもらったのだった。本当は気が乗らなかっただけなのだが、今までそんなつまらない理由で報告をサボったことは一度もなかった。

（ここへ来れば気持ちも切り替わると思ったが……）

報告相手を待つ間、アレクセイはふと講壇の奥にある巨大なステンドグラスに目をやる。

星を抱く美しい女神。

昔はこれを毎日のように見上げていた。信仰などという崇高な気持ちなどではなく、真逆のドロドロとした願いを込めて。

そう、復讐したいなど――。

当然、神がそんな汚い願いごとなど叶えてくれるはずもないとわかっていたから、自分は信者にはならなかった。己の願いは己で叶える。

予定より時間はかかっているが、チェルシーを懐柔する日はそう遠くない。

彼女の傍にいるために、いろんな方法で強行突破を図ってきたせいか、いまだに警戒されるときもあるが、地道に彼女の力になっていれば、いずれ信用はされよう。

彼女がいくら疑り深くても、恩を仇で返すような性格ではないことはわかっている。

（……それにしても、あんなふうに熱を出してまで、いったい何をやってるんだか）

昨日の、馬車の中での苦しげな姿が思い起こされる。

アレクセイは膝に置いた拳を無意識のうちに握りしめていた。

これでも彼女に関する情報は、事前にいろいろと仕入れている。しかし、彼女はそれ以上に大きな秘密を持っているように思えてしかたなかった。昨日も聞き出そうと試みたが、かたくなに口を閉ざすだけで、最後には熱だ。

（そうやって重要なことは何も話さないくせに、どうして賊なんかを頼るんだか）

初対面の賊に信用度で負けていると考えるだけで腹が立つ。

だが、一番不可解で気に食わないのは、そう感じる自分の気持ちだった。

彼女に危険が迫ると、自分の精神はひどく乱れる。物取りの事件がいい例だった。そして昨日の熱。どうしてもっと早くに気付かなかったのかと、自分を責めるまでにいたった。

あの賊が、傍若無人にチェルシーに近づいたときもそうだ。

ほんの一瞬でも彼女が怯えを見せれば、動かずにはいられない。

たしかに、自分の目的を果たすためには、彼女が危険に晒されるのは困る。だが、助けるとしても理性は保たなければならない。このあとの計画を思えばなおさら……。

だから、教会へ来ればあるいは忘れられるかと考えたが、その点ではどうやら無駄足だったらしい。

(だったら、報告してさっさと帰るまでだ)

ここ最近のチェルシーの行動と、それから文通相手のことも知らせたほうがいいだろう。

ただでさえ、彼女はアレクセイが聞いていた話とは違うから。

(本当に。熱なんか出す前に、もっと俺を頼ればいいのに)

おそらくあの調子では、しばらくベッドから出るのもままならないに違いない。

ちょうど渡したいものがあるから、それを渡すついでに見舞いにでも行こうか……と、言ってるそばから、彼女のことを考えてしまい、アレクセイは顔をしかめた。

「怖い顔をしてどうした、アレクセイ」

近くで、杖が地面を突く音がした。

真横を見ると、銀製のイーグルがついた高価な杖、それから指に輝く宝石たちが目に入る。

待ち人が現れたのだ。

「いえ、なんでも」

一週間前と同じく、どこか積極的になれないまま、アレクセイはその人物を仰ぎ見た。

第四章　またたく星霜とちらばる星々

熱にうなされていたチェルシーは久しぶりに過去の夢を見た。

三周目に〈石化エンド〉を迎え、死に戻ってしばらく経ったある日のことを——。


その日、チェルシーは半ば無理やり父に馬車へ押し込まれた。

教会へ悪魔祓いに行くのだという。

必要ないと言っても聞いてもらえず、かといってそれ以上反抗する元気もなく、しかたなく馬車の椅子に凭れかかった。ガラス窓に薄っすら映った自分の顔のなんとひどい。

十三という精彩な年頃にもかかわらず、限界まで憔悴しきっている。可愛い可愛いと、散々周囲に言われ続けた容姿は見る影もなかった。

（……どんな姿だろうと、どうせ死ぬなら関係ないわ）

チェルシーはそのまま眠るように目をつむる。

一周目は、最推しに殺されて死んだ。

二周目は、同じことを繰り返して死んだ。

ここでようやく、バグが原因で通常のエンディングを迎えられないことに気付いた。サフィアは二度も自分の死に巻き込まれたのだと知った。

三周目……頑張ったけれど、自分は笑ってしまうほど不器用だった。

今度は魅了のコントロールを誤った。呪いに蝕まれて、石になって死んだ。

呪いによる死は、まさにじわじわと侵食されるような息苦しさしかなかった。

最初に訪れるのは、四肢の強張り。

すぐに立っているのさえ困難になって、崩れ落ちても起き上がれなくなった。

助けを求める声は、じょじょに意味をなさない喘ぎ声となり、次第に五感も奪われていく。

母の泣く声が遠のき、父の抱きしめる感覚が薄れていった。

手遅れになっても、脳内でだけはずっと絶叫し、なんとか死から逃れようと足掻いたが、助けはおろか、簡単に息絶えることさえできなかった。

途方に暮れて気が狂っても、永い時間、意識だけが残り続けた。

じっと呪いに見下ろされているような気持ち悪さのなか、最期の意識が消えるまで……。

まるで、呪いがそれすら楽しんでいるかのような生き地獄をチェルシーは経験したのだ。

（今度は、どうやって死ぬのかしら……）

ブラックダイヤから逃げたところで、きっとうまくいかない――。

三度の死は、チェルシーから抵抗する力を奪っていた。いっそ振り切ってしまえば楽なのだろうが、そこにいたる元気さえ残ってはいなかった。

連れていかれた教会は、尖塔が特徴的だった。周囲に人気はあまりない。担ぎ込まれるように中へ入ると、最初に目に入ったのは講壇の真後ろにあったステンドグラスだ。

中央で女神が星を抱き、その周囲をまた別の星たちが囲んでいる。神聖な空気を纏い、慈悲深くこちらを見守っているようにもうかがえた。……ただ、今のチェルシーには眩しすぎる。

それ以前に、その慈悲の光が自分に降りそそいでいるようには思えなかった。

眉間のしわを濃くさせた娘を連れ、父は神父の元へ一目散に向かった。

「どうか娘をお助けください！　悪魔が取り憑いてしまったんです！」

「神父様、悪魔なんていません。私は平気ですから……」

突然現れた主張の違う親子を前に、神父はしばし戸惑った様子だったが、このあたりはさすがというべきか。何かを察したように頷くと、穏やかな表情でふたりを導く。

「わかりました。適任がおりますから、お嬢さんと会わせてみましょう。――さ、その間、お父上は私と一緒にこちらへ」

「は、はい……何卒よろしくお願いいたします！」

（……余計なことしなくてもいいのに）

会衆席で待つよう言われたチェルシーは、やむを得ず最後列の隅へ座った。

ところが、待てど暮らせど誰かがやってくる気配はない。

（……それならそれで、構わないわ）

チェルシーは馬車に乗っていたときと同じく、現実から遠ざかるように目を閉じる。

このまま消えてしまいたい――瞼の向こうに影が落ちたのは、その直後だった。

パッと目を見開いたチェルシーは、あまりの衝撃にびくっと肩を震わせた。

（カ、カボチャ……！）

野菜が宙に浮いている。

ついに幻覚まで見えるようになったのかと焦った。

……むろんそんなことはなく、数回瞬きをするとそれは勘違いだと気付く。

チェルシーがカボチャだと思ったのは、正面に立つひとりの人間の頭部だった。この世界ではよく目にする明るい茶色の毛に、ぼふんとしたボリュームのある髪がそう見せていたらしい。紛らわしいことに、前髪で目元が隠れているのも勘違いした原因だと思われた。

ただ、カボチャの下はいたって普通で、ひょろりと線が細いのが多少気になる程度だ。

「あの……神父様に、君と仲よくするようにって……」

そのカボチャがしゃべれば、声変わりを終えた少年だと知る。歳はチェルシーと同じくらいだろうか。気弱そうな感じだが、神父が寄こした相手は彼だと察した。

「……あなた、悪魔祓いができるの？」

「え！　で、できないよ！　ただ僕は神父様に話すように言われただけで……」

いちおう尋ねれば、彼はカボチャ頭をぶんぶんと振って否定する。

(これは単純に、子ども同士で話してみろってことなのかしら)

神父は結婚できないから、彼はここでお世話になっている子どもか何かだろう。

気怠そうに視線を外したチェルシーは、はあ、とため息をついた。

コーラルもリトもまだ出会う前で、周囲に同じくらいの子どもがいないとはいえ、余計なお世話に変わりない。相手が誰であろうが、話をする気にはなれなかった。

「神父様やあなたには悪いけど、お願いだからひとりにして」

スカートが汚れるのもいとわず、チェルシーは足を上げて椅子の上で丸くなる。周囲を拒絶するように膝に顔をうずめ、真っ暗闇の中でまた目を閉じようとした。

「そ、それ、ダメだよ……」

すると、か細い声で彼がしゃべった。

何が、と訊くのも億劫でかたくなにじっとしていると、唐突に腕を引かれる。

「えっ、ちょっと！　何する――」

「こっち来て！」

自分が弱っているせいもあり、勢いに負けて否応なしに立てば、そのまま外に連れていかれた。扉を出ると数段階段があり、彼はそこを、とんとんとんとリズミカルに下りていく。

「いきなり何するのよ」

下に着いたところで手を振りほどき、チェルシーは目くじらを立てる。その形相に一瞬怯むように彼は身を引いたが、すぐさま姿勢を戻した。

「で、でも、君が下を向いてたから……これは神父様が教えてくれた話なんだけど、俯いてるから底なしの暗闇しか見えないんだって。だからそうじゃなくて、上を見るんだって。たくさんの星が、光が見えるからって。——ほら！」

彼が勢いよく空を指差す。チェルシーも、おもいがけずその指を追う……が。

「………今は昼よ」

晴れ渡った青空には星ではなく、ゆったりと泳ぐ雲しか見当たらない。

「そ、そうだった……じゃあ、待ってて。いいもの持ってくるから」

ガン、という音が聞こえそうなほどショックを受けた彼が、今度は忙しなく教会へ戻ろうとしたときだった。

「お、そこにいるの、キノコじゃねえか！」

あからさまにその声に反応した彼がサッと青ざめた。

気になったチェルシーも一緒に振り向けば、三人の少年がこちらへ歩いてくる。揃いも揃って、にやにや笑っているのを見るとあまりいい予感はしなかった。

（それに今、キノコって……）

たぶん、この彼のことを指して言ったのだろう。少年たちは十中八九いじめっ子だった。

(私もついカボチャって勘違いしちゃったけど、さすがにひどい言われようだわ)

チェルシーがそう思っていると、先頭にいた少年と目が合う。

「なんだぁ？　今日はひとりじゃねえのか。……ってか、じめっとしたブスだなぁ」

「それって、キノコとお似合いじゃないですか⁉」

「ぶっ、たしかに！　こんな愉快なことはないな！　ぎゃはははは！」

ただでさえ機嫌が悪いのに、ゲラゲラと耳障りな笑い声には、チェルシーも不快感をあらわにする。精神が荒みに荒みまくっているせいで、怒りの沸点も低くなっているのだろうか。これにはひと言くらい言い返してやらないと気がすまない。

「彼女を悪く言うな！　君たちが気に入らないのは僕だけだろう⁉」

ところが、チェルシーが飛び出すより先に声を上げたのは、となりにいる彼のほうだった。

その反抗的な態度が癪に障ったのか、先頭の少年がおもいきり睨みつける。

「なんだよ。いつもはじっと黙って震えてるくせによ。今日は女がいるからって、いいところ見せようってか。俺に歯向かったところで勝てねぇくせによ！」

「やっ……やってみなきゃわからないだろっ！」

一気に険悪なムードになる。ケンカのケの字も知らなそうな彼にこのまま任せるのは危険だ。

チェルシーは止めようとした。けれど、彼は無鉄砲にもそのまま飛び出す。

ダメ！　――そう叫ぶ前に、ゴッ、という嫌な音がした。

思わず目を閉じた次には、地面で伸びている彼の姿があった。

（もう！　言わんこっちゃない！）

チェルシーは急いで駆け寄った。少年たちから彼を守るように立ちはだかる。

「お前も俺らに歯向かうつもりか？」

「何よ。女だからって見くびらないで！　こう見えても修羅場には慣れてるの。どうせ、やるなら殺すくらいの気合いでかかってきなさいよ！　じゃないと私は倒れないわよ!?　――さあ、殴りたいなら殴りなさい!!」

自分でもびっくりするほど大きい声が腹の底から出た。対峙している少年たちも、まさかじめっとしたブスがここまでやるとは想像していなかったのか、ぐっとたじろぐ。

「こらっ、また君たちか！　非道な行いはやめなさい！」

そこへ教会から神父が出てきた。騒ぎが屋内まで聞こえてきたのだろう。

「やべ！　逃げるぞ！」

「ああ、こら、待ちなさい！」

大人の登場には少年たちも慌てて逃げ出す。あっという間に姿が見えなくなった。

「まったく、あの子たちには困ったものだ。……ふたりとも怪我は？」

「私は大丈夫です。でも、彼が……」

チェルシーが視線を送ると、ちょうど彼が頬を押さえて立ち上がる。

「…………」

無言の姿に神父は何を言うでもなく、チェルシーに向き直った。

「すみませんが、彼の手当てをお願いしてもよろしいですか？　私は、このことをあなたのお父上に知らせなければなりませんので」

「わかりました」

チェルシーたちは中へ戻ると、先ほどと同じ最後列に座った。教会の救急箱から軟膏を取り出す。さっそく塗ろうとすると、彼がそれを制止した。

「だ、大丈夫。自分でやるから」

「自分でって……あなた、そんな前髪じゃ鏡もまともに確認できないじゃない。おとなしく手当てされてればいいのよ。動かないで、じっとして」

よく見れば、彼の頬にはまだ砂がついていた。チェルシーは自分のポケットから母が持たせたハンカチを取り出すと、それで優しく砂を払う。

「血がついちゃうよ……きれいな刺繍も入ってるのに」

「それくらい構わないわ」

いつまでも往生際の悪い彼の顔をがしっと掴んだチェルシーは、丁寧に傷の手当てをしていく。なるべく痛くないように、と真剣に取り組んでいれば、彼がぼそりと呟いた。

「か、かお……ちか……い……」

「あ、ごめんなさい。注意してたんだけど、もしかして痛かった？」

「ち、違う！　全然痛くない！」

よく聞こえず問い返すと、彼は全力で否定した。……心なしか顔が赤い。

「そ、それより、そのハンカチに刺繍されてる花。この辺りじゃ見ないけど、なんて名前？」

「あ……これのこと？」

チェルシーは自分の膝に置いたハンカチに目を落とした。浅紅の花が隅に咲いている。

十三歳になって過去の記憶を思い出したとき、いたずらに描いた絵を母が刺繍したものだった。先の割れた五枚の花びらを持ち、中央からは長細いおしべとめしべが伸びている。

チェルシーにとっては、過去の自分の名前の由来でもある思い入れのある花。……けれど、残念なことにこの世界には存在しない花。

「……桜、よ。あなたの言うとおり、この辺りにはない花なの」

「へえ、初めて知った。……君みたいで可愛いね――っあ、ち、ちち、違うよ！　雰囲気が似てるなって思っただけで……」

今度は首まで真っ赤になって勝手にわたわたする彼に、チェルシーは淡々と返す。

「わかってるわ。さっきもじめっとしたブスって言われたばかりだもの。自分でもくたびれた顔をしてることくらい承知の上よ。お父様だって悪魔が取り憑いたって思ってるんだから」

「ブスって……別に僕はそうは思わないけど……でも、君が自分でそう思うのは、ここに傷があるからでしょう。ちょっとはわかるよ。僕も少し前までそうだったから……」

彼が自分の胸に手を当てる。チェルシーもそれでわずかだが理解した。

（教会にいるくらいだもの。きっと事情があるのね……）

「それが癒えたら、きっと君も大丈夫だよ」

「……そうね」

救急箱を片付けながらチェルシーが言うと、なぜか彼がもじもじとし始める。

「それ……僕じゃ手伝えない？　神父様が言ってた。僕なら、同じように星を知らない人の道しるべになれるって。……僕は、君を助けたい！」

思わぬ申し出に、チェルシーは手を止めて彼を見た。前髪で表情の大半は埋もれていたが、真剣な眼差しを向けられているのだけはわかった。

複雑な気持ちになりながら、ゆっくり救急箱の蓋を閉じる。

「……あなたが私を思ってそう言ってくれるのは嬉しいわ。でも、私の傷は、たぶん一生——たとえ生まれ変わっても癒えない。他の人とは事情が違うのよ。だから、あなたの時間はあなたのために使って」

「君のために使いたいんだ」

「あなたじゃ無理よ」

被せるようにチェルシーは拒否した。自分でも残酷なことを言っている自覚はあった。

返す言葉を失う彼から視線を逸らす。ここへ来たときのように俯けば、ほどなくして彼はどこかへ走っていってしまった。

（当然ね……）

気の弱い彼のことだ。きっともう戻ってはこないだろう。……でも、それでいい。

彼は主人公とは関わりのない人間。一歩間違えば死ぬかもしれない運命には巻き込めない。

偶然一度出会っただけなら、まだ引き返せる。

「もう帰ろう」

父はいったいどこにいるのだろう。チェルシーはだるい頭を持ち上げる。

そのとき――たたた、と誰かがこちらに走ってきた。最初は父かと思ったが、姿が見えてチェルシーはあ然とした。

「あなた……どうして戻ってきたの」

そこにはもう会うこともないと思った、彼がいた。

「どうしてって、せめてこれを君に渡したくて」

あれだけ冷たい態度をとったにもかかわらず、彼は怒ることも、臆することもなく、当たり前のように答える。チェルシーのためにそうとう急いだのか、息も切らしていた。

「これは……ガラス？」

「うん。ペーパーウエイトっていう置物。昼間だと星が見えないからって、ここへ来たころに神父様が僕にくれたものなんだよ」

そっとペーパーウエイトを手の上に載せてくれる。

深い紺色に気泡が輝く様はとても神秘的だった。

(宝石みたい……)

仕事に選ぶほど好きだった宝石がブラックダイヤのせいで苦手になってから、こういうものに触れたのはずいぶん久しぶりな気がする。勤めていた会社のレジ横にも、ペーパーウエイトは置いてあったはずだが、こんなにまじまじ眺めたのも初めてだ。

静かに光を撥(は)ねるペーパーウエイトは、宝石にも劣らないほど、チェルシーには輝いて映った。角度を変えればさらに眩しさを増す。本当に、暗闇に光が差したようで、ただ見ているだけなのに、涙が出そうになる。

「……きれいね」

空気に消え入りそうなほど小さな声で呟く。彼の口が嬉しそうに開いた。

「気に入ってくれた⁉　君にあげるよ」

「私、あなたにひどいこと言ったのに。こんな、もらえないわ。せっかく神父様にいただいた大切なものなんでしょう」

「僕は大丈夫。神父様も君にあげるなら許してくれると思う」

それに、と彼はどこか言いづらそうに口をもごもごと動かした。

「こ、こんなこと言うのすごく恥ずかしいんだけど、僕は代わりを君からもらったから……」

「私から？」

チェルシーにとって、それは思いもよらない台詞だった。

自分は他人を巻き込み死んでいく。不甲斐ないばかりに悲しませる。ずっと不幸を呼ぶ呪われた存在だとばかり思っていたから、そんなふうに言われるとは想像もしていなかった。

「僕、他の子たちとはいつもうまく馴染めなくてオロオロしてばっかりで、友達って呼べる子もいなくて……神父様以外で初めてだった。普通にしゃべってくれて嬉しかった！　だから、君にもらってほしいんだ」

「そんな、大げさよ」

「大げさなんかじゃない。本当にすごく嬉しかったんだ。…………だから、その……」

彼がまた何か言いたげにする。目元は隠れていても、悩んでいることだけは伝わってきた。

「もう次はないかもしれないんだから、迷ってないで話したらどう？」

待っていても埒が明かないとチェルシーが促せば、彼はガバッと身を乗り出した。

「それが嫌なんだ！　……い、今は無理でもいい！　でも将来、僕がもっと強くなったらまた会ってほしい。絶対強くなるから！」

「強くなるって……あんなにケンカが弱いのに？」

「い、今はそうかもしれないけど、君に助けられたけど……ど、努力する！　勉強だってたくさんする！　誰にも負けないくらい――君を助けられるくらい強くなるから!!」

彼は声を大にして、ずいぶん高い目標をかかげる。チェルシーはその迫力に気圧(けお)されたように沈黙してしまったが、すぐに我に返った。

視界に、こちらを照らしているようなペーパーウエイトが映った。

「私は……」

答えは決まっているのに、なぜか迷いが生まれる。

誰かに縋(すが)りつくなんて、きっと間違ってると思う。また自分の死に巻き込んでしまうかもしれないのなら断るべきだ。でも、彼はチェルシーから不幸以外をもらったと言ってくれた。

「……そうね……あなたが誰にも負けないくらい強くなったら、また会ってもいいわ」

そうしてチェルシーが出した答えは、果たして正解だったのかわからない。

純粋すぎる彼にはかえって酷だったかもしれない。

だが、そのときから確実にチェルシーが上を向き始めていたのはたしかだった。

――その証拠に、

「おお、チェルシー！　神父様から聞いたよ。怪我は？　どこも痛くはないかい？」

バタバタと大騒ぎしながら駆け寄ってきた父を見上げてチェルシーは衝撃を受けた。

……自分より悪魔に取り憑かれたような顔をしている。

このときだ。ようやく、自分を心配する人たちとチェルシーは真正面から向き合った。

きっかけを与えたのは間違いなく、気もケンカも弱い彼だった。

チェルシーはその後、彼からペーパーウエイトをもらい、自分はお礼に桜の刺繍の入ったハンカチをあげた。

心の片隅で、約束が果たされることをきっと期待していた。

（……夢、見てた……）

チェルシーはぼんやりとベッドの天蓋（てんがい）を眺めていた。

どうやらずいぶん長い間熱にうなされていたらしい。身体（からだ）が汗でべたべたする。

息をゆっくり吐いて瞼を閉じると、夢の内容がふつふつと頭に浮かんできた。

過去の出来事はたまに夢に現れるが、あの思い出を見たのは初めてな気がした。

（たいていは悪夢ばかりだからかしら……変な感じ……）

チェルシーの夢といえば、サフィアが目の前で死ぬことから始まり、恐怖のあまり途中で飛び起きるものばかりだった。過去の出来事や妄想がごちゃごちゃになって現れるときもある。

ジルに殺された家族の血が海となり、そこを石化した自分の身体が沈んでいく夢。通り魔から泣き叫んで逃げるチェルシーを、血まみれの使用人たちに拘束され、死んだこともあった。他にも、たくさんの刃物が突き刺さった自分の身体を、両親が泣きながら抱きしめていたり、己は呪われた存在という意識からか、サフィアとコーラルに嫌われるなんていうことも。

日記を開けば、似たような話がいくつも記録されているだろう。それくらいチェルシーにとって夢とは最悪な印象しかなかった。古い記憶である通り魔さえ現れるくらいだ。

だから希望を象徴するような夢を見たのが、逆に不思議でならない。いつもと同じ、つらい物語を見続けるよりずっと救いはあるが。

(どうしてこのタイミングで……?)

名前も知らない、街の男の子との一度きりの邂逅(かいこう)。

結局、あのあとチェルシーはジルに殺されたから約束は果たされなかった。一方的に死んでしまったせいで、気にはなっていた。

今でもふと思い出す。あの子はどうしただろう。チェルシーが死んでもそのあとちゃんと幸せになってくれただろうかと。彼を心配する気持ちは、しこりとなって胸に残っていた。

ふと横を見れば、サイドテーブルに見覚えのないものがいくつか載っていた。おそらく見舞いの品だろう。その中に交じって、星空のペーパーウエイトが置いてある。

チェルシーがこれを特別気に入っている理由は、バッドエンドへ立ち向かうきっかけをくれた、あの子のペーパーウエイトに似ているからだった。

だからこそ、あの子には幸せでいてほしいが、死に戻った自分にはもう確かめる術はない。

「ああ、お嬢様、お目覚めになったんですね」

ペーパーウエイトを手にしようとチェルシーが身体を起こすと、水差しを持ったコーラルが部屋に入ってきた。

「よかったです。顔色もよくなられて、安心いたしました。お医者様からは日ごろの疲れが出ただけとのお話でしたが、ずっと熱が下がりませんでしたし、心配で……」

「コーラル、心配かけてごめんなさい……私どれくらい寝てた？」

「三日です」

「三日!? あれから三日も経ったの!?」

せいぜい一日かそこらだろうと踏んでいたチェルシーは、その日数に目を丸くする。喉がカラカラだったせいで、おもいきり咳き込んだ。急いでコーラルが水を渡してくれる。

「あ、ありがとう……そう、三日……ちょっと聞きたいんだけど、あの夜、私どうやって帰ってきたのかしら？ もうそのときには熱が出てたみたいで記憶が曖昧で」

「あの日は、アレクセイ様がお嬢様を担がれてこちらまで。……あ。もちろん、知っているのは私だけで、旦那様たちにはバレてませんから安心してください」

「そうだったのね……」

だいたい薄ら残った記憶どおりだったが、わざわざ運んでくれたのか……とチェルシーはほんやり思う。別れ際、ケンカというほどでもなかったが、自分が強く言い返したのははっきり憶えていた。……お礼を伝えようにも、なんだか顔が合わせづらい。

「アレクセイ様といえば、昨日お見舞いにもみられたんですよ」

「そ、そうなの？」

「はい。お嬢様はまだ寝ていらしたので、お見舞いの品だけ受け取りました。こちらの箱がそうです……あと、他の方からも。この花瓶に生けた花はリンキイ家のベニート様から。それから、お嬢様が文通していらっしゃるサフィア様からのお返事も届いてますよ」

白と黄色の花束、ネモフィラの絵が描かれた可愛らしい封筒、フューシャピンクのリボンがついた箱。そのひとつひとつをコーラルが説明してくれる。

「ベニートはきっと、お父様から話を聞いたのね。あとでお礼を伝えてもらうようにお願いしないと。……サフィアからの手紙を取ってもらえる？」

チェルシーは箱と手紙、どちらを取るか迷ったが、ここはサフィアを優先した。箱は何が入っているか、ちょっと開けるのが怖い気もする。

手紙を受け取り、コーラルを部屋から下がらせると、チェルシーはベッドの上でじっとネモフィラの封筒を眺める。

「……ふん！」

そして、おもいきり自分の顔面に押し当て、すううううぅぅぅと封筒を吸った。

（エネルギーチャージ！）

「ぷはっ」

これでまた今日から頑張れる。

チェルシーは手紙を持ったままベッドを抜け出すと、戸棚から日記を引っ張り出してきた。

サフィアの手紙を読む前に、改めて現状の整理をしようと思ったのである。ジルと話をつけたこともあって、達成された目標もあったからだ。

部屋のデスクで日記を開き、〈やることリスト〉にチェックをつける。熱を出して倒れたのは想定外だが、リストはだいぶ埋まってきていた。残るはこれだけだ。

――ブラックダイヤを自分の代わりに壊してくれる人材探し！

――アレクセイとの婚約を絶対なかったことにする!!

――※〈石化エンド〉回避のために、定期的な呪いの発散も忘れずに。

この中でまず優先してやらなければならないことは、最後の項目、呪いの発散だった。

かれこれ最後に魅了を使ってから、一か月が経とうとしている。寝込んだせいで、魅了を使おうと予定していた日も過ぎていた。早くしないと母にも怒られてしまう。

（前回は四人も魅了したから、大丈夫だとは思うんだけど、これもパラメータで確認できない

のが不便だわ……それに、前回は呪いが暴走してるのもあるから油断はできないわね）

あの呪いの暴走で、嫌でも意識させられた。チェルシーの生死を握っているのは、あくまでも呪いなのだと。

（だから、早めに発散しておきたいんだけど……）

なにせ自分は病み上がり。精神面でのエネルギーチャージは図ったが、体力はまだ落ちたまだ。この状況で魅了を使うべきか、チェルシーは頭を悩ませる。

（……明日、なるべく早めに使いましょう。それで大丈夫なはずよ）

再び日記に目線を落とし、チェルシーは残りふたつの項目を眺めた。

ひとまずアレクセイとの婚約うんぬんは置いておいて。

一番重要な役目、ブラックダイヤを壊してくれる人間を、早いところ見つけなければならないだろう。それも、ある程度の事情を説明する必要があるため、信用できる相手に限られる。

非力なコーラルやリトは除外して、チェルシーは自分が頼れる相手を考えた。

ベニートやジルより先に思いついた相手に、ガラスペンを持つ手を止める。

（…………いや、それは一番ないわ。うん）

腕っぷしが強いのは認めるが、事情を話せる相手かと問われればノーだ。

「彼が謎だらけなのは何も変わらないもの。……でも、うーん、本人は周囲と違うかもしれないなんて、自分じゃわからないわよね……」

これは、熱を出す前にも思ったことだった。

チェルシーを婚約者にするためか、アレクセイは多少強引な手を使ってくる場面もあるが、悪い人ではない……と思う。何度も助けられたのは事実であり、チェルシーのやることにも目をつぶってくれる。

最初は、人当たりのいい王子様。それからすぐにクセの強い考えが読めない危険人物というイメージに変わった。そしてたぶん今は、案外感情が豊かな、まだ少し油断できない人、だ。

(怒ったり、拗ねたり、困ったように笑ったり……あと、私の作ったタルトを素手で食べたりしたこともあったわね)

ふとした瞬間に見せる顔が、演技や偽物だとはとうてい思えなかった。

チェルシーは少し考えたあと、〈ブラックダイヤを自分の代わりに壊してくれる人材探し!〉の下に〈保留〉と書き足す。

「……私たちの関係って、なんだか保留が多いわね」

両手で持ち上げた日記の文字に、チェルシーはつい呟いた。

「……っと、ぼうっとしてる場合じゃないわ。次はサフィアへ返事を書かないと」

チェルシーは、レターケースに入れていた手紙を取り出し、丁寧に封を切る。

サフィアとのやり取りも一か月が過ぎ、良好な関係が続いていた。今回も彼女らしいやわらかな字で、返事へのお礼と他愛もない日常が記してある。

庭の花が咲いたこと、野生のうさぎがその庭に迷い込んできたこと、懐かれてときどき遊びにくるようになったこと——。

どれもささいな日常だが、チェルシーにはその幸せがわかるような気がした。

彼女の死を何度も目の当たりにしているからこそ余計に。

「実際に会って話ができないのは寂しいけど、距離を置いててよかった！　今度こそ、サフィアの幸せを守れるのね！」

苦労が報われていると思える内容に、チェルシーは嬉しさでいっぱいになる。

ブラックダイヤの問題が解決するまでは、引き続き手紙で把握していけばきっと大丈夫だ。

どうか、特別なことなんてなくていいから平穏無事に過ごせますようにと願う。

だが、そう祈りながら読み進めるチェルシーの目に、ある文が留まる。

〈ずいぶんと体調がよくなったので、近々王都へ遊びにいけることになりました〉

「ええええっ!?　サフィア、待って！　それは困る！」

推しに困らされるなら本望……ではなくて、それはっかりは本気で困る。もし王都に来て、そこでサフィアが危険な目に遭いでもしたら、それこそ自分は憤死してしまうだろう。

「このままじゃ、遠くから推しを見守ろう作戦がっ！　は、早く返事を書いてどうにか領地にとどまるように説得しないと！　なんでこんなときに私は熱なんて出したのよ！」

チェルシーはガタガタと引き出しから便せんを取り出すと、殴り書くように返事を綴った。

（うう……この世界にメールがあれば一瞬なのに……！）

間に合わなかった場合も想定して、もろもろ計画も立てねばならない。チェルシーは病み上がりの頭をフル回転させ、サフィアの安全確保への対応に追われることとなった。

ベッド脇にあるサイドテーブルには、リボンがかかったままの贈り物がひとつ……。

（わ、忘れてた……）

次の日。朝食も着替えもすませたチェルシーが手にしていたのは、いまだ未開封の箱。

アレクセイからお見舞いに届いたあれであった。存在を思い出したのは、ついさっき。

「い、いや、だって、ベニートならわかるけど、あのアレクセイ様からこんな可愛らしいものが贈られてくるなんて思わないじゃない!?　昨日はサフィアのことで忙しかったし、開ける暇なんてなかったのよ！」

すっかり失念していたことへの罪悪感を紛らわすように、箱に向かってそう言いワケする。

とはいえども、もらったものをいつまでもこうして閉じ込めておくのも失礼だ。

（だいたい何が入ってるか、わからないのも怖いじゃない）

チェルシーは意を決して、そのきれいなピンク色をしたリボンを解いた。

おそるおそる蓋を開ければ、中にはふたつのものが入っている。

まず、二つ折りになった小さな紙を取り出す。中身を読んだチェルシーは驚いてしまった。

紙には、しばらく前にあったリンキイ家での出来事への詫びが書かれていたのだ。

どうやらこれはチェルシーが熱を出す前から、準備していた代物らしい。あの事件について
アレクセイはいっこうに話にも出さなかったから、もう忘れているものだと決め込んでいたが、
勘違いだったのだ。

さらに、わざわざチェルシーのために作らせたとまで続けて記されている。こうして遅れた
のも、アレクセイがこだわったためだと謝罪があった。

「そこまでしていったい何を作らせたのかしら……？」

すっかり好奇心のほうが勝り、箱からもうひとつの透明な物を取り出す。

「わ、ペーパーウエイトだわ……」

目をぱちくりとさせたチェルシーの手にころんと転がったのは、透き通ったペーパーウエイ
トだった。透明度の高いガラスの中には、小さな花が浮かんでいる。

「かわいい」

その愛らしさについ呟く。だが、それをよく見ようとしたチェルシーは、自分の目を疑った。

おそらく、彼と初めて出会ったあの日と同じくらい、激しく、不可解な衝撃を覚えた。

（これ……）

ペーパーウエイトを持つ手が震えないように、チェルシーは中の花を凝視する。

花びらの色、形、数。中央から伸びるおしべとめしべ。

「……桜……？」

ガラスでできてはいるが、あまりにもそれは自分の記憶にある桜そのままだった。何度瞬いても、どの角度に回転させてみても、桜以外の花には見えない。

（この世界には存在しないのに、どうして……）

自分はアレクセイに――それ以前に、誰かにこの花の話をしただろうか、と記憶を遡る。

（……してる……私、桜の話したことあるわ。でも――）

それは、昨日見たあの夢の、四周目での話だ。母がチェルシーの落描きをハンカチに刺繍して、教会で出会った少年にあげた。それ以外で思い当たる節はない。

「…………」

絶対ありえないのに、チェルシーの中で変な考えが浮かぶ。無意識に、アレクセイと例の男の子が脳裏に現れた。ふたりの姿が重なる寸前で、チェルシーは首を横に振る。

（さすがに、無理があるわよ……昨日あんな夢を見たから、こんな根も葉もない想像をしちゃうんだわ）

なんだか落ち着かない気持ちになったチェルシーは、ペーパーウエイトをサイドテーブルに置いた。となりには、星空のペーパーウエイトがある。眺めていると、全然違うデザイン同士なのに、ふたつでひとつのように思えてくるから、また妙な心境になった。

（アレクセイ様は、どこで桜なんて知ったのかしら……）

今すぐにでも問い質したかったが、本人がいない以上は考えてもしかたなかった。

チェルシーは思わず長いため息をつく。昨日から頭を悩ませることばかり起こる。

（私の脳みそじゃ、こんないっぺんに問題解決できないわよ……）

ただでさえ、今はサフィアが心配だというのに。

昨日も急いで手紙は出したものの、行き違いになっていそうな気がしてならない。

（王都へ遊びにくる……本来だったら飛び上がるくらい嬉しい内容なのに、喜べない。もどかしい……。私はただ、誰ももう私のせいでつらい目に遭ってほしくないだけなのにな……）

早く先へ進みたい。ブラックダイヤを破壊して、平和な日常を取り戻したい。

けれど、この世界はそんなチェルシーの純粋な願いをいともたやすく踏みにじる。

突然、いつも静かな男爵邸の外が騒がしくなった。

「なに……？」

チェルシーはバルコニーへ向かい、手すりから身を乗り出した。

見下ろせば、門の前に数台の馬車が停まるところだった。それもかなり急いでいる。怒気を含んだ大きな話し声まで聞こえてきた。穏やかな雰囲気ではない。

凝らした目に、見覚えのある紋章が馬車に刻印されているのが見えた。チェルシーは部屋のデスクに載ったサフィアからの手紙を取る。封蝋の紋章と見比べるまでもなかった。

「きっと何かあったんだわ……！」

胸騒ぎがして、大急ぎで部屋を飛び出した。走って向かったのは、応接間だ。

「お父様！」

「チェルシー！　……、お客様の前だぞ」

扉にぶつかるようにチェルシーが入室すれば、青ざめて固い表情を浮かべた父がいた。それでも無作法なチェルシーに、厳しく告げる。

「はっ、はあっ……ご、ごめんなさい……そちらの方は……サフィア、の……」

息を切らせたチェルシーが肩で呼吸をしながら、父の反対にいる男性に視線をやった。

蒼色の厳格そうな鋭い瞳。唇はきつく結ばれ、膝には手本のように置かれた拳があり、その実直な性格を表しているようだった。シナリオどおりであれば、サフィアと一緒に顔を合わせていたであろう人物。彼は、サフィアの父だった。

「ああ、外の馬車の紋章で気付いたのか」

「サフィアに……、サフィアに何かあったんですか⁉」

チェルシーは居ても立っても居られず、顔色の悪い父に息を荒くして尋ねた。

「お前は部屋に戻りなさい」

「隠してもいずれわかることです。教えてください！」

「サフィアは、領地から王都へ来る途中に誘拐された」

質問に答えたのはサフィアの父だった。誰よりも落ち着き払った声でそう教える。

「そんな……ッ」

言葉を失うチェルシーに、サフィアの父が続けて口を開く。

「だから、君は部屋に戻りなさい。サフィアは私たちが必ず助けるから」

おそらくチェルシーを気遣ってくれたのだろう。だが、チェルシーは首を横に振る。

「いいえ、まだ戻りません。どうしてサフィアがそんなことになったのか教えてください」

すると、短く吐かれた息とともにサフィアの父が腕を組む。

「……娘は、君と文通を始めてからずいぶんと元気になった。馬車での長旅にも耐えられるようになって。だから、これを機にずっと憧れていた王都に行ってみたいと、君に会いにいきたいと言った。これは、君への手紙にも書いたと言っていたはずだが……」

淡々と説明するサフィアの父に、チェルシーは顔を強張らせたままこくりと頷いた。

「親としては叶えてやりたかった。だから私の都合がついた、昨日だ。娘と数人の使用人を連れて領地の屋敷を出た。天気もよくて……娘も、もうすぐ君に会えるという期待からか朝から好調で、旅は順調だった。それから領地を抜け、深い森に入った。といっても、大したことはない、少し薄暗いだけで馬車の往来も多いただの森だ。……だが、昨日は違った」

サフィアの父がそこで初めて苦々しい形相を浮かべた。握られた拳を強く膝に打ちつける。

「クソッ――!! 父親の私が付いていながら、娘の誘拐をやすやすと許すとは……!」

彼の話によると、多勢に無勢だったらしい。馬車は瞬く間に包囲されて、抵抗も虚しく、サフィアだけが攫われたのだという。暴力によって深手を負った使用人もいるらしく、彼の手にも生傷がいくつも残っていた。それを見ているだけでも胸が苦しくなる。

チェルシーは、自分が熱で寝込み、手紙の返事が遅れてしまったことを悔やんだ。

「……それで、サフィアは……取り戻すことは……」

かどわかされた少女の顛末など、想像に難くない。

この前訪れたような花街に売られるか、でなければ単に金持ちに売られるか。サフィアがそんな奴らの餌食になるなど、考えただけでゾッとする。身体だって弱い彼女がそんな事件に巻き込まれればどうなるか……。手遅れになる前に、少しでも力になりたいと思った。

ところが、ここで口を挟んできたのは、チェルシーの父だった。

「これ以上は、子どもが口を出すことじゃない。あとは、私たち大人が解決するから。チェルシーは部屋に戻りなさい。今日は――いいや、しばらくは部屋から出るのも控えてじっとしてるんだ。いいね?」

「そんな、攫われたのは私の友達よ! ただじっとなんてしていられないわ!」

「いいから言うとおりにするんだ」

「でも……!」

「チェルシー、これは遊びじゃないんだよ」

「私だってわかってるわ！　そんなことくらい！」

父の月並みな言い分にうんざりし、チェルシーは聞き分けなく歯向かった。

その態度に感化されたのか、ついには父がソファから勢いよく立ち上がる。

「いいや、お前はわかってない。これは子どものお前にはどうしようもできない問題なんだ！　わかったら自分の部屋から出るんじゃない！　――絶対にだ!!」

じょじょに声を張り上げる父は指を突き出し、最後には見たこともない剣幕で激昂(げっこう)した。ここまで頭ごなしに叱(しか)られたのは初めてで、チェルシーも圧倒されて黙るしかなくなる。

だが、そんな父への反抗心からではなく、ある疑問がチェルシーを突き動かす。

父のそれは、子どもを守るための行動ではあった。けれど、かたくなに部屋から出るなと言う。加えて、今さらながらサフィアの父がうちを訪ねた理由もしっくりこなかった。

「……サフィアのお父様。もしかして、誘拐犯から何か要求があったのではないですか？」

チェルシー！　と、今度も父が顔を真っ赤にして叱りつける。

「もういい。いい加減にしておくれ。お願いだから部屋に戻って、何も訊いてはダメだ」

「でも、お父様。そんなに私を遠ざけようとするのはワケがあるのでしょう？　お願い。教えてください。犯人の要求には……私が関係あるんですよね？」

「ない。断じて、お前は関係ない」

「お父様、お願い。秘密にしないで。隠してることを教えて。部屋から出ないって約束するから、お願い。お父様！」

必死に懇願するチェルシーに、父は唸って顔面に困苦を浮かべる。しばらくの間チェルシーと視線を交えたが、根負けしたように、はあぁ……とソファへ頽れた。

「………犯人は、サフィア嬢を攫ったあと、一枚の紙を置いていったそうだ……。そこには、名指しで……お前を、差し出すなら、娘を返すと……なぜ、チェルシーなんだ……」

ぽつぽつと語った父の言葉に、チェルシーは息を呑んだ。真実なのかと、サフィアの父を見やれば、静かに頷く。彼のポケットから、くしゃくしゃになった羊皮紙が出てきた。

「ただ誤解しないでいただきたい。君をサフィアの代わりに差し出そうなどという気は毛頭ない。君にも、危険が迫ってる可能性を知らせに来たまでだ。この犯人の要求に応えたところで、こちらを欺き、君ともども攫われる可能性もおおいにあるからな」

「……そう、だったんですか……」

そう返すのが精いっぱいだった。チェルシーは、全身から魂が抜けたような心地だった。絶望と困惑に、考える力をすべて持っていかれて、誰の話も耳に入らない。

応接室から出たのは、おそらくそのあとだった。どうやって部屋まで戻ったか憶えていない。気が付けば、自室のベッドの際に座っていた。

「お嬢様……今、温かいお飲み物をお持ちしますね」

いつから一緒にいてくれていたのか、心配をにじませたコーラルが部屋から出ていく。彼女がいなくなると、部屋の中がやたらと寒く感じた。

身体を丸めるようにして、ベッドの上に横たわる。うつろな瞳の先には、サイドテーブルが映った。花瓶と日記と、それから星空と桜のペーパーウエイトが載っている。

チェルシーには、わかってしまった。

あの紙に書かれた文言に偽りはない。

誰かがサフィアを人質に、敵意を持ってチェルシーに死神の鎌を振り下ろそうとしている。

その人物は、チェルシーがまだ知り合ってまだ日の浅いサフィアをあえて選んだ。顔すら合わせたことのない彼女を。何か確信でもあるように、大がかりな誘拐までしてみせた。

チェルシーにとって、サフィアがどんな存在か知ってるかのような、気持ち悪い方法で。

――さあ、彼女を助けたいだろうと、悪魔のささやきが聞こえる。

チェルシーは急に膨れ上がった恐怖から逃げるように両耳を塞いだ。

「うっ……う……」

涙が零れ出る。

息苦しくなって、サフィアが大変な目に遭っているにもかかわらず、何もかも投げ出してしまいたい気持ちになってしまう。

結局、頑張っても無駄なのか。どうしたらこの連鎖から抜け出せるのか、何もわからない。

呪いと同じく、倒すべき敵の姿も見えないまま、その手のひらで踊らされているかのよう。

しんと静まり返った部屋に、チェルシーのすすり泣く声だけが響く。コーラルが帰ってきたらびっくりしてしまうだろうから、早く泣きやみたいのに、心が言うことを聞かない。

(――ああ、ほら、足音が聞こえてきたわ……早く涙を拭かないと……)

「チェルシー！」

次の瞬間、チェルシーが怯むほど荒々しい声が、その人物からほとばしった。

コーラルが戻ってきたのだと思っていたチェルシーは、現れた姿に涙が引っ込む。

「ア、アレクセイ、さま……？」

四日ぶりに会った彼は、なぜか激しく息を乱し、肩で息をしていた。涼しい額にも汗が浮かんでいそうなほどだ。その鋭利になった瞳が、何かを探すように一点を――チェルシーを捉えると、安堵したように息を吐く。よかった、と呟いたのが聞こえた気がした。

呆気にとられていたチェルシーは、泣いていたのを思い出し、素早く濡れた頬を拭う。

「どうして、ここに……？」

「攫われたって聞いて」

大股で部屋に入ってきたアレクセイの言葉に、チェルシーは睫毛を伏せた。

「……誰に話を聞いたのか知りませんけど、攫われたのは私じゃなくて、私の友達です」

「だが、奴らは交換条件を出したはずだ。君と、引き換えだと」

早足で目の前までやってきたアレクセイが、納得のいかないという顔で言った。

「もしかしてお父様から聞いたんですか？　相変わらずお父様は、アレクセイ様にはなんでも話すんだから……」

ということは、サフィアの父はもう帰ったのだろうか。さすがにあの場にまで、アレクセイを呼ぶことはあるまい。ただ、あれからそんなに時間が経ったようには思えないが……。

「大丈夫です。サフィアのお父様は私と交換するつもりはないとおっしゃってましたから」

「でも、その犯人が君を狙ってるのは事実だ」

しゃがんで片膝をついたアレクセイが、ベッドに座るチェルシーを見上げる。泣いていたところを見られたくなくて、顔をそむけた。

「……言われなくてもわかってます」

改めて他人から言われると、悔しくてまた涙で瞳がうるむ。

「誘拐犯が本当に狙ってるのは私です。サフィアは関係ない……なのに、私と文通なんてしてたから……ただそれだけなのに……ううん、結局私の考えが甘かったんです」

「文通していたからって、こんなこと誰も予想できない」

アレクセイの伸ばされた手が頬に触れ、残っていた涙をすくう。チェルシーは、一度アレクセイの顔を見たが、すぐにその手を押し退けた。否定するように小刻みに首を振る。

「少しでも予想できたなら、やっぱり私のせいです。みんな、私の……サフィアと代われるなら代わりたい……」

こんな話をアレクセイにしてもしょうがないのはわかっていた。だいいち家族はチェルシーを家から出さないだろうし、それ以前に代わったところで何も解決しないことは、自分が一番よく理解している。アレクセイも当然、受け入れたりはしない。

「そんなまねはさせない。君だけでも無事なら、まだ救いようがある」

サフィアのこともまだ希望がある、そんな言い方だった。

けれど、狙われた自分だけが無事でいる現状に、どうしたって耐えられない。冷静でいたい気持ちとは反して、ひねくれた見方をしてしまう。カッとなったまま衝動で身体が動く。

「どうして、そんなふうに言うんですか……私は自分だけ助かったって全然嬉しくないわ！」

思わずベッドから立ち上がってアレクセイを睨んでしまった。我慢していた涙までみっともなくぼろぼろと零れ落ちてきてしまう。

睨みつけられたアレクセイは、驚き――今まさに、目が覚めたという表情だった。

それが意味することはわからない。とにかくそんな変化を気にする余裕もないまま、チェルシーの一度決壊した感情は、一方的にどんどんあふれ出てくる。

「どうしてなの……ただ私のせいでつらい思いをしてほしくないだけなのに……ッ、頑張ってるのに……サフィア……みんな……どうしたらいいの……？　助けてよ、誰か……ッ」

ついには顔を両手で覆って、地べたに座り込んだ。子どもみたいに泣きじゃくるチェルシーの傍(そば)で、アレクセイが再び手を伸ばす。

「チェルシー、君は……」

アレクセイの声は、チェルシーとは真逆に感情を押し殺したように響いた。

それ以上の言葉はない。だが、その代わりというようにそっと抱きしめられる。

「……っ」

泣いていたチェルシーは、その行為でわずかに涙を止めた。

優しい、温かい腕だった。優しすぎて縋りたくなってしまう。

彼が周囲の人とは違うという疑念すら感じさせない。ここで生きている人のぬくもりだ。

だからこそ、彼も同じなのだと気付く。

「アレクセイ様も……どうか、これ以上私に関わるのはやめてください……最初から、あなたは私と関係なかった……出会う必要はなかったんですから……」

そう、チェルシーがアレクセイと出会ったのは、バグが原因でただの偶然に過ぎない。家族でもなければ、攻略キャラでもない。なら、巻き込む前に離れるべきだ。

チェルシーはその胸を押し返そうとした。

ところが、逃がさないとばかりに抱擁が強くなる。顔同士が近くなって、彼の声が耳に直接届く。吐息すらかかりそうだった。

「関係ない、か……ずいぶん冷たいことを言うね」

「ア……アレクセイ様の安全のためですから……」

「安全？　何度も君を助けてる俺に言うの？　俺は強いよ。君を守れるくらい」

「でも……でも、私は普通とは違うんです。きっとあなたにも迷惑をかけてしまう……」

チェルシーはそう答えた自分の台詞に軽い既視感を覚えた。たった一度きり、教会で出会ったあの子を思い出す。なぜか再び全然似ても似つかないアレクセイと面影がかぶった。

しかし、あの子とは違い、アレクセイはチェルシーの傍を離れない。

「俺は関わるよ、君と。たとえ君が嫌がっても」

体勢を起こしたアレクセイが、ほんのかすかに表情をほころばせる。

（まただわ……これもアレクセイ様の素顔……？　……信じて、いいの……？）

戸惑うチェルシーの視界の隅に、サイドテーブルに載ったペーパーウエイトが映った。

星空と桜。

まるで寄り添っているかのようだった。自分たちの姿と重なって見える。

チェルシーは、さっきまで妙だと思っていたその光景をごく自然と受け入れていた。ずっと拒絶するように胸に置いていた両手を、ぎくしゃくしながら下ろす。それを見届けたアレクセイがまた少し微笑んだ。抱き寄せる力も、わずかに強くなる。

だから、チェルシーもそれに応えようと腕を彼の背に回そうとした——そのとき。

「あっ……！」

ふいに身体から力が抜けた。ぽとり、と自分の腕が床に引き寄せられたかのように落ちる。

そんなチェルシーの異変に、アレクセイはいち早く気付いた。

「チェルシー……!?」

身を離したアレクセイの腕の中に、チェルシーは力なく倒れ込んだ。

（手が、足が……）

四肢が強張って動かない。力を入れようとしても、身体に鉛の重石を載せられたかのように言うことを聞かなかった。ドクンドクン、と心臓の脈拍が大きく速くなっていく。

この感覚をチェルシーは一度経験していた。

（石化……!?　そんな、今来るなんて……！）

「ア、アレクセイ様……コーラルを、誰でもいい……誰か、人を、呼んで……」

横抱きにされたチェルシーは、震える声でアレクセイに訴えた。声が、目が、機能する今ならまだ間に合う。誰かに、呪いを発散できれば、まだこの命は助かる。

だが、その相手はアレクセイではない。チェルシーはほとんど無意識のように彼を避けた。

赤い目の彼に乱暴されることを恐れているワケではない。むしろそのあと。我に返った彼が自分の犯した行いに傷つくかもしれない……その姿を見たくないと思ってしまった。彼がお詫びにとくれた、桜のペーパーウエイトが、その心情を教えてくれたのだ。

だからチェルシーは命が危うくなっても、他の人を呼んでほしいと頼む。

「ア、アレクセイ様……？」

ところが、彼は動かなかった。それどころか、チェルシーを離すまいとするように腕の力はこもる一方だ。表情は悲痛そのもので、チェルシーの考えがわかっているようだった。

「――――俺に使え」

そして、はっきりと芯のある声でそう告げた。

チェルシーは目を見開いて絶句した。使え、というのはつまりそういうことなのだろうか。まさか知ってるの？と視線が尋ねる。

アレクセイは理解していただろうに、それには答えず、チェルシーに魅了を使うよう促す。

「早く！」

びくっと竦み上がるほどの決死の叫びに、チェルシーは選ばざるをえなくなった。

ただ、彼を傷つけたくないという思いは残ったままだった。

とっさに口を衝いたのは、前とまったく同じ『離れて』という言葉だ。

その刹那、キン、と強い耳鳴りがして昔の思い出が脳裏をかすめる。

（うっ、これは……）

チェルシーは、経験のない奇妙な頭痛に襲われた。

自分が今のように誰かに横抱きにされ、息も絶え絶えに同じ言葉を放った。

それはいつだったか、誰に言ったのか、場所はどこなのか、何ひとつわからない。

それでも、過去のどこかで体験したことだけは自信を持って言えた。

しばらくすれば、頭の痛みは時間の経過とともに薄れていき、現実に引き戻される。

ゆっくり呼吸を続けていると、ずいぶん身体が楽になった。呪いの発散に成功したのだろう。周囲を見渡す余裕も生まれる。

チェルシーはベッドの上に寝かされていた。アレクセイは……少し離れたベッドの支柱に身体を預けるようにして立っている。

（……今度は、魅了が効いた……？）

離れているということは、命令が生きたと解釈していいだろう。

（そうよね……前みたいに呪いが暴走していないもの。おとなしいわ）

自分の顔を触って異常がないかを確認していたチェルシーをアレクセイが振り向く。

「身体は、平気？」

「は、はい……平気、です……」

（あ……瞳の色……）

片言になって答えたチェルシーは、遠目にアレクセイの瞳を覗いた。

前回のような異様な怖さはなく、赤色は小さな欠片がちらちらと浮かんでいるだけだ。

（こうして落ち着いて見るときれい……）

翠と赤。ふたつの色が入り混じり、融合し、渾然一体であることを教えているようだった。

このふたつは、まぎれもなく彼に与えられた色なのかもしれないと、チェルシーはこのとき初めて思った。どこか見覚えのあるような、とても神秘的な色をしていた。

その瞳が細められ、アレクセイが口を開く。

「君に、話がある」

アレクセイの瞳を見入っていたチェルシーも、それでやっとハッとする。

そうだ。彼はどうしてチェルシーの能力を知っていたのだろう。アレクセイを信じたいと思い始めたチェルシーには、訊きたいことがたくさんあった。

――バサッ！

ところがその直後、ベッドの脇で突然大きな音がした。

サイドテーブルに置いていた日記が落下したのだ。手紙を挟んでいたのがいけなかったのか、日記はページがめくれて中身が丸見えだった。チェルシーは慌てて拾い上げた。

中は読まれなかったはずだ。そうできないよう、工夫がしてある。

だが逆に、その工夫がアレクセイを驚かせたというように、彼から固い声が漏れた。

「その、言語は……それは、君が書いた……？」

チェルシーはすぐには答えられなかった。しかし、その沈黙こそがチェルシーの私物だと教えているのは明らかだ。気付かないほどアレクセイも愚かではない。

「先に確かめることができた」

「えっ……」

返答に詰まるチェルシーをよそに、アレクセイの視線はすでに遠くを見ていた。

何を考えているのかわからない。

ただ、こうなれば呼び止めても無駄で、アレクセイは早急に部屋を出ていこうとする。

そうして、部屋を出ていく寸前、彼は一度だけチェルシーを振り返った。

「君の大切な友達のことは、責任をとるから」

チェルシーは動けなかった。

最後に大きな謎を投げつけられ、積み重なった疑問と一緒に部屋に置き去りにされたと言っても過言ではなかった。

「どうして……？」

日記に目を落として、信じられない思いで呟く。

わかることは、ひとつ。アレクセイの問いかけに重要な意味があるということだけだ。

なぜなら、日記の文字はすべてこの世界の言葉ではない、日本語で書かれていたからだ。

彼が驚いた理由はいったい何？　知らない言語だったから？　本当にそれだけ？

どうして、サフィアの誘拐を責任をとるなんて言い方をするの？

以前から知り合いなの？　それとも――

（私を、騙(だま)してたの……？）

怒濤の勢いで迫る疑問が洪水となって、チェルシーを呑み込もうとする。気を利かせていなくなっていたコーラルが部屋に戻ってくるまで、チェルシーはずっと考え込み、堂々めぐりをやめられなかった。

そして、その日の夜だった。不可解なことがまた起こった。

誘拐されたはずのサフィアが解放されたとの報せが、男爵家に届いたのである。

しかし、不思議なことに今度はアレクセイが、まるでサフィアと入れ替わるようにこの日を境に姿を消した。

第五章　ダヴェルニ工家の不思議な宝石箱

あれからサフィアは、チェルシーと会わずに領地へ帰るという話でまとまった。もともと身体が丈夫でないこともあって、今回の件はそうとうな負担をかけたらしい。

チェルシーもすぐに見舞いの手紙を送ったが、今回ばかりは返事は遅くなるかもしれない。

サフィアへの聴取によると、誘拐されたあとはずっと麻袋のような物に詰められたせいで、わかることはほとんどないという話だった。解放されたときも、人目につく場所に捨てられただけで、犯人に繋がる証拠は出ていない。

それでも、チェルシーにとってはサフィアが生きて戻ってきただけで救いだった。

……助けてくれたのは、やはりアレクセイなのだろうか。

父の言いつけでいまだ外に出られないチェルシーは、庭のベンチで空を見上げる。

アレクセイがいなくなってかれこれ一週間が経った。正直これからどうすべきか、チェルシーは考えあぐねている。外に出られなければ、ブラックダイヤ探しすらままならない。

(ううん……違うわね)

仮に外に出れたとしても、チェルシーはおそらくブラックダイヤを探さないだろう。

今の心境を思えば、真っ先に捜すのはアレクセイだ。

(なんでいなくなったりするのよ。話があるって言ったくせに)

あのまま失踪するなんて自分勝手すぎる。ようやくアレクセイを信じる決心がついたのに。

どんな事情があるにしろ、宙ぶらりんにされた身としては気になってしかたがなかった。

(それに、あなたが姿を消してかわいそうなのは、あなたの義父様たちなのよ)

アレクセイは、ベルフォン伯爵たちにすら、何も告げずにいなくなってしまったらしい。

サフィアの誘拐事件は公にはなっていないものの、どこから漏れたのか、アレクセイの失踪は早くも変な噂が立っていると聞いた。

意中の人を攫ったが、途中で逃げられて捕まるのが怖くて逃亡しただとか。はたまた攫った娘もアレクセイが好きで駆け落ちは成功しただとか。攫ったのは娘ではなくて男だったとか。そのあとふたりは世間に逆らった恋ゆえに心中したらしいとか。

どこから湧いて出た話なのか、噂好きの貴族たちによって広がった話題ほどくだらないものはない。聞きかじった話を教えてくれたコーラルでさえ、渋い顔をするようなものばかりだ。

(それでも後ろ指を指す奴なんていっぱいいるんだから、早く帰ってくるべきなのよ)

今ごろいったいどこで何をしているのか。改めて考えてみると、チェルシーはアレクセイについて知らないことが多すぎた。

（しつこいくらい一緒にいた気がしてたんだけどな……）

「会いたくない」という約束もまったく意味をなさないくらい、いくらチェルシーが露骨に嫌な顔をしても、となりにいる姿が印象に残っていた。

サフィアの事件があった今では、それも何か目論みがあってだろうが……。

疑う気持ちと信じたい気持ちがせめぎ合って収拾がつかない。

「どう、すべきなのかしら……？」

時間を持て余すように、ぐるぐると思考するチェルシーの唇からそう零れたときだ。

「マイ・フェアレディ、元気になったと聞いて会いにきたよ！」

真横に延びた小道から、底抜けに明るい声が聞こえた。

マイ・フェアレディ——チェルシーをそう呼ぶのはひとりしかいない。

「ベニート……！」

立派な花束を手にチェルシーの前に現れたのは、ひと際眩しい瞳の男だった。

「快気祝いに、これを」

ピンクの薔薇の花束をスマートな仕草でチェルシーに差し出す。初めて会った日以来、久しぶりに再会したが相変わらずのようだ。不穏な事件が続いているせいか、その単純明快な姿には、ついホッとしてしまう。

「ありがとう、ベニート。そういえば、私が寝込んでる間にもお花をくれたのよね。とてもきれいだったわ。父からお礼を伝えてもらったはずだけど、私からも直接言わせてもらうわね」

「くっ！　そんな。喜んでもらえたら俺はそれだけで十分……それより、熱は引いたと聞いていたんだが、なんだか浮かない顔をしてるように見える。部屋に入って休んだほうがいい」

チェルシーの顔を覗いて眉を下げたベニートに、ああと呟く。

「違うわ。体調は問題ないの。ただ、気がかりなことがあって……」

「あいつか。ベルフォン伯爵家の、前に君と一緒にいた男だな」

「知ってるの？」

あえて濁したチェルシーの話にも、たちまちベニートが反応する。それくらい社交界では有名な噂になっているのだろう。ベニートが気に食わんというように口を尖らす。

「あんな乱暴をする男に、君が憂いに沈む必要はない。というか前にも思ったが、あいつは君のなんなんだ！　そう、俺はあれ以来それが気になって気になって……まさか婚約者!?」

「ち、違うわよ！」

頭の横で両手の指をわきわきさせるベニートに、チェルシーは声を荒げる。

(そんな話もあったけど、保留中だもの)

そもそも、婚約者（保留）とはなんなんだという話なのだが、この微妙な距離を表す適切な単語がいまいち見つからない。それでも、世の中にある言葉でたとえるなら……。

「アレクセイ様とは……友達、かしら……」

「友達……そ、そうか……なら俺にもまだ望みはあるということだな」

結局そんなありきたりの答えしか出なかったが、ベニートは納得したらしい。「よかった、よかった」と何度もひとりで頷いている。

「友達なら、心配するのも当たり前。マイ・フェアレディ――君の憂いが少しでも晴れるように、俺もできることはなんでもしよう！　そう、友達の彼が早く見つかるように！」

「ありがとう、ベニート。助かるわ」

チェルシーはなるべく気丈に振る舞ったが、晴れない気持ちが声色に出ていたらしい。ベニートは、犬のようにそれを敏感に感じ取り、再び眉をへの字に曲げる。

「むむ、もしかしてまだ心配事が？　俺でよければいくらでも話を聞こう！　マイ・フェアレディのためなら、何時間……いや何日、何年でも！」

「え、えっと、そうね……」

しっぽをぶんぶん振る大型犬のような瞳に見つめられ、チェルシーは思わず言い淀む。

だが、このままひとりで悩むくらいならいっそベニートに話をしてみることにした。

「おかしな話かもしれないけど……実は、アレクセイ様は見つけてほしくないのかもって、ちょっと考えてたりもしてたの……」

「ど、どうして、そう思うんだ？　俺だったら、喜んで君に捜されたいが!?」

ベニートが、今度はその青く輝く目を、ぱちぱちと見開いた。

「前に私、彼に騙されてたのかもって疑うような出来事があって……そうしたら、騙してた本人も顔を合わせづらいでしょう？」

「なっ――君を騙すなんてやっぱりとんでもない奴だな！　今度こそ、俺がその根性叩き直してやるぞ！　こう見えても、俺は剣が得意だからな。奴なんてひと振りで気絶させてやる」

昔の自分をちゃっかり棚に上げたベニートが、剣を振る動作をする。

「でも、それだけじゃないのよ。私が困ってたときに助けてくれたこともあるの。だから、アレクセイ様が何を考えてるのか、いまいちよくわからなくて……ベニートだったら、友達が嘘をついてるかもしれないって知ったらどうする？」

「う、嘘か……うむぅ」

チェルシーが問いかけると、素振りをしていたベニートがゆるゆると腕を下ろす。おもむろにその腕を組んで低く唸った。

「俺だったら、直接聞く、かもしれないな」

「本人に？」

「ああ。とにかく行動する。……少し、君が訊きたいこととは違うかもしれないが、マイ・フェアレディはそのことでずっと悩んでるんだろう？」

「う、うん」

「思い出すのも恥ずかしい話だが、君に叱られたあの出来事のおかげで俺はわかったことがある。俺は、昔から周囲に威厳ある行動をと言われ続け、心がけてきた……だが、俺にそのやり方は合わない！　それにうまくもいかない！　あの日——君のその不思議な瞳に魅入られた俺は気付いた。下で尽くしてくれる者を怯えさせるのは、俺が本来望むやり方ではないと！」

ベニートが力強く拳を握る。

「あの瞬間、自分がずっとその悩みに振り回され、他人に当たっていると気付いたのだ。そして今日も。君とあいつがただの友達だと知って、おおいに安心している。やはり、ひとりで悩んでても悪い方向へしかいかないのなら、まずは行動すべきだと俺は思う！　——と、こんな感じなのだが、君の参考になれただろうか？」

真面目に語っていたベニートの表情が、パッとわんこのそれに戻る。チェルシーはといえば、ゲームでも聞いたことのなかった彼の本心に、目からうろこだった。

（ゲームだと、主人公もこんな質問しないからかしら）

最初の出会いとは裏腹に、ベニートが誰よりもかげひなたない性格なのは、ゲーム中でも描かれている。チェルシーはその本来のベニートを思い出したという心持ちになった。

（たしか、そう……ベニートとその周囲の関係も、ちゃんと〈彼視点〉で詳しく見れるようになるのは、エンディング後だったものね）

『マテリアル』には、大富豪の他にもおまけ要素がいくつかある。そのひとつがキャラクター目線から見た物語だ。とはいえ、それが解放されるのは、攻略キャラの恋愛か友情のエンディングを迎えたあと。特別なアイテムがなければ不可能だった。

そこで、ふとチェルシーは頭を捻った。

（……そういえば、あのアイテムわりと最近どっかで見たような……？）

まともなエンディングひとつ迎えていないチェルシーには無縁のもののはずだが、アイテム一覧で見た物体と似たものが、どこかにあった気がする。しかし困ったことに、使えるようになるのはエンディング後という固定概念のせいか、記憶に薄い。ほぼ忘れていた。

（う～ん、思い出せない……）

だが、アイテムに頼るというのはいいアイデアかもしれない。これもいわば、主人公に与えられた特権だ。活用できるかもしれないと知った今、試してみる価値はある。

（そうよ。もしかしたら、ゲームとは違ってエンディングに依存してないのかもしれないわ。それなら、同じようなタイプのアイテムが探せばいくつか見つけられるかも……！）

ベニートのおかげもあって方向性が定まったチェルシーは、すっくとベンチから立ち上がった。ベニートに負けじと、その手にぐっと拳を作る。

「あなたの言うとおりだわ。信じるか、疑うか、今決めるのはやめる。まずは自分にできることを探してみるわ！」

「それでこそ、マイ・フェアレディ！　…………ん？　いや、待て。これはもしかして、敵に塩を送ってしまった……？　――ふんげっ!!」

その直後だった。何かが上からすっ飛んできて、ベニートの頭を直撃した。

「ベニート⁉」

ぼふん、と低いバウンドをしたそれが地面に落ちる。

「え……これ、まくら？」

おそらく客室用のものだろう。白くてふかふかしたまくらが落ちていた。どうしてこんなところに、と不思議に思えばまくらと同じく、今度は上から声が降ってくる。

「ごめんなさいね～！」

この間延びした声には聞き覚えが――というか、毎日聞いている。

「お母様！」

見上げれば、二階のバルコニーからこちらへ手を振る母の姿があった。やわらかいまくらでダメージが少なかったであろうベニートも、頭を押さえ「リーフ男爵夫人？」と零す。

チェルシーは二階の母に届くよう手をメガホンのようにして声を張った。

「お母様、何やってるのぉ？」

「みんなとコレクションルームのお掃除よぉ。身体を動かしてるほうが落ち着くからぁ。私はねぇ、まくらの埃を取ろうとしたんだけど、手が滑って飛んでっちゃったのぉ」

なるほど。とりあえず状況は理解した。

こんなときでもマイペースな母の神経には恐れ入るものがあるが、チェルシーはそこからもヒントを得る。アイテムを探すなら、あの乱雑なコレクションルームはもってこいだ。

チェルシーは、よいしょとまくらを拾うと、二階を見上げているベニートを振り向く。

「ベニート、私はお母様にこのまくらを届けるから。今日はお花をくれたり、相談に乗ってくれてありがとう。助かったわ。あと、私のお母様が本当にごめんなさい」

「い、いや、最初にも言っただろう。俺は君の力になれればそれで！」

善は急げだった。チェルシーは、そうして全力で手を振るベニートと別れて、さっそく母の元へ向かうことにした。


それから数時間、各部屋をひっくり返すようにアイテムを探し回ったチェルシーは、自室のベッドで正座をしていた。まじまじと目の前に広がったアイテムたちを難しい顔で眺める。

残念ながら、ここのほとんどのアイテムは問題解決の役には立ちそうになかった。

（最初は、この『宝石図鑑』）

これは名前のとおりである。それ以上でもそれ以下でもない。

（次に、『ここ掘れ、宝石発掘キット』）

これは大富豪と同じく、実際にミニゲームとして遊べた。邪魔な石を割るためのハンマーや刷毛を操作して、制限時間内に宝石を掘り出すのだ。面白いが、今じゃない。

（あとは、単純にコレクション目的のためだけのアイテムね）

父の古い眼鏡や母愛用のスコップなど、特別な役目は何もないほぼ名前だけのアイテムだ。

（そうなると、もうこれくらいしか……）

『ダヴェルニエ家の不思議な宝石箱』。

五角形をしたこの宝石箱は、アレクセイと父のコレクションを観て回っていたときに、チェルシーの足へ落ちてきたあれである。あのときは、大事なリボンを盗られてそれどころではなかったが、冷静になった今ならわかる。

これこそが、キャラクター目線で物語を見せてくれるアイテムだ。

代々ダヴェルニエ家の女性が大事にしている宝石箱で、持ち主である母に頼み込んで借りてきたのであった。

（さっきは見つけた感動で、後先考えずに借りてきちゃったけど……）

正直、このアイテムにもあまり期待はできなかった。

そもそも、物はあってもエンディングを迎えてないチェルシーに使いこなせるのかがわからない。さらに、これを使って物語を見ようとしている相手は、アレクセイだ。

攻略キャラでもない相手。何もできない可能性のほうが遥かに高い。いなくなった彼に繋がる情報が、手に入るとも限らなかった。

（……絶望的、かしら……で、でも、ほんの少しでも可能性があるなら……）

先ほどベニートにも宣言したとおり、まずは行動あるのみだと自分に言い聞かせる。

まずは、さらりと宝石箱の表面をなでてみた。宝石が苦手になってから、関連したものに意識して触れるのも久しぶりだ。この中にブラックダイヤがないとわかっているせいか、心は思ったより穏やかでいられた。

「……それにしてもこの宝石箱、こんなに大きかったのね」

両手で持ち上げ、改めて観察してみれば、その大きさに驚く。

外側は美しい紺碧色をしていた。脚は可愛らしい猫足で、精緻な金の装飾が全体に施されている。蓋には女性の横顔が彫られたカメオもあって、宝石をしまうに相応しい品があった。

そっと蓋を開くと、五つに区切られたスペースと、真ん中に台座のような窪みがあった。

スペースにはそれぞれ、珊瑚、シトリン、ベニトアイト、アメジスト、ブルーサファイアの五つの宝石がカットされた状態で置かれている。ゲームでは、これを台座に嵌めることで、対応するキャラの物語を覗くことができた。

だが――。

（……やっぱり、アレクセイ様を象徴するような宝石はない……）

宝石箱も五角形で、五人分。攻略キャラ全員だ。ゲームで見た姿形となんら変わりはなく、チェルシーは落胆する。

けれど、画面越しに宝石をタッチする動作しかできなかった昔と今は違う。アイテムもせっかく頑張って探したのだから、そう簡単に諦めたくはなかった。

チェルシーは半ば力任せに、宝石箱をいじくり回した。

「何かないの！」

宝石箱を大切に扱ってきた先祖には申し訳ないほど、ガタガタといろんな箇所を探り、しまいにはひっくり返して上下に振る。

すると、急にガコンと何かが外れるような音がした。

動作が追いつく間もなく、ベッドの上に宝石箱から落ちたものが次々と散らばる。

「な、何、これ……こんな仕掛けになってたの？」

チェルシーは軽くなった宝石箱を手に呆気にとられたように呟いた。

この宝石箱は、六段あったのだ。

最下段と台座だけ残してドーナツ状にすべて抜け落ちた宝石置き場をひとつずつ拾い集める。

確認したら、石はすべてのスペースに納まっていた。つまり合計三十個。

ざっと見ただけでも、宝石の種類は全部違った。そこにはエメラルドも当然ある。

「ううん、エメラルドだけじゃない。緑色の石は――ここにある石は全部試してみないと」

自分が納得するまでやり切ろうと決める。宝石置き場をベッドに広げ、緑の石を集め始めた。

エメラルド、ジェダイト、ペリドット……。

「――アレキサンドライト」

何気なく、本当に意味もなくだった。

次に手に取ろうとした宝石を見つめ、チェルシーはほとんど無意識にその名を呟いていた。

昼はエメラルド、夜はルビーと呼ばれる、ふたつの面を持つ宝石の名を。

「あ――――」

その瞬間だ。突然彼に抱いていた違和感が一気に消え去った。

これだ、という確信が内側から突き上げて訴えてくる。

疑う余地はなかった。全部試そうという意気込みも忘れ、チェルシーはアレキサンドライトだけをその手に取る。

『神様のいたずら』なんて称され、まるでチェルシーの運命を弄んでいるかのような宝石。

チェルシーの脳裏を、アレキサンドライトの宝石言葉のひとつが繰り返し響いていた。

――『秘めた想い』。

小さなアレキサンドライトの宝石を、チェルシーは祈るような気持ちで台座に嵌め込んだ。

どうか少しでも、彼のことを教えてほしいと。

なんだか不思議だった。サフィアのことでもないのに、こんなに必死になっている自分が。

だが、その感情について答えが出ないまま、台座に置いた宝石がカッと強い光を発した。

「な、なにっ⁉」

チェルシーはあまりにも眩しい光に腕で顔を覆う。

身の危険すら感じたが、その目を焼くほどの光が収まるのはあっという間だった。

そして次の瞬間、チェルシーは視界に広がった光景に立ち尽くす。

ぴちゃん、という軽い水音でチェルシーは腕を下ろした。

（……え……うそ……ここは……？）

声が、幾重にも重なって響く。

緑が多い場所だった。王都とは違い、湖と牧歌的な風景がどこまでも広がっている。

暖かさや匂いはなく、まるで３Ｄの映画に入り込んでしまったような感覚だ。試しに近くの葉っぱにも触れてみたが、あっさりとその手は貫通した。

（勝手にテレビみたいに映像が目の前で再生されるんだと思ってたけど、そんなわけないわよね……ここって、アレクセイ様視点の世界？　そのわりには誰も見当たらないけど……）

直感から宝石箱にアレキサンドライトを入れてしまった自分に一抹の不安が過（よぎ）る。

『父さん、母さん、早く！』

人知れずチェルシーがそうしてうろうろしていると、背後で軽快な声がした。

『そんなにはしゃがないで、アレク。湖に落ちてしまうわ』

アレク、という呼び名にチェルシーはすかさず反応する。

湖には残橋があり、パラソルが広げられていた。そこを親子が歩く。母と子は長椅子に、父親はひとりがけ用の椅子に腰を下ろす姿が見えた。チェルシーは忍び寄るように足を運ぶ。

（もしかしてこの子が昔のアレクセイ様⁉）

あまりの可愛さに衝撃が走った。

母のとなりで本を読む彼の年齢は、五歳くらいだろうか。多少の面影はあるものの、今とは似ても似つかない純粋そうな少年で、傍にいる女性も弾けんばかりの美しさを持つ人だった。

物書きをする父親の手元には、紋章の刻まれた指輪があった。

それは、間違いなくグレイヴ侯爵家のもので、チェルシーはリトの言う噂が本当だと知る。

（立派な侯爵家の子どもがどうして養子なんかに……）

チェルシーの当然の疑問に、この宝石箱の世界はすぐに応えた。

再び視界が真っ白に染まったと思えば、驚くチェルシーを連れて新しい場面に切り替わる。

眩しいほどの明るい世界が一変した。

（……グレイヴ侯爵、夫人？）

薄暗い部屋。そこには凋落した女の姿があった。

頬は痩せ細り、目は落ち窪んで、ふっくらとした唇や瑞々しかった肌は見る影もない。

夫人は金切り声を上げ、近くにいるメイドを爬虫類のような眼球で睨みつけていた。

『何回言えば憶えるの!? あの人の使いなんて殺してでも追い返せばいいの! 使えないようならあなたも殺すわ! それが嫌ならさっさと役目を果たしなさい! この愚図!!』

恐怖で委縮するメイドを部屋から追い出した夫人は、はあはあと肩で息を繰り返す。細い手をカタカタと震わせながら、鏡台の上にあった鈍色の鍵を握りしめた。

『安全な場所にしまっておかないと……あの子は誰にも渡さないわ……渡さない』

死者のようにふらりと立ち上がった夫人が向かったのは地下室だった。

中は真っ暗で、チェルシーはゆっくりと明かりが灯された煤塗れの部屋で目を瞠った。

(────っ)

まだ幼いアレクセイが、檻に閉じ込められていたのだ。

アレクセイは膝を抱えた格好で鉄格子に背を預け、生気の薄い顔で母親を見上げている。

(こんなっ……ひどい……)

子どもを──ましてや我が子を真っ暗な檻に閉じ込めるなど、正気の沙汰ではなかった。

『アレク、大丈夫よ……ここにいれば、絶対に安全だから……あの人のところになんて絶対に行かせないわ……ああ、可愛い私の子……』

ガシャンと檻が耳障りな音を鳴らす。顔を寄せる彼女の眼差しは母親のそれではなかった。

絶句するチェルシーは、再び世界に連れられ、別の場面に飛ばされた。

目まぐるしい。教会の鐘が鳴る。すすり泣く声が響く。ここは夫人の葬式会場だった。

あれからいくらか成長したアレクセイは、母の墓から離れた表の階段に座っていた。

顔色がよくなった姿に安心したチェルシーは、その尖塔が特徴的な建物を見上げる。

信じられないことに、ここは四周目で訪れたあの教会だった。

（……気のせいじゃない。私、この教会知ってるわ）

チェルシーは誘われるように階段を上り、閉まったままの扉をすり抜けた。

まず目に入ったのは、あのときと同じで講壇の後ろにある大きなステンドグラスだった。

慈悲に満ちた女神とたくさんの星たち。圧倒的までの神々しさ。ずらりと左右に並んだ会衆席も記憶のままだった。

ふらふら会衆席を縫って歩いていると、ゆっくりと近寄って、自分と彼がいた場所をなでる。

ちょうど懺悔室の前だった。陽の光が届かない薄暗い場所で話をしていたのは、この教会の神父とグレイヴ侯爵だ。

何やら話声が耳に届いた。

『これ以上、侯爵家の醜態を晒すわけにはいかない。侯爵の私が、妻の欺瞞行為に出し抜かれるなど……ましてやそれで息子を二年も奪われるなど……。こんなものが公になれば私は先祖に顔向けできない。他言は無用だ。誰が吹聴するかわかったものじゃないからな』

『侯爵様……あなたのご苦労は想像に余りあります。ですが、あの子にはなんの罪もありません。なのに、このようなかたちで親子の縁を切るのはあまりにも……』

『私だってできるなら、昔のように暮らせたらと思う。だが、もう遅いのだ。アレクはあの女に、母に似すぎている。……私はもうあれの父にはなれない』

はっきりとそう言い切った侯爵が、語り尽くしたというように確固として目を閉じる。

『いい養子先を探してやってくれ。必要なら書類にサインもしよう』

『……わかりました。初めての試みですが、全力を尽くしてそう致しましょう』

どこか寂しげな神父が、去っていく侯爵に静々と頭を下げた。


今度の場面は、夕方の教会だった。講壇に近い会衆席には、アレクセイと神父の姿がある。

『神父様、僕は間違えたんでしょうか？　母さんは、どうして死んでしまったんですか？』

伸びきった前髪の隙間から、翠色の瞳が問いかける。

神父はそんな彼に優しく、わかりやすく、ただ今必要な話だけを教え説いた。

すぐに家族で暮らせない事実を知ると、アレクセイはその大きな瞳から涙を流す。

『そんなの嫌だ……昔に戻りたい……母さんと、今度は父さんとも一緒にいたい……』

アレクセイは深く俯いた。神父は、そんなアレクセイを置いて一度席を離れていった。

黙って動向を見守るチェルシーは、神父が何をしに行ったのか——何を持ってこようとしているのか、明確な答えを持っている気がしていた。

『アレク。これは、私がこの教会へ就任が決まったときに、懇意にしてくださった大司教様から、いただいたものです。もう私には必要ありませんから、次はアレク、あなたに』

やがて戻ってきた神父が、俯いていたアレクセイの手にそれをそっと差し出す。

チェルシーは、じっと見入っていた。

輝き、色、大きさ——何をとってもこれだと断言できた。

四周目であの子からもらった、星空のペーパーウエイト。それに間違いなかった。

そしてアレクセイの手を握った神父は、こうも教え諭した。

『いつだって星はあなたの頭上に輝いていることを忘れないでください。底のない暗闇など本当はないのです。俯いているからそう勘違いしているだけ。でも、今のあなたはまだ上を向く元気はないかもしれない。そうしたら、これを見て。星の存在をどうか思い出して』

——まるで、目の前で答え合わせが行われたようだった。

これを偶然で片付けるには、あまりにもできすぎている。

教会、星、そして桜。

チェルシーは何度目かの切り替わった世界で胸に手を置いた。夜の、静かな教会だった。

(四周目で出会ったあの子は……アレクセイ様)

散らばった点を、星を、星座にするように結んだ結果に、痛いほど胸が苦しい。

なんて運命なのだろうと。自分でもはっきりわかるほど、嬉しいという感情が湧く。

だが、感慨にふけるのもつかの間、宝石箱の世界にはまだ続きがあった。

『遅刻してすみません』

チェルシーのとなりにあった扉が開いたのは、間もなくだった。真ん中の通路をひとりの少年が颯爽と歩いていく。

チェルシーは釘付けになった。少年の正体はアレクセイだ、と思う。

どうやらあれからだいぶ時間が経過したらしい。年端もいかなかった彼は身長も伸び、顔立ちも大人に近づいていた。十五歳ぐらいだろうか、今の姿とだいぶ近い印象を覚えた。

(ベルフォン伯爵とはまだ知り合っていないのかしら……でも、誰かと待ち合わせ？)

そこで初めてチェルシーは、前の席に人がいることに気付いた。

後ろ姿しか確認できないが、体格がよく、どうやら男性らしいとわかる。

アレクセイは迷う素振りもなく彼のとなりに座ると、親しげに話しかけた。

チェルシーはまじろぎもせずふたりを凝視していた。なぜだか男に見覚えがあったからだ。

ひょっとしてグレイヴ侯爵かと思ったが、彼の髪色は明るく、そこにいる人物の黒とは似ても似つかない。だからといって神父や養父となるベルフォン伯爵では体型が合わない。他に自分の父やサフィアの父など、思いついた人物を片っ端から当て嵌めたが、どれも違う。

(誰……？)

頭を働かせて出てきたのは、なぜかゲーム画面だった。主人公が苦い表情を浮かべて叫ぶ。

――そのダイヤは、あなたには渡さないわ。

（そうよ。本来なら主人公はその台詞をあの男に吐くんだわ……！）

気付けば、チェルシーの足は駆けるように早足になっていた。

後頭部しか見えなかった男の顔がゆっくり明らかになる。

一歩。また一歩。そして、ついに横顔を捉えた。

（――――ッ）

戦慄する。あまりにも突飛すぎる人物がそこにはいたからだ。

ボルツ・オルロフ――――アレクセイのとなりにいたのは、この世界『マテリアル』における悪役だった。

第六章　踊るブラックダイヤモンドに幕引きを

アレクセイがボルツと出会ったのは、十六歳のときだった。

まだあのころの自分は無知な子どもだった。教会での生活ではいろいろなことを学んだが、母との生活が人間としての成熟を遅らせたらしい。歳のわりには幼かったと自覚している。

そんなアレクセイを著しく成長させたのがボルツだった。

特にあの日、彼から聞いた話は自分の人生を大きく変えた。


瞬く星のきれいな夜の日だ。

教会でボルツと会う約束をしていたアレクセイは、階段を駆け上がり、扉を開いた。

『遅刻してすみません』

ボルツはいつもの席――最前列でステンドグラスの女神を見上げていた。

『やあ、アレクセイ。また会えて嬉しいよ。今日はどこかに出ていたのかな？』

アレクセイに気付いたボルツが、銀製のイーグルがついた杖をつく。骨ばった輪郭に浮かんだ笑みが、黒々とした口髭(くちひげ)をゆったりと曲げた。

『大したことでは。ベルフォン伯爵のお知り合いに将校の方いて、稽古(けいこ)に参加させていただいただけです。――そういえば、その方は乗馬も得意で、立派な青毛の馬を拝見できたのもいい勉強になりました。剣は、筋がいいから次回も是非にと言われたのは嬉しかったな』

『君は、将来騎士にでもなるつもりなのかな？　それとも、学者か？　最近の君は武術に学術にと、ずいぶんと忙(せわ)しない。前途洋々としていて傍目(はため)には清々(すがすが)しいがね、待ち合わせに遅れるのは非常によくない』

　ボルツが取り出した懐中時計の蓋(ふた)をぱちん、ぱちん、と繰り返し開閉した。アレクセイは慌てて謝る。彼が不機嫌になると何かしらものに当たると知っているからだ。

『すみません。……ただ僕――俺は強くなりたくて』

『……ほう。なぜ？』

『わかりません。……最初は母さんのためだと思ってました。だから、どんな苦しい仕打ちも我慢していたんです。これで救えるならって。でも、その母はあっけなく逝ってしまった……母のためであればいいと思うのに、違ったんです』

『どうしてそう思うのかね』

『俺がまだ強くなりたいと思ってるからです。最近は特に。強くなりたい気持ちがどんどん大きくなって抑えられない……。目的もわからないのに。……教えてください。これは誰(だれ)のために存在する気持ちなんでしょう?』

ただひたすらに強くなりたい。物心ついたころにはすでにあった不可解な感情だ。

ここまで成長しても明確な答えは見つからず、焦りだけが年々大きくなっていた。

特に、ここの教会へ身を置くようになってからは、昔の非ではないほど、アレクセイの日常に食い込んでいた。ボルツの言うように、武術に学術にと、何かに打ち込んでいないと落ち着かない。だから、この異様なまでの感情の理由を知りたくて、物知りなボルツに質問する。

だが、ボルツは心配ないと答えた。

『でも、絶対こんな感情、普通じゃありません』

『誤解をするな。これでも吾輩は真剣に話を聞いてそう言ったのだ。君が強くなる理由は間違いなく母のため――母の、復讐のためだからな』

杖で床を一突きしたボルツの横顔を、アレクセイは目を丸くして見上げた。

『復讐……? どうして……だって母さんは心の病で亡くなったと……』

『君は知らないだろうが、実はそう仕向けた人間がいる』

『だ、誰が……!? どうしてそんなことを……!』

ここが神聖な教会だということも忘れ、アレクセイは声を上げた。そんな話は一度だって――数年間一緒に暮らした神父からだって聞いたことがなかった。

『ああ無理もない。君はまだほんの子どもだっただろう。大人の事情など話せるはずもない』

自分は子ども。神父がアレクセイに真実を話さなかったのも、そういう理由なのだろうか。

（俺は、十分成長したのに……）

その秘密はまだまだアレクセイが弱いと遠回しに言われているようで、悔しさを生む。

『ボルツ、俺に知っている真実を全部教えてください』

本気だというように視線を逸らさないでいれば、ボルツはしかたないと首を縦に振った。

それからボルツは流暢にアレクセイにすべての事実を教えてくれた。

父が母以外の女性と不貞を働いていたこと。その不貞相手が特別であったこと。洗脳という能力のこと――。

『ダヴェルニエ家……？』

『そうだ。世の中というのは自分が思っている以上に不思議であふれているのだよ、アレクセイ。かわいそうに、君の父上は、その地位目当てに近づいてきた一族の餌食となったのだよ』

半信半疑のアレクセイを、ボルツの赤黒い瞳が憐れむように見下ろす。

『ふ、混乱するだろうな。だが、実在しているのだ。君も、その力を目の当たりにすればわかる。どんなに理性を働かせようと抗えないぞ、あれには』

『……どんなに頑張っても？』

『ああ……だが、そうだな。あの力は精神の支配だと聞いたからな。精神力が強ければ、あるいは……』

『その力に打ち勝てば、俺は強くなれたという証明にもなるでしょうか？』

『ああ、なるだろうな』

考え込んだアレクセイに、ボルツはさらに話を続ける。

ダヴェルニエ家の欲深さ、彼らに陥れられた人間たちの末路。残念ながら、父を誑かした女はもうこの世にいないこと。だが、アレクセイが手を貸せば、その身勝手な一族の犠牲者を減らせるかもしれないということを、次々と打ち明けた。

そして、そんな彼らを不幸に落とす方法があるのだという。

『奴らが探しているブラック・レガリア・ダイヤモンドを目の前に突き出してやるのだ。その宝石を目にした途端、ダヴェルニエ家は力を暴走させ、周囲の人間全員を嫉妬に狂わせる。そして、最後にはそのうちのひとりに殺されて死ぬ』

アレクセイはボルツから聞いた話を反芻した。不思議な話だった。わざわざ探しているブラックダイヤを見つけた途端、力が暴走して殺されてしまうなんて。

『俺は、その宝石を探したらいいんですか？』

『いや、それは吾輩が引き受ける。君にはもっと愉快な役があるからな』

チェルシー・カーティ――と、ボルツが口にする。

『……チェルシー』

口が勝手にそう紡いだ。自分を鍛えているときの高揚感にも似た感情が湧きあがる。こんなふうに心を突き動かされるのは、復讐という強くなる理由が見つかったからだろうか。

『いいか。君の役目は、ひとり娘である奴を見張り、幸せに導いてやることだ。初めから不幸では復讐の意味がないからな……そうだな、婚約者になれるよう吾輩のほうでも手を回してやろう。そのほうが見張りやすくなるだろうからな。婚約者になってからは、逐一吾輩へ報告すること。これは復讐だというのを忘れるな。あくまでも、殺す方法はブラックダイヤでだ』

『……わかりました』

アレクセイが素直に頷くと、満足そうに両目を三日月形にしたボルツが言った。

『やはりその瞳、たまらんな。ルビーのようだ』

恍惚と口にするボルツに、アレクセイは自分の顔に触れた。

『瞳？　俺は、母と同じ翠色のはずですが』

『なら知っておくといい。君は感情が高ぶると瞳が赤くなるのだよ。混じりけのない純度の高いルビーのような色にな。おそらく君のかわいそうな過去がきっかけになったのだろうな。なかでも強い憎しみに反応するようだ』

『知りませんでした……』

『くくく。そう気を落とすでない。いいことを教えてやろう。ルビーは古来から身分の高い人間などの強者が手にする宝石なのだよ……だから、吾輩は実に気分がいい。君はそうなるよう神から選ばれたのだ。自分に自信を持ちたまえ、アレクセイ』

また自分がどこか他人と違う場所を見つけてしまい、複雑な心情のアレクセイにボルツが杖を突きつけてそう悟らせる。異質なアレクセイに、明確な存在意義を与えてくれる。

ついていくならこの人しかいなかった。

それから約三年後、アレクセイ・セイスベリルは、婚約者候補として標的チェルシー・カーティと出会うことになる――。

チェルシーは、バルコニーの椅子に凭れかかった。

周囲にはすっかり夜の帳が下り、二十一時を回っていた。体調が優れないと晩餐も欠席したせいか、時間の感覚が鈍っている。

(アレクセイ様の気持ちを知ろうとしただけなんだけどな……)

あれだけ彼を疑って、信じようか信じまいか迷っていたくせに、こうして秘めていた思いを知ってしまえば、ショックを隠し切れなかった。しまいには涙まで出てきて、チェルシーは何度も自分の袖で拭う。

それでも、考えなければならない問題はたくさんあって、落ち込んでいる場合ではない。

頭の中に、下卑た男の笑い声が嫌でも木霊する。

（アレクセイ様と一緒にいたのは、間違いなくボルツ・オルロフだった）

四十を超えたその男は、単なる殊勝な宝石収集家と名乗っているが、本性はずる賢く、目的のためなら手段を選ばない非道な人物だ。何よりも自分の宝石に下賤な人間が触れるのを嫌い、主人公たちの邪魔をしてくる。主人公とブラックダイヤをめぐって対峙する相手だ。

この世界に転生してから出会ったのは初めてだが、画面越しで敵対していたときと印象は近く、何ひとつ性格は変わっていないように思う。

だが、チェルシーが知るオルロフとは明らかに違った。

（オルロフはバグを知ってた……）

ダヴェルニエ家を不幸にするためには、ブラックダイヤを目の前に突きつけるのだと、はっきりそうアレクセイに告げていた。そうすれば能力が暴走するとも……。

チェルシーはゾッと背筋に冷たいものを走らせる。

ブラックダイヤは本来、チェルシーたちの呪いを解くキーアイテム。

それがバッドエンドを呼ぶようになったのは、バグが発生したからだ。

けれど、そのバグをゲームの中にいるキャラクターが知るはずもない。どんな問題があったってこれだけはチェルシーだけが知る秘密のはずだ。誰にも話していない。

（それ以前に、私はまだオルロフに会ってないのよ。彼がダヴェルニエ家を知っているはずがないわ。あんな、グレイヴ侯爵と関係を持った女性のことだって……）

オルロフがアレクセイに語ったほとんどは嘘だった。

ダヴェルニエ家は私利私欲のために力は使わない。あくまでも自分が生き延びるため。呪いと共存していくために力を使うだけだ。オルロフが話した女性は存在すらしていないだろう。

（それでもダヴェルニエ家を知っていて利用しているのは事実だわ……）

彼は異常なほど知りすぎている。

（……私の知らないところでいったい何が起こってるの？）

そして、アレクセイは……。

途端に、今までのアレクセイの行動のひとつひとつが思い起こされる。

チェルシーが婚約者になることを断っても諦めなかったその理由。

遭わなくてもいい危険に君がさらされるのは困る、と言ったあの台詞の意味。

物取りに襲われそうになったときに、真っ先に駆けつけてくれたワケ。

ジルとの交渉に手を貸してくれたときも。

すべてはオルロフの命令を忠実に守っていたから。

ずっとチェルシーがバグだと思っていたアレクセイとの出会いもオルロフが仕組んだ罠。

アレクセイが魅了の力に逆らえたのは、彼の強い精神がそれを拒んだからだ。それでも二度目の魅了には敵わず、あのような憎しみと愛情が入り混じった行動に出たのだろう。チェルシーの目に執着していた理由も今ならわかる。

（赤い瞳は、憎しみ……）

すべてはオルロフの虚言が生んだ誤解とはいえ、そう思われていること自体がつらかった。

はあ、と息を吐いたチェルシーは目をつむる。夜風が湿っている頬をなでていく感触が心地よく、熱くなるばかりだった感情を冷静に戻してくれる。目じりに未練がましく残っている水気を、指で軽く拭った。

「――なんだ？　泣いてたのか？」

声がした。がばりと身を起こしたチェルシーは辺りを見回す。大して広くもない暗いバルコニーには自分しかいない。

（……というか、屋根のほうから声が聞こえたような……）

こわごわ見上げると、誰かが落ちてきた。しゅた、と軽い身のこなしで着地する。

「ジ、ジル⁉」

チェルシーは涙が吹き飛ぶほど仰天した。なぜなら彼に家を教えた憶えはないからだ。

ジルは、チェルシーの表情で言いたいことを察したのか、先回りして答えた。

「わりぃな。実は前に後つけさせてもらってたんだよ。えらく威勢がいい娘だとは思ったが、男爵家のご令嬢様だったとはな。親に守られておとなしく箱に入ってりゃあ楽に暮らせるだろうに、わざわざオレたちみたいな賊のアジトに乗り込んでくる気が知れねえな」

「……それができたら私だってこんなに苦労してないわ」

自分を嘲笑うようにチェルシーが言うと、ジルの紫色の瞳がちらりとこちらを見た。

「ま、所詮オレたちとは住む世界が違うからな。アンタにオレの苦労がわからないのと同じで、オレにもアンタの苦労はわからねえ」

「……そうね。それには私も同じ意見だわ」

ジルの言葉はなんだかチェルシーとアレクセイの関係をも示しているみたいだった。無意識に下瞼を指でなぞれば、勘の鋭いジルが問う。

「もしかして、あの殺気だだ漏れのボディガードと何かあったか？」

「どうして？」

「アンタには悪いが、オレもいろいろ調べさせてもらったんでな。そうしたら最近姿が見えねえって報告もあったから、気にはなってたんだよ。……にしても、なんだアイツ。ボディガードのくせに仕事放棄か？」

ジルは、しょうがねえ奴だなとぼやく。彼はふざけて呼んでいるのだろうが、ボディガードというたとえは、すごく的を射ている。アレクセイにとってのチェルシーは、殺す頃合いが訪れるまでの護衛対象でしかなかったのだから。

「……どうしていい女ってのは、ろくでもない悪い男に引っかかるのかねえ……。女を泣かせるなんて最低の所業だぜ？」

「いい女って、私のこと？」

すっかり気落ちしていたチェルシーは、唐突なその言い草に思わず笑ってしまった。

「私がいい女かはともかく、信じようと思った相手は間違えたかも。……すごくつらい。だって、彼は私のこと別にどうとも思ってないんだもの」

なにげなくそう答えれば、きょとんとした顔を向けたのはジルだった。

「なんだ、やっぱりアンタも好きだったのか」

「え……」

チェルシーはその言葉の意味がすぐに理解できなかった。

けれど、自分でも「好き？」と声にすれば、おのずとその感情があふれてくる。

チェルシーは自分でもびっくりして口元に手を当てた。わかりやすいほど喜んで、そして傷ついていたのに、今さらになって自分の本当の気持ちに気付く。

（苦しい……）

それは、アレクセイが好きだからに他(ほか)ならなかった。

サフィアのことでもないのに、必死になって彼を知ろうとした答えがそこにあった。

最初から裏切られていたと知っても、最後には彼に殺されるかもしれないとわかっても、簡単に捨てることができない切ない気持ち――。

俯(うつむ)けば、渇いたはずの瞳から再びほろりと一筋雫(しずく)が零(こぼ)れた。

「くるしい……」

「じゃあ、もうやめるか？」

ぽん、と軽くボールを投げるかのようにジルが問いかけた。

顔を上げたチェルシーの視線と、紫色のそれがぶつかる。

チェルシーは、ふるふると首を横に振った。

これ以上進めば、立ち直れないほどのショックが自分に降りかかるかもしれない。憎い、と面と向かって言われるかもしれない。もしかしたら、誤解も解けないまま殺されてしまうかもしれない。……それでも、アレクセイと会って直接話すまで諦められないと思った。

涙まで垂れてきそうな顔をごしごしと拭いて、チェルシーは前を見据える。

「私、一度好きになったものはとことん追求する質なの。絶対、やめない」

そう断言してやれば、くくく、とジルは下を向いて肩を震わせた。

「それを聞いて安心したぜ。このまま傷心の乙女だったら、帰ってやるところだった」

「……そういえば、ジルはこんな時間にこんなところまで何しに来たの？」

なんだかんだ流れで話をしてしまったが、彼が訪ねてきた理由を聞いていなかった。

「アンタの依頼あっただろう？　それで知らせたい情報があってな。手下を使うよりオレが直接来たほうが早いから来たってわけだ。アンタが探してるブラックダイヤ、あれ見つかったぜ」

「え――ほ、本当!?」

わ、と暗闇に鼻声が残響し、チェルシーは慌てて自分の口を押さえた。

「ど、どこにあったの!?」

「まだ表には出てない。オークションの目玉として出品されるっていう話を聞いたんだ。場所は、アンタも驚くぞ――グライムス屋敷だ」

「グライムスって……私が見取り図を渡した？　それにオークションっていうのは」

「ちょうど盗みに入る計画を立ててる最中に、出品リストが手に入ったんだよ。アンタもグライムスを知ってるなら、奴の商売が真っ当じゃねえのは知ってるだろう。オークションも同じだ。ブラックダイヤは、いわゆる闇オークションに出品される。開催日は、次の新月の夜」

ニッと歯を見せるジルは実に楽しげに言い放った。

「つまり一週間後だ」

チェルシーは、ごくと喉を鳴らした。

「その日は、会場付近以外の警備も手薄になる。オレたちはそれを狙って盗みに入る計画を立てた。どさくさに紛れて出品物を盗んでやるのも面白そうだしな」

「そうなのね。成功を祈るわ」

「ああ。それで、アンタはどうする？」

「え？」

「え？　じゃねえだろ。どうせ、あのボディガードがいなくたって乗り込むつもりなんだろ」

顔に書いてあると、ジルがその意外にきれいな指をチェルシーに突き出す。

「当然よ。もう前みたいに目前でチャンスを逃したくないの。それに……彼もきっとそこにいる。そんな気がするの」

――あくまでも、殺す方法はブラックダイヤでだ。

オルロフの言葉が思い起こされる。

あの男にどんな目的があるにしろ、チェルシーの殺し方を徹底するつもりなら、意地でもブラックダイヤを手に入れたいはずだ。裏社会にも精通していることを考えれば、闇オークションも知っている可能性が高い。アレクセイも行動をともにしているかもしれなかった。

「わかった。じゃあ、屋敷に乗り込むまではオレが手伝ってやる。臨時のボディガードだ」

「ええ？　いいの……？」

「オレだって、苦労して仕入れた情報をみすみす水の泡になんてされたくないからな」

ジルは自分たちの仕事のついでだと言うが、その懐の広さにはびっくりするほかない。

「ありがとう、ジル。あなたが慕われてる理由がちょっとわかった気がするわ」

「そうかよ。――あ、だからってオレに惚れるなよ。オレも悪い男だからな」

また口角を上げてふざけるジルに、チェルシーはくすくすと笑って自信たっぷりに言った。

「無用な心配だわ。だって、私の心はもう決まってるもの。今度は私が、あの人の暗闇を払う番よ」

オークション会場に紛れ込むためにチェルシーが準備したドレスは、間違いなく今までの人生で一番豪華で艶（あで）やかだった。

大胆に肩から胸元まで肌を見せたデザインで、美しい曲線を描く腰から下は、黒のサテン生地がふんだんに用いられていた。ふんわりと広がった美しいシルエットを作り、そのドレス全体を覆うチュールレースも黒で統一されている。

首元にはチョーカーとパールを飾り、頭上には長いベールを載せた。腕を覆う手袋もすべて黒だ。全身に夜を纏（まと）ったかのような美しい漆黒のドレスだった。

このドレスは、花街で働く娘のために作られた衣装を特別に借りたものだが、チェルシーは着てみて初めて知った。これは彼女たちの武装なのだと。背筋は伸びっぱなしで、俯くのもままならない。常に上を向いて歩いていろっといったふうで、逆に心強かった。

「お嬢様、こちらを」

いつもどおり支度を手伝ってくれたコーラルが、最後に仮面を差し出す。会場では、顔を隠すのがルールとされていた。

ジルの話では、オークションの余興として大広間で仮面舞踏会じみたものまで行われるという。チェルシーたちは参加しないが、客に扮するための衣装は必要だった。

「ありがとう、コーラル。お父様たちにバレたら、あなたもただではすまないのに、理由も聞かずにずっと手伝ってくれて。こんなことこれで最後だから。最後にするから」

「いいえ、そんな滅相もないです！　私は自分で選んでお嬢様のお手伝いをしてるんですから。初めてお会いしたときから、思ってました。この人が私の一生お仕えする主で、この人なら何があっても信じられる。何があってもついていこうって」

気恥ずかしそうにしながらコーラルが続けてこう口にする。

「自分でも不思議なんです。なぜかお嬢様とは初めて会った気がしなくて」

「コーラル……」

チェルシーは打ち明けられた話に泣きそうになってしまった。

彼女たちに、今世以外の記憶はない。でも、もしかしたら完全に真っ新な状態からスタートするわけではないのかもしれないと思った。

アレクセイもそうだった。桜を知っていた。きっと、心の深いところ、潜在意識にわずかに存在しているのだろう。まるで、膨大な土の山に埋まった宝石の原石みたいに、ふいに現れてはチェルシーを元気づけてくれる。

「――あ、そうだ。お嬢様、あとこちらも」

照れくさそうにしていたコーラルが、パンと手を打ってポケットから何か取り出した。

「なあにこれ？　……飴？」

手渡されたのは小箱だった。その中には、数個の飴と畳んだ小さな紙が入っている。

不思議がるチェルシーが紙を広げてみれば、こんなことが書いてあった。

〈うまくいかなかったら、愚痴ぐらいは聞いてあげてもいいですよ〉

……リトだ。

なんだかんだでリトは、チェルシーが秘密裏にいろいろやっているのを知っている。これも今日という日への餞別のつもりなのだろう。

「あの子、マイペースというか……こんなときまで素直じゃないのね」

「ふふ。でも、飴はほら、お嬢様の好きな苺味みたいですよ。せっかくなので、おひとついただいていったらどうでしょう？」

のんびり提案するコーラルに、チェルシーは「そうね」と箱から一粒取り出した。

黒いドレスと、ピンク色の可愛らしい飴。

これから飛び込まねばならない世界とのギャップを感じる。口に放り込めば、甘い苺と砂糖が、緊張をほのかに消してくれたような気がした。

　夜になり、チェルシーは月の明るさのありがたさを知る。

　入り口から庭の奥へ進んでしまえば、グライムス邸は明かりひとつなかった。

　他のあやしげな客たちから離れ、陰影の濃淡がない闇の中で、チェルシーはジルの後を追う。靴だけは履きなれたものを選んでいたから、なんとかついていけていた。

　チェルシーは転ばないようにするだけで精いっぱいだが、ジルは夜目がきくらしい。的確にルートを選び、ドレスを引きずるチェルシーが植物に引っかからないよう配慮してくれる。

「ここから入れ」

　そのうちにテラスに到着した。前もってジルの仲間が鍵を開けてくれた場所なのだという。

　中は暗かったが、書架がずらりと並んでいるのはわかった。大きくて広い。天井が遠く、一部が吹き抜けになっている。ここは図書室だった。

「オレはこの部屋にある階段から二階に上がって仲間と合流する。アンタは事前に教えたとおり、ここから一番東の部屋まで、隠し通路を通って移動するんだ。いいな？」

　ジルが準備していたランプに火を入れ、チェルシーに渡す。

「でも、まあ、この屋敷は、オレたちよりアンタのほうが詳しいだろうからそこは心配してねぇ。……ブラックダイヤとボディガードのこと、うまくやれよ」

「ええ、あなたも。ここまで協力してくれて感謝するわ。――はい、これ」

　チェルシーは革の小さな袋を、ランプと交換するようにジルへ差し出した。

「そりゃ、なんだ？」

「ここまでボディガードしてくれた報酬よ。あなたに借りは作りたくないから。盗みが成功したときの、呑み代の足しにでもしてちょうだい」

そう言えば、ランプの明かりに照らされたジルが小さく笑った。うまい酒が呑めるように頑張らねぇとなと、チェルシーから袋を受け取る。

先んじて音もなく階段を上っていったジルを見送り、チェルシーも動いた。

部屋の東側にある書架の前に立ち、数冊本を抜き取った。奥からドアノブが現れる。

「よいしょっ……！」

チェルシーはそれを押すでも引くでもなく、横へスライドさせた。

ガガガガガ……。

すると、書架はまるごと扉となってチェルシーにその口を開く。

自分が通り抜けられるくらいまで広げると、ランプを持って身体を通路へ滑らせた。万が一のために内側からしっかり扉は閉めて、長い長い石張りの通路を照らす。

「ここからはひとり――」

チェルシーは、不安と期待で入り混じった気持ちを落ち着かせるように深呼吸をする。

「よし、行くわ」

ぎゅっとランプを握る手に力を入れ、チェルシーはひんやりとした通路の中を進んだ。

迷うことはない。ひたすら最奥の部屋を目指すのみだった。

そうして通路の終わりにたどり着けば、入り口と同じような突起があった。いちおう壁に耳を当て、部屋に人がいないのを確認してから、部屋へ忍び込む。

中は、仮面舞踏会のあとに始まるオークションの品であふれているようだった。この部屋自体が隠し部屋になっているため、見張りの人間もいない。

チェルシーはランプを脇に置き、書架の扉を閉めようとした――そのときだ。

「――え、ッ!?」

いきなり背後から襲われた。悲鳴を上げる間もなく、その腕で口と身体を拘束される。

「んんーっ！」

必死に腕にしがみつき、くぐもった声を上げれば、びくりとその人物が反応した。嘘のように力が弱まり、身体を反転させられる。強制的に仮面を剥ぎ取られた。

「――っ！　……どうしてここに……!?」

「けほ、けほっ、……その声……」

絞り出された声が鼓膜を震わせる。揺れる空気がランプの炎を躍らせた。その明かりが照らし出した顔に、チェルシーの強張っていた身体から力が抜ける。

「アレクセイ様……」

言いたいことがたくさんあったはずなのに、何ひとつ言葉にはならなかった。

「チェルシー…………」

かすかにかすれた声がそう呼び、なんでもない間が続く。見つめ合う時間が、まるで彼に迷いや葛藤が存在するかのようだった。だが、ふいにその視線が逸らされる。

「……どうして君がこんな場所にいるのかな」

投げやりに問いかけたアレクセイが、はあと深いため息をついた。

あんな過去を知ってしまい、アレクセイに微塵も情がないとわかった今、彼のささいな言動すらぐさぐさと胸に刺さったが、チェルシーは毅然として耐えた。

「これから行われるオークションにブラックダイヤが出品されるって聞いたんです。……それから、ここに来ればいなくなったあなたに会えると思って」

強がってにこりとすれば、暗がりでも眉間にしわが寄るのが見えた。口ぶりが忌々しいものを語るそれになる。

「闇オークションの情報なんて誰から――あいつか。あの賊、ホント嫌いだよ」

「嫌いだったんですか？」

ジルを指すであろう言葉と内容に首を傾げる。たった一度、それも挑発されただけの相手にずいぶんと苦々しい顔をする。

すると、横目にこちらを見たアレクセイが二度目のため息をつく。

「君がそんなだからだよ。もしかしてそのドレスもあいつの見立てじゃないだろうね？」

アレクセイの鋭い視線が、ちくっと露出した肌に刺さる。武装したつもりでいたのに、今になって気恥ずかしさを覚えた。平然と答えようとするが、声が上擦ってしまう。

「ジ、ジルには調達を手伝ってもらっただけです。それにしかたないでしょう。こんなところにいつもの格好で来るわけにもいかないんですから」

「そ」

アレクセイは素っ気ない返事をすると、置きっぱなしになっていたランプを取った。

「とにかく、君はここにいる必要がないことはわかった。早く来た道を戻って帰るんだ」

続けて押しつけるようにランプを渡された。当然、はいそうですかとは納得できない。

「どうしてですか？　ブラックダイヤはここにあるんですよ。私が探してることはアレクセイ様だって知ってるでしょう？　それに、あなたにも大事な話があるんですから」

「俺はそんな話聞いてる暇はない」

「私だって、目的を果たすまでは絶対に帰りません。アレクセイ様に聞く気がなくても勝手に話してやりますから！」

チェルシーはわざとランプの火を消してやった。唯一の明かりが消え、一気に暗闇が訪れる。この部屋には船窓（せんそう）のような小さな窓しかなかったため、相手の顔もはっきり見えない。ただ息遣いだけが耳に届いていた。

これくらいのほうがいっそ話しやすいかもしれない。チェルシーは意を決して自分が、宝石箱を使って覗いた過去の話を持ち出した。

「――私、もう知ってますから。アレクセイ様が私に近づいた理由も目的も。全部」

規則的だったアレクセイの呼吸が一瞬止まるのが聞こえた。

「……俺の目的？」

「そうです。ダヴェルニエ家に復讐するつもりだって。だから私の能力も知ってたんでしょう？　そして最後には私を、ブラックダイヤを使って殺すつもりなんですよね……？」

「……俺が君を？　そんなくだらない話、誰から聞いたの？」

嘲るような、軽い問いかけがチェルシーに降る。

だが、それに反して空気は重かった。ピリピリしたものが肌を刺激している。ここで殺されはしないだろうと踏んでいたチェルシーは、少しだけ明かりを消したことを悔いた。

「わ、私は少し特別なんです。荒唐無稽に聞こえるかもしれませんけど、私は嘘をつきたくないから話します。私の家にはちょっと不思議な道具があって、それでアレクセイ様のことをいろいろ知ることができたんです。本当のお母様とお父様、それに幼少期にあった出来事も……」

「へえ……誰から聞いたか知らないけど、よくできた作り話じゃない？」

「はぐらかさないで。私は、本当に全部……教会で――ボルツ・オルロフとの計画も知ってるんですから！」

最後にその名前を出すと、アレクセイは明らかに反応を見せた。

重い沈黙がのしかかる。いつ自分の首に手がかかるかひやひやした。

それでも奥歯を噛みしめて負けじと耐えていれば、彼が観念したように折れたのは間もなくだった。くしゃりと、彼が自分の髪を手でつぶす。

「……ボルツのことまで知ってるのか。はっ、これはさすがに言い逃れできないかな。……それで、その不思議な道具で探った結果、俺は嘘つきで最低な男ってわかったわけだ？」

威圧感のなくなったアレクセイが、自虐するように詰る。

「それは……でも、サフィアを助けてくれたのはあなただったんでしょう？　たぶん、誘拐自体はオルロフが企てたことで。私が交換対象なんて他に理由がないですから。それでアレクセイ様が口を利いてくれたんですよね？」

「彼女は関係のない人間だったからね。余計なまねをして計画が狂うのは面倒だから」

それだけだよ、とアレクセイが冷めた声で言う。

（……ここまでたどり着いて、直接アレクセイ様と話はできた。どんなショックな真実があってもいいと思ってたけど、私の言葉はこれっぽちも彼には届かないのね……）

チェルシーは手袋を嵌めた手をきつく握り、悲しむ心を一度封じ込める。

この関係をせめてマシにするためには、オルロフの話が嘘であると説明しなければ。

「アレクセイ様、それより大事な話が――」

「しっ！」

するとアレクセイは突然口元に指を当てて黙るように指示した。鋭さの増した眼光が、この部屋の正規の出入り口を見やる。緊迫した声で続けた。

「誰か来る」

「えっ」

こんなときに……とチェルシーが思う間もなく、アレクセイによって物陰に押し込まれた。

ギギギ、という重いものを引きずるような音がして、じわじわと部屋に光が差す。誰かが明かりを持って入ってきたらしい。足音からして数人いる。アレクセイはその場に立ったまま、突如として現れた人物たちに慌てる様子も見られない。チェルシーは目で確認できない分、聴覚に神経を集中させた。

そして。

「こんなところで何をしているんだ。アレクセイ」

泰然としゃべりかける男の声に、チェルシーは口を両手で押さえた。

(オルロフ！)

身を縮こまらせ、最小限まで息を殺す。傍にいるアレクセイが緩急のない声で答えた。

「……今夜のオークションでどんな物が出品されるのか興味があって、少し下見に」

「こんな暗闇で、か？」

「運の悪いことに、さっきランプのオイルが切れてしまったんです。明かりを持ってきてくださって助かりました。あなたはブラックダイヤを探しにいらっしゃったんでしょうけど、この部屋にはありませんよ。目玉品らしいですから、主催者が別に保管しているのでしょう」

「そうか。それは残念だ」

くくく、とオルロフの笑い声がする。その口ぶりだけなら、全然残念がっているようには聞こえない。その不自然さの理由を証明するように、続けざまにことは起こった。

出し抜けに、近くの台に置いてあったランプが割れたのだ。大きな音を立てて、破片を周囲にまき散らす。さすがにチェルシーも慌ててしまい、手が後方にあった棚を叩く。

「おや、もうひとりそこに隠れているようだな。出てこい。でないと、今度はこの男にナイフが刺さるかもしれんぞ?」

ナイフと聞いて、チェルシーは自分でも予想だにしないほど気が動転する。頭が棚にぶつかってしまい、上に置いてあった物が落下した。——自分のいるほうに。

「ひゃっ!?」

そうなれば、いくら我慢していても声が出てしまう。

幸い、本だったおかげで怪我はなかったが、もう隠れているのは難しくなった。アレクセイに手を引かれ、立ち上がったチェルシーを見て、実に満足そうな表情をオルロフは浮かべる。

オルロフは開いた石壁の前に立っていた。手には、大振りの半円状のヘッドがついた杖を持っている。両サイドには、感情を殺したかようにふたりの男が明かりを持って佇んでいた。

「アレクセイ、ダメではないか。逢引なら逢引と素直に言いたまえ」

「あなたが俺との約束を破ろうとするからですよ。ときが来るまで、彼女は俺に任せてもらえる予定だったはず。なのに、彼女の友人を攫ったことも、交換条件に彼女を指名したことも、俺は知らされていなかった。これはどういうことですか？」

チェルシーはその話にアレクセイの顔を見上げた。

「くくく、アレクセイ。そんなプライベートな話をここで打ち明けるものではないぞ。彼女がびっくりしているではないか。どうせ理解できないまま、終わるがな」

「…………」

オルロフは、チェルシーがアレクセイに告白した内容を知らない。まだアレクセイに騙された憐れな娘だと勘違いしているのは明らかだった。

だというのに、なぜかアレクセイはそれをオルロフに報告しようとしなかった。仲間であるはずなのに、チェルシーは不思議に思う。

カンッ、とオルロフが杖を突いた。

「所詮、計画は変わるのだ。雲行きがあやしくなればな。お前の報告を聞いて、しばらく様子を見ていたが、やはりダメだ――――女のときは」

（……女のとき？）

訝しげにチェルシーは眉を寄せた。なんだその言い方はと、妙な引っかかりを覚える。それは宝石箱が見せた世界で、オルロフがダヴェルニエ家に異常なほど詳しかった違和感と同じ。

「計画を黙っていたことは謝ろう。許せ。単に復讐の時期が早まっただけだ」

オルロフはふらりと石壁のほうへ数歩後退する。スッと手にした杖をかざした。

「そう。これで終わりだ」

男の髭が不気味に歪む。その瞬間、杖の先端で半円状のそれが透明になるのをチェルシーは見た。――気がした。

「ぁッ⁉」

小さな悲鳴を上げて、チェルシーは逞しい腕に引っ張られる。目の前が真っ暗になった。

「目を閉じて。あれにはブラックダイヤが埋め込まれてる」

アレクセイが早口で告げた。戸惑いながらも、ブラックダイヤと聞けばおとなしく目を閉じるしかない。視界を遮っているものが彼の胸だと知ったのはそのあとだ。

(ど、どうしてアレクセイ様が私を……?)

抱かれるような体勢に収まったチェルシーは動揺していた。

まだ誤解を解く前だ。なのに、チェルシーを抱くアレクセイの腕はまるで――。

「……なぜ逆らう？　ブラックダイヤも先んじて手に入った今、これはチャンスなのだぞ」

オルロフが杖を下ろした音と、不可解だといわんばかりの空気を感じる。

アレクセイはふっと鼻で笑った。

「チャンス、ね。それはあなただけでしょう、ボルツ。実は、あなたには言ってませんでしたけど、ここに来る前、俺はある場所に立ち寄って、ある人物に会ったんです。十二年ぶりに」

チェルシーには、それがグレイヴ侯爵――アレクセイの実の父を指しているのだとすぐにわかった。

「……離れて暮らしていた歳月は、俺と父を冷静にした。穏やかに話をすることができましたよ。そして、俺は真実を知った。不貞を働いたのは父じゃなかった。母だ……！」

アレクセイが強くチェルシーを抱きしめるのと同時に、語気が鋭くなる。迷いは感じられない。その長い間伏せられた事実が、幼いころから母親を信じていたアレクセイを害したことは明白だった。そして、誰が本当の悪なのかも彼は知った。

「すべて調べた。俺はもうあなたの言いなりにはならない」

肩に触れるアレクセイの手が熱い。彼の抱えた感情がそのまま伝わっているようだった。

信じていた相手の裏切りと、騙されていた自分への強い憤り。

堪らずアレクセイの衣装を握れば、応えるように腕に力がこもる。こんな状況でなければ、今すぐにでも思いの丈をぶつけたかった。

オルロフの笑い声が高らかに響き渡った。いくつもの指輪が嵌まる手であごをなでる。

「やはり裏切っておったか。これまではこの計画で万事うまくいっていたんだがな。あんなに必要ないと言ったにもかかわらず、嫌悪していた実父に会いにいくなど余計なまねをしおって。なおのこと、女のときはプログラムされたデータのようにはいかんらしい。様子見などせず、さっさと殺す準備を整えておけばよかったわ。吾輩の永遠の命のためにな！」

プログラム。データ。

この世界の住人から放たれたとはとうてい思えない単語がチェルシーの耳を衝く。

確実にオルロフの正体へ近づいていっている。しかし。

（永遠の命って……何？）

直感で、オルロフの最終目的がそれであると予想はできた。そのためにアレクセイを利用し、チェルシーに――おそらく主人公に近づいたのだ。

だが、魔法や不思議な力が日常的に飛び交う世界観ならまだしも、この『マテリアル』にそんな夢のような願いを叶えてくれる要素などないはずだ。いったい何を指しているのか、答えを出すにはまだピースが足りない。

「こうなることは想定ずみだ。むろん、お前の強さも吾輩は知っているからな。そうおうの相手は用意させてもらった。逃がさんぞ」

ねっとりと舐めるような声がした直後、オルロフの両サイドにいた男たちが動いたのだろう。かすかに地面を擦る音がする。アレクセイが再び早口で言った。

「いいって言うまで、どんなことがあっても目を開けたらダメだよ」

「は、はい――ひ、ぁ!?」

頷いた瞬間、足が宙に浮く。驚きのあまりさっそく言いつけを破りそうになった。

膝（ひざ）裏と腰に彼の腕が回り、自分は横抱きにされたのだと感触から察する。

「ボルツ、俺はあなたを許すことはできない。けれど、ひとつだけ感謝してますよ。俺にとって、たったひとりだと思える女性と引き合わせてくれたことにはね」

（え……）とチェルシーがその意味を考えようとしたとき、それは始まった。

「きゃあ!」

チェルシーを抱えたアレクセイが走り出したのだ。

固く目をつむったままのチェルシーは、激しい振動と物音に圧倒され、アレクセイにしがみつく。何かを蹴（け）るような動き、誰かの呻（うめ）き声、「追え」という怒声――肌をなでる空気が変わりあっという間に部屋を出たのだと知る。風を切るようにアレクセイは疾走した。

「ア、アレクセイ様、どこに向かって……!?」

「君を無事に逃がせるところまで」

アレクセイはひと言そう告げると、さらにスピードを上げた。

部屋を出たときから聞こえていた音楽――仮面舞踏会で演奏されていると思（おぼ）しき楽曲が鮮明さを増す。だんだんと人々が談笑する喧騒（けんそう）まで聞こえてきた。

暗かった瞼の裏に光が差す。熱気が張りついた。楽器の音も大勢の人の存在も身近にある。

速度を落としたアレクセイが、縫うように動きを変えた。くるりくるりと踊るように。

チェルシーは怒涛の展開に、閉じた目すら回りそうだった。

「あの賊は今どこに？　この屋敷にはいるんだろう？」

幾分息を乱したアレクセイが急くように尋ねた。

「賊……ジルなら二階だと思います。この屋敷の西に吹き抜けになった図書室があって、ここへ来たときに、仲間と落ち合うからってそこで別れたんです。グライムス邸の宝物庫も二階だから、おそらくまだそこにいるはずです」

チェルシーは淀みなく答える。けれど、あとになってある不安を覚えた。

「……もしかして私を彼に預けるつもりじゃ……」

「不本意甚だしいけどね。それが一番君の安全を確保できそうだから」

「でもそうしたら、あなたは？　もし、ひとりであの男を迎え撃つつもりなら私は反対です」

問い質そうとするチェルシーに対し、一時でも黙れば答えは決まったようなものだった。

「そんな危険な方法、私は許しませんから！　オルロフの連れてる部下がふたりのままとも限らないんですよ!?　その相手も素人じゃないんでしょう!?」

「まあ、俺の蹴りを受けてふっ飛ばなかったあたりは、前に相手にした物取りとは違うかな」

悠長なアレクセイは、はぐらかすときの雰囲気を漂わせる。

（このままじゃ、私また彼に置いていかれる……！）

チェルシーは薄目を開けた。

ぼんやりした視界でも、天井から降るシャンデリアの眩しさが眼球を刺す。貴族の屋敷にも引けを取らない豪華絢爛な大広間。周囲には素顔を覆った賓客たちが、思い思いの格好でこの夢のようなひと時を楽しんでいた。その大勢の男女の隙間から、チェルシーは周囲を探る。

「アレクセイ様、あっち！　あそこの赤いカーテンの裏に入ってください」

「君ね。開けないでって言ったのに、何その間抜けな顔は。それにあそこは行き止まり」

「間抜けで悪かったですね……じゃなくて、そんなのいいですから！　あっち！」

薄目のまま睨むと、アレクセイがやれやれとチェルシーの指差したほうへ進む。

赤いカーテンの奥へ滑り込んだ。ここは休憩用にカーテンで仕切られた小部屋だ。

アレクセイに下ろすよう頼み、チェルシーは急いで壁にかかった大きな鏡に触れる。ごてごての金縁の片側を掴み、扉を開ける要領で引っ張った。

「……こんなところにも？」

開閉した鏡の先に現れた隠し通路に、アレクセイが呆れ顔を浮かべる。

「ここにある通路の用途は、人を攫うためのものですから。それより早く」

先に中に入ったチェルシーはアレクセイを呼ぶ。

アレクセイは近くのテーブルから燭台を取ってからあとに続いた。

しっかりと鏡を閉めれば、騒音が遠ざかる。向き合ったアレクセイは怒っている様子はないものの、納得はしてない感じだった。チェルシーはみぞおちの前でぎゅっと手を握る。

「私は逃げませんから。あなたをひとりにするつもりもない。それに、理由はそれだけじゃありません。私は、オルロフの正体を知らないといけないんです」

永遠の命と語ったその意味はなんなのか。きっとあの男の目的すべてを暴かないと、チェルシーの望む平穏は手に入らない。おそらく、この先もずっと。

たとえ相手がアレクセイでも、これだけは譲るつもりはなかった。

「……はあ、君の気概には恐れ入るよ。どうやらこれは君に渡したほうがいいらしい」

頑として動かない姿に諦めたのか、アレクセイがおもむろにポケットを漁る。

燭台の光に照らされたそれは、誰かの手帳みたいだった。そこそこ厚みがある。使い古されたものなのか、ところどころ擦り切れた箇所や汚れがあった。

「ボルツから拝借してきた奴の手記だ。……俺は無理だったけど、君なら読めるはずだよ」

「オルロフの……？」

意味深長に差し出された手記を、チェルシーは緊張した面持ちで受け取った。アレクセイはそれ以上何も言わない。チェルシーは手袋を外した手で、そっとページをめくった。

（に、日本語……!?）

まず目に飛び込んできたのは文章ではなく、その言語だった。

チェルシーは食い入るようにその文字を見つめた。

漠然としていたものが、明らかとなった。もう疑念の余地はない。オルロフは、チェルシーと同じ現代からの転生者だ。

チェルシーはもはや正体を暴くという使命感だけではなく、怖いもの見たさの好奇心が入り混じった状態で、オルロフの記録を読んだ。

――今回はマルスではなかった。久しぶりの女。名はなんだったか。

そこに記されていた名前は、チェルシーとは対になる男主人公の名前だった。オルロフが「女のとき」と口走った理由は、この男主人公と面識があったからだったのだ。

チェルシーはてっきり自分だけがこの世界の主人公だと思っていたが、真実は違った。正しくは、マルスとふたり。どちらかが主人公として生を享けていたのだ。

となれば、必然的にチェルシーよりオルロフのほうが転生回数は多くなる。

いったいどれだけオルロフと自分では経験の差があるのだろうと考える。

さらに読み進めると、その答えとは別に、気になる文面が出てきた。

――女の名はチェルシーだった。懐かしい。まだ例の義賊を使って殺す方法を試行錯誤していたときだ。

ずっと謎だった四周目の死。その真相がやっと繋がった。

自分のせいでも、バグのせいでもない。第三者――オルロフの介入が原因だったのだ。

あのころは、自分以外の転生者が他にも存在しているなど夢にも思わなかった。

一度悔しさで俯いたチェルシーは、それでも先へ進むために続きを読む。


――長いことロボットじみたマルスだけを相手にしてきたから、女は少し遊ぶにはちょうどいいかもしれない。今回もアレクセイを使って、監視をさせる予定だが、女だから婚約者という立場にしてやろう。愛する男に裏切られて傷つく姿が今から待ち遠しい。

チェルシーが手記を強く握ったせいで、わずかに紙が歪む。

文面からこの男の腐敗した精神がにじみ出ていた。


――せっかくだ。これまでで女と出会った回数を数えてみよう。この世界に生まれ変わってからの記録を遡る。記念すべき一度目の生に一回、それから七度目に二回、十六、三十九、そして今回の百度目。これだけ生きて、たった五回きりとは、彼女は珍獣か何かのようだ。

「……ひゃく」

一瞬憤りも忘れ、チェルシーはあ然と呟いた。綴られた文字を凝視するが、何度見ても書いてある文章は同じだ。百度目と手記は語っている。

チェルシーは、せいぜいマルスとふたり併せても、十程度だと思っていた。

これも神様のいたずらなのだろうか。男女でそれほどまでに転生回数に差があるなんて。

オルロフがバグや主人公たちに詳しいのも、この膨大な転生から学んだからなのだ。

（……だったら、アレクセイ様はその三十九回目以降のどこかから、主人公を殺すために、ずっとオルロフに利用されてたってこと？　こんな男のよくわからない目的のために？）

怒りで身の毛がよだった。この男こそ悪の権化だ。

「なんだか憤慨してるみたいだけど、少しはその手記が役に立った？」

見守っていたアレクセイが、頃合いを見計らったように話しかけてきた。きっとチェルシーに訊きたいことはたくさんあったはずだ。だが、彼が尋ねたのはそれだけだ。

チェルシーは心遣いに感謝して、この問題が解決したら必ずすべてを打ち明けると決めた。

「ええ。これのおかげでいろいろと。……アレクセイ様」

「ん？」

チェルシーはアレクセイの顔を見上げ、そっと彼の手に触れた。ほんの少しだけ反応した手をそのままやんわりと握る。目を逸らさないアレクセイと見つめ合ったまま断言した。

「私、負けませんから」

「………」

アレクセイは、それでもまだチェルシーを危険に巻き込むことへ抵抗があるのか、何も言わない。だから代わりにチェルシーが溌剌と言ってやった。

「大丈夫です。策はあります！」

手記を閉じたチェルシーは、よいしょと嵩張るドレスを膝上の辺りまでたくし上げた。燭台の明かりがうろたえて揺れるのもお構いなしだ。

そうして何段もあるドレスの下から出てきたのは、金属製のハンマーだった。

複雑な表情で一部始終を見ていたアレクセイに、チェルシーはずばり言い放つ。

「さあ、ダイヤモンドを叩き割りに行きましょう！」


隠し通路を抜けてやってきたのは、例の図書室だった。

部屋にはチェルシーだけが残り、アレクセイはオルロフたちをおびき出す役に回った。

待っている間、チェルシーは準備のために二階に上がる。手すりの陰に屈んで身を潜めた。

手には厚手の布で覆ったランプを持つ。わずかでも光が漏れないように気をつけねばならない。

五感を研ぎ澄ませ、じっと息を凝らす。余計なことは考えない。ただ、アレクセイを信じて待つのみだった。

（アレクセイ様……）

そう祈るチェルシーの耳がかすかな音を捉えた。

間髪入れずに真下で激しく扉が開く。

「もう逃げられんぞ、アレクセイ。邪魔なお前だけでも始末してやる」

いら立つオルロフの声が反響する。そのあとを複数の足音が続いていた。

図書館を選んだのは正解だった。床が大理石のおかげで、わずかな動きも把握できた。

チェルシーは布の下にランプを隠したまま不動を貫き、聴覚へ意識を専念する。

「今さら抵抗したところで遅い！」

「どうかな。さっきも俺たちをまんまと逃がしたこと、もう忘れちゃった？」

相手を挑発するように言ったのはアレクセイだ。

「戯言を。女だけ逃がして格好つけたところでどうにもならん。お前はここまでだ。もはや今世だけではすまさん。来世でもその次の来世でも、一番最初に殺してくれるわ！」

オルロフが杖を突くと、テラス側からも人が入ってきた。アレクセイが囲まれたことは容易に想像がつく。タイミングを見誤れば、すぐにでも大勢からの集中攻撃を受けるだろう。

（……でも、まだ私の出番じゃない）

チェルシーはランプの柄を強く握りしめて、息を殺し続ける。

外の風音。遠く大広間からかすかに届く演奏。

聞こえるのは、外部からの音だけになった。身体中に汗がにじむ。この間にも、下の階ではアレクセイににじり寄る男たちがいるとわかっているからだ。

（でも、まだ……ギリギリまで待つのよ……）

はやる気持ちを抑え込み、チェルシーは耐えに耐えた。

そして、そのときは来る。

「――殺せ!!」

オルロフの命令が下った瞬間、チェルシーは身体にバネでもつけていたかのように、飛び上がった。煌々と輝くランプをかざし、お腹にありったけの力を入れて叫ぶ。

「あなたたちの相手はこっちよ！」

突然の乱入に、アレクセイ以外の誰もがチェルシーを見上げた。オルロフでさえも。

チェルシーはただオルロフが持つ、杖の先端を見ればよかった。いまだブラックダイヤが納まったその場所を。

魔性の力がバグによって増幅する。照らされた目と目が合う。チェルシーの意思などもはや関係なく、全員の〈魅了好感度〉が上限まで上がり切った。

「くそっ――」

オルロフが吐き捨てた。

「もう遅い！」

アレクセイがチェルシーから預かったハンマーを取り出す。

オルロフの部下たちはもう使いものにはならなかった。狙いはアレクセイからチェルシーへ、相手がすり替わったのは一目瞭然だった。

我を忘れた五、六人の大男たちがチェルシー目がけ、一斉に階段を駆け上がってくる。

チェルシーの役目は決まっていた。アレクセイがオルロフから杖を奪い、ブラックダイヤを壊すまでの時間稼ぎ。部下たちを引き寄せ、その男たちから逃げおおすこと。

「でも、こんなのシミュレーションゲームじゃなくて、ゾンビサバイバルだわ……！」

この計画を練ったのは自分だが、男たちの威勢でぎしぎしと鳴動する階段に、チェルシーは頬を引きつらせた。

だが、今は四の五の言ってる場合ではない。とにかく逃げるのが先決だ。

チェルシーはドレスを掴むと、二階の図書室を駆けまわった。書架と書架の間を抜け、ときには隠れてやり過ごし、またときにはひらりとその腕から逃れる。

けれど、重いドレスを引きずるチェルシーの体力には限界がある。ベールは脱ぎ捨てられ、気付けば髪もくしゃくしゃになっていた。息を乱しながら、限界だと叫ぶ。

「アレクセイ様！　まだ!?　――き、ぁッ!?」

とうとう追いつかれて、ひとりに手首を掴まれた。勢い余って、身体を書架にぶつける。

「殺して、俺だけのものに……」

「ひっ」

譫言のように呟かれた台詞とともに、その手がチェルシーの首に伸びる。どうやら絞め殺すつもりらしい。首を包み込まれ、ぐっと喉元を押さえつけられそうになる。

「く、ぅ……ッ！」

チェルシーは暴れて抵抗した。男の手に爪を食い込ませ、痛みに怯んだ隙に、腕を引き剥がした。すかさず地面を這って抜け出だす――が、速攻で足首を掴まれてしまう。

「いたっ――もう！　ホントにこれじゃあゾンビじゃない！　放してったら！」

引っ張られた反動で、床に額を打ちつけたチェルシーは、ワッと喚く。

数多あるゾンビゲームのように手元に銃や手榴弾でもあればよかったが、あいにくそこまで物騒なものは持ち合わせていない。反対の足で蹴るのが関の山である。

しかも自分が叫んだのがいけなかったのか、正面から別の男がこちらへ向かってくるのが見えた。そのままだったらチェルシーはふたりの男の手で息の根を止められていただろう。

だが、その寸前――足を掴む男の力が急に緩んだ。

仕留められた獣のごとく緩やかにチェルシーの真横へ倒れ込む。白目を剥いた男と目が合った瞬間、正面に迫っていた男へ突っ込む影がチェルシーの上を通り過ぎる。

蹴りを食らわせ、目にも止まらぬ速さで相手を伸す。

息を切らせて振り返った姿に、チェルシーはほんの少し涙ぐんだ。

「あんまり遅いから死ぬかと思ったじゃないですか」

安心して余裕ができたせいだろうか。床に転がったままつい憎まれ口を叩く。

まだ焦りを顔に残していたアレクセイも、そんな姿を見て逆に無事を確認できたらしい。

「ごめんね。ダイヤを覆っていた特殊なガラスのほうが壊すのに手こずって。――でも、君が望んだ成果は挙げられたと思うんだけど、どう？」

起き上がるのを手伝ったアレクセイが、そっと手のひらを差し出す。

そこには、真っ二つになった大振りの黒いダイヤモンドが載っていた。

見事なまでに美しいカットを施された宝石が、秘めていた魔力を失ったように鈍い光沢を放つ。蠱惑的な輝きを失くしたそれは、ただの黒い石も同然だった。

チェルシーは半分信じられない思いで、自分の顔をぺたぺたと触りまくった。心なしか身体が軽くなった気がする。こちらから呪いに呼びかけても、うんともすんとも言わない。

つまり、これは。

「～～～ああ、アレクセイ様！」

チェルシーは感極まってアレクセイに飛びついた。相手の反応も構わず、押し倒さんばかりの勢いでぎゅうぎゅうと抱きつく。何度も何度も感謝を述べた。

呪いは解けた。

ずっと目指し続けた目標がこのときやっと達成されたのだ。ダヴェルニエ家は自由になった。何よりアレクセイと目を合わせても魅了が発動しないのが、疑いようのない証拠だった。

アレクセイのほうも、チェルシーを優しく抱き返してくれる。ふたりで喜びを享受した。

――――ガガ、ガガガ、ザザ。

ところが、終わりにはまだ早いというように、図書室の静寂を何かが壊す。ガガ、ザザ、ザッ――と不規則に鳴っては、その音はだんだんこちらへ近づいているようだった。

身を固くしたチェルシーを連れ、アレクセイが音から遠ざかるように数歩引く。

書架と書架の間。アレクセイと同じように、チェルシーもじっとそこを凝視した。

そして、ガガッという、ひと際ひどい雑音を立てた刹那、書架の向こうから一本の腕が伸び出た。手には大型のナイフが握られていた。音の正体は、それで手当たり次第に棚や本を引き裂いたのが原因だったのだ。

「ボルツ……手加減しなかったのに。無駄に頑丈な奴だな」

アレクセイが呟いたそのとき、緩慢な動きで書架の陰からその男が姿を現した。

「見つけたぞ……逃がさん。逃がさんからな。ふたりまとめて殺してくれる！」

歯茎を剥き出しにしたオルロフの声が地の底を這う。傍らの書物を再び激しく抉（えぐ）った。

「今年で二千八百四年だ！　今さら普通に死んでたまるか。痛みも苦しみも不愉快だ。こんな夢のような世界をそうやすやすと手放したりはせんぞ。まだ吾輩が殺せば間に合う……！」

息を荒くし、殺気を纏う。

怖い。一直線に向けられた殺意に身が竦（すく）む。だが、一方でなぜかチェルシーは目が離せなかった。すぐにでも自分を連れて逃げようとするアレクセイを引き留めてまで、その男に問う。

「オルロフ、なんで私を狙うの？　あなたは永遠の命と言ったわ。それはいったい何？」

二千八百四。それはおそらくオルロフがこの百回の命で生きた年数を指す。その途方もない月日、何度も繰り返す運命を、単に永遠の命と言っているとは思えなかった。

なぜなら、死に苦しみはつきものだからだ。普通ではない死とはなんだ。そこにどう主人公とブラックダイヤが関わっているのかも、まだ謎のままだった。

すると、オルロフが喉から低い笑い声を漏らす。

「ああなるほど。やはりお前は知らないのだな。いいだろう。せっかくだ。どうせお前たちは忘れるのだから、冥土（めいど）の土産（みやげ）に教えてやろう」

杖の代わりにナイフを突き出し、オルロフは声高らかに言い放った。

「ブラックダイヤを駆使してお前を殺すと、世界が逆行するのだよ！　吾輩は記憶を残したまま、痛みなくして人生をやり直すことができるのだ。これを不死と言わずしてなんという！」

これほど愉快な人生があるかと、壊れたようにオルロフが哄笑（こうしょう）する。その真実は、稲妻のようにチェルシーを打った。崩れ落ちそうになる身体をアレクセイが支える。

（……そんな……っ）

自分の死後の世界など、初めて知った。

自分が死んでも、その世界は続いていくものだとチェルシーは簡単に考えていたのだ。

まさか自分の死と同時に、世界まで振り出しに戻るなんて。主人公のバッドエンドからの再スタート。まるで本物のゲームみたいで、めまいがした。

「そんなふうに繰り返す世界を、あなたは何度も……？」

「――ああ、理解できないという顔だな……。フッ、所詮お前たちにはわかるまい。あとは老いるのみの人生など。それに比べれば、時間が巻き戻るくらいどうともない。むしろ本望！　醜いばかりの身体なんぞこちらから捨てて、新しい人生を何度だって謳歌してくれるわ！」

（ああ、だから……）

アレクセイの存在が必要だったのかと腑に落ちた。主人公の監視は他に任せ、己は好き勝手に暮らし、時期を見計らって逆行できるように。安全圏から高みの見物をしていたのだ。

異様なまでにオルロフがブラックダイヤでの死にこだわった理由もここにあった。逆行の条件が主人公のゲームオーバーという特殊なものだから。主人公がバッドエンドを回避してしまえば、オルロフの恐れる死が、いつかその身に降りかかってくるからだ。

「そう、だから、今殺らなくてはならんのだ――！」

狂気的な殺意を向けられ、チェルシーの意識は現実へと強引に引き戻される。

しかし、すでにバッドエンドに必要な呪いは解かれ、条件は失われた。不老不死の話はチェ

ルシーを戦慄させたが、もうそれは過去になろうとしていた。

それでも諦め悪く、怒りで正常な判断すらも覚束ないのか、オルロフは追いかけてくる。

「チェルシー、首に捕まって！」

アレクセイが叫んだ。チェルシーを横抱きにして、棚の迫り出した部分を踏み台に、書架の上へ飛び上がる。なんとか突進してきたオルロフを避けた。

「逃げるよ」

アレクセイは告げると、書架から書架へ飛び移った。

「諦めんぞ、吾輩は――！」

オルロフが迫る。積もりに積もった執念が彼を突き動かしているのか、アレクセイの速さにも引けを取らない。めちゃくちゃにナイフを振り回しては破壊音が周囲に轟いた。

今夜はこの辺りの警備が薄いとはいえ、さすがに見つかるのも時間の問題に思えた。アレクセイもそれをわかってか、屋敷を出るために一階へと階段を下る。

オルロフに追われながら、吹き抜けになった中央を通り過ぎる。

まさにそのとき。チェルシーは異音を捉えた。ぞわりと身体の産毛が逆立つ。

見上げるとシャンデリアがあった。この荘厳な図書室にぴったりな豪華なシャンデリアが。

ギシ、と軋んだと同時にアレクセイはその真下を通り抜けた。そして、オルロフも――。

「――」

寸分の猶予も与えられなかった。

シャンデリアの落下は、断頭台の大刀が振り下ろされるかのごとく、あまりにも一瞬で。

鼓膜を破りそうなほどの轟音を立てて、シャンデリアは木っ端微塵に砕け散った。

無慈悲にも、真下に人ひとりを呑み込んでいた。

命乞いも断末魔すら上げられないまま、ほぼ即死だっただろう。

あとには腕の一本さえ見えなかった。

アレクセイに抱きついたまま、チェルシーはその光景をしばらく茫然と眺めていた。騒音を聞きつけた人が来るかもしれない危機感も忘れて、身体を預けることしかできない。

卑怯で老猾なオルロフ。三千年近く逆行を繰り返した彼の死に様は呆気なかった。

「……このシャンデリア、滑車とロープで支えられてたのか。もしかしたら、ナイフを振り回したときに、オルロフ自身も知らないうちにどこかでロープを傷つけてたのかもしれない。もう少し遅かったら、俺たちのほうがこの下敷きだったのか……」

敵対していたとはいえ、惨い死を目の当たりにしたアレクセイがその瞳に憐れみを宿す。

正直チェルシーに返事をする余裕はなかった。ただ、本当にそうだったのだろうかという疑問が浮かぶ。

チェルシーの目線の先には、一冊の本が落ちていた。周囲に他の本は見当たらない。この一冊だけがぽとりと不自然に置かれていた。チェルシーは誘われるように暗闇に目を凝らす。

表紙に描かれていたのは——星を抱く女神。

その瞬間、思った。

——オルロフはもう、生まれ変わらない。


「……グライムスには悪いことしちゃったかしら……」

無数の星が瞬く空の下でチェルシーが呟いた。肩にはアレクセイの上着を羽織っている。

ふたりが並んで座るのは、カーティ家の庭にあるあのベンチだった。

「大半は奴へのツケだよ。君はよく見なかっただろうけど、オークションの出品物もほとんどが盗品だったからね。……おそらくボルツの死体も秘密裏に処理されると思う」

「そう……」

寂寥（せきりょう）とする夜の庭を眺めながらチェルシーは答える。

オルロフのあの執念深さを考えれば、あのまま彼が生き延びるのは危険だった。チェルシーやアレクセイだけではない、周囲の親しい人たちにも危害が及んだかもしれない。

だからこれでいい。チェルシーは自分にそう言い聞かせて、膝に置いてあったオルロフの手記を手に取る。隠し通路で一部を読んだだけで、ほとんど手つかずのままだ。

自分と同じ転生者の記録。これを見ればオルロフのこれまでの行いについて、もっと深く知れるだろう。しかし、どうしても気が進まなかった。時間を置いたところでその気持ちが変わるとも思えない。だったら、これはもう誰にも必要のないものだ。

「アレクセイ様、ちょっと待っててもらえますか？」

チェルシーはアレクセイにそう言い残すと、庭から厨房へ入った。手にしたのは、マッチ。

「燃やすんだ？」

戻ってきたチェルシーの手にあるそれを見て、アレクセイが少し驚いた様子で口にする。

「ええ。過去はもう必要ないから。ごめんなさい。せっかくアレクセイ様が手に入れてくださったものなのに」

「いいよ。どうせ俺には読めない代物だしね。君がしたいようにすればいい」

どうしようと構わない。そう言ってアレクセイは手記をチェルシーに一任してくれる。

チェルシーはマッチを取り出すと、一息に火を灯した。揺れる赤い炎をそっと放つ。

「さよなら」

石畳に置かれた手記が燃える。初めこそゆっくり広がった炎は、次第にその勢いを強めた。

たった一冊の手記が脆く崩れ、真っ黒な炭になるまでそう時間はかからない。

「……こんな奴に会う前に、もっと早く君に会いたかった」

ふと燃えカスとなった手記を見下ろしたまま、アレクセイが悔しそうに零した。

「君を責めるつもりはないけど、俺を知ってたなら教会に会いにきてほしかった」

「そうですね……私も関わるのを怖がらずに、会いにいけばよかったと思います」

チェルシーが自分の秘密を打ち明けたのは、帰りの馬車の中だった。

転生者であることも、この世界についても、包み隠さずすべて話した。もちろん大事な思い出である、四周目での出会いも……。

桜やペーパーウエイト、そのときの会話、出来事。憶えていることは全部伝えた。

最初は半信半疑だったアレクセイも、これには何か思うところがあったのだろう。腑に落ちたというような顔で、静かに自分の手のひらを見つめていたのが印象的だった。

そして今も――アレクセイはあのときと同じ。遠くに思いを馳せるような眼差しでいる。

「間違えなくてよかった。本当に」

「アレクセイ様……？」

ぽつりと呟かれた言葉の真意を測りかね、チェルシーはアレクセイの横顔を見る。

「物心ついたころからずっと不思議だった。焦燥感にも似た感情が常に胸の奥にあったことが……。強くならないと、守らないと、そう漠然と思ってた。何かしてないと落ち着かなくて、自分はどこか悪いんじゃないかって考えた時期もあったよ。それでも、本に向かってるときや身体を動かしてるときは気持ちが楽になったから、自然とそういうことが趣味になってた」

「……ええ、少しだけでしたけど、私もそのころのアレクセイ様を知ってます。行き場のない気持ちにとても苦しそうにしていたのを憶えてます」

「ああ、例の不思議な道具とやらで知ったのか。そんなところまで見られてたのは、恥ずかしいな。でも、ボルツと出会って俺は変わっただろう？　言わなくてもわかるよ。というか、わかってる。自分がいかに愚かだったかくらい」

「悪いのはあなたじゃないでしょう？」

「君がそう言ってくれるのは嬉しいけどね。でももし、ボルツから母とダヴェルニエ家の話を聞いたとき、俺は自分にしか成せない正義があると思って、君が嫌がる行為も平気でしてたって言ったら？」

アレクセイがやっと顔を上げた。チェルシーは見つめられたまましばし考えをめぐらせる。

「そうですね……リボンを盗られたことは腹が立ったかも……絶対あなたの婚約者になんてならないって、心に決めてたくらいですからね」

当時の自分を思い返せば、ずいぶんとご立腹だった気がする。単純にアレクセイをいけ好かなかったし、正体のわからない存在から距離を取ろうと必死だった。

だが、それも遠い過去のように感じる。大して昔の出来事でもないのに、なんだか今日までの日々が濃厚すぎて、一気に数年分の経験をしたという感覚だ。

「君は正しかったよ。いつか言ってただろう？　好きでもないのに、湯水のようにささやかれる愛を聞くほうの身にもなれって」

「ああ……そういえば、そんな話もしたような」

あれはそう、ひとり歩きがバレて蛍亭で直談判したときの。自分がうんざりとそう言えば、アレクセイは声を出して笑っていた。懐かしい。まだまだ互いをよく知らなかったころだ。

「正直、あのころは君に好かれようが嫌われようがどうでもよかった。下調べには事欠かなかったし、外堀だけ埋めておけば、あとはどうとでも丸め込めると考えていたからね。世間知らずの令嬢の婚約者になるくらい簡単だと思ってたよ」

「最低ですね」

「本当にね」

くつくつとアレクセイがあのときのように声を出して笑う。

「……でも思えば、君と出会った日から俺は惹かれてたと思う。初めて会ったあの日のこと憶えてる？　君が転びそうになって、俺が助けただろう？」

「あ～……私のお母様が原因だったあれですか」

苦い思い出に顔をしかめると、アレクセイが自身の手のひらへ視線を落とした。

「たとえるなら、ふたつに割れたガラス玉がぴったり隙間なくくっついた感じだった。初めてだったよ。他人に関わってそう思ったのは。……それに、君が物取りに襲われそうになったときも。あれは自分でも尋常じゃないくらい焦った。気付いたら店を飛び出してて、何を犠牲にしても君だけは守らないとダメだって——今ならわかる。俺には最初から君しかいなかった」

唐突にアレクセイが真剣な瞳で見つめてくる。明かりが星しかない暗闇でもドキリとした。

これが昼間だったらたぶん直視できなかっただろう。それほど熱く一途(いちず)な眼差し。

膝の上で軽くドレスを握りしめていた手へ、彼のそれが優しく被(かぶ)さる。

「大切な君を失わなくてよかった。守れてよかった……これが俺が求めてた強くなる理由だ」

力がこもれば、苦しいほど胸が熱くなった。ひしひしと伝わってくる想(おも)いに、変にまごつき返事すらまともにできない。気恥ずかしさと嬉しさ、それから。

チェルシーはアレクセイから逃げるように手を引き抜いた。早口で告げる。

「私、ずっと忘れてた——ううん、勘違いしてたことがあったんです。四周目のことで」

何度思い出してもつらい。だからこそ自分でも無意識に封印していたのかもしれない記憶。けれど、もう目を逸らせなかった。確信がないから話せなかったという言いワケはもう通じない。

「四周目の死に際……ジルに襲われて、ただあとは死を待つだけだったときです。私、誰かに抱き起こされたんです。今までずっとそれはお父様だと思ってた。でも、あの日父は泊まり込みの用事があって家にはいなかったのを思い出して。それで、私、言ったんです。その人が危険に巻き込まれないように『離れて』って。それなのに、その人は離れなかった。泣きながら私を抱きしめてたんです。私の意識がなくなる最期まで……」

こんな話をすると、自意識過剰だと笑われるかもしれない。でも、考えずにはいられない。

自分の死を目の当たりにしたせいで、未来永劫(えいごう)なくなることのないトラウマを植えつけてしまった可能性を。彼の強くなりたいという思いの根幹に何があるのかを。

それがいつからかオルロフの目に留まり、殺人マシンのように利用されてきた。チェルシーにとっては気が遠くなるほど永い間。

「私との出会いが、あなたから『普通』を奪ったんだとしたら……あなたの人生をバグらせた一番の原因は私かもしれなくて……」

「……たしかに狂わされたかもしれないね」

否定してほしいとは微塵も思わなかったが、その率直な台詞にズキリと胸が痛む。

「君は、ボルツから聞いた話とは全然違って思いどおりにならないし、親にも秘密にしてなんかやってるし、俺を間違って魅了したときもそうだよ。婚約が嫌なら、俺の行いを理由に断ることだってできただろうに、全然利用しようとしないし」

「だ、だって、あれは私が――」

なんだか想像と違う話を言い連ねられ、チェルシーは困惑した。とっさに言い返そうとすると、ぴしゃりと遮られてしまう。

「自分が悪いからって言うつもり？　君って変なところで自己犠牲の精神強いよね。普段は積極的すぎて困るくらいなのに。ボルツとの決着のときもそうだよ。せっかく君に危険が迫る前に解決しようとしたのに屋敷に直接乗り込んでくるんだから」

「あ、あれ……もしかして、あの隠し部屋にアレクセイ様がいたのって……？」

「ボルツより先にブラックダイヤを手に入れるつもりだったからだよ。まあ、結局動きは奴に読まれてたけど」

「そうだったんですか……？」

　ぽかんとした表情でチェルシーが見上げれば、不機嫌そうなアレクセイがいた。

「とにかく、俺は俺しか知らないから、今が幸せならそれでいい。過去に何があろうと、この感情は俺のものだよ。むしろ、そんな知らない過去の自分なんてどうでもいい。君が心を砕くのも嫌いだね。少しだって譲りたくない」

「あ、あの……？」

　惜しげもない熱烈なアプローチに思わず声が上擦る。うろたえて固まる手を再び掴まれた。今度は少し強引に。逃がさないと物語っているようで、カッと耳まで熱くなる。

「それにものは考えようだよ。だって、大概の人間は前世なんて憶えてないなかで、俺はずっと君だけを捜してたんだろう？　そして六十回生まれ変わって、やっと出会えた。こんな幸せはない。俺だけの特権だ」

　手の甲に唇を押し当てられる。ぶつかった視線が射抜くような鋭い熱を帯びていた。

　チェルシーの口は、はく、と動いただけで、何も言い返せない。

　もともと近かった身体が密着するのは時間の問題だった。彼の手が腰に回される。覗き込んでくる瞳から目が離せない。心臓の音はアレクセイに聞こえてしまっているのではないかというほど、大きな音を立てていた。

ここからどうすればいいかなんて、考えなくてもわかっている。そこまで子どもじゃない。

チェルシーは吐息が唇にかかりそうな距離に、目をぎゅっとつむった。

――――が。

直前で「あ」という声とともに、するりと呆気なく抱擁が解かれた。自分でも恥ずかしいくらい次の展開に期待していたチェルシーは、行き場がないままその場で動けなくなる。

確実にそういう雰囲気だと思っていた。しかし、勝手に勘違いしていただけで実はアレクセイは違ったのだろうかと、冷静な自分が現れる。だとしたら、恥ずかしいどころの話ではない。穴があったら入りたい。いや、もう自ら掘って入りたい！

そうして先ほどとは違う意味で赤面しているチェルシーに、あっけらかんとした態度でアレクセイが問いかける。

「確認なんだけど、俺のこと好きだよね？」

「こ、この流れで、それ訊きます!?」

今さらも今さらの質問にチェルシーは仰天する。

いや、たしかに。明確に口にしてはいない。でも、態度では示したはずだ。最終的に相手に伝わらなければ、そんなものは自己満足でしかないと言われればそれまでだが。

「だって、これで違ったら俺がバカみたいでしょう。勘違いなんて君にも悪いし」

そう言い張るアレクセイの顔を見れば、なんだか楽しそうだった。チェルシーが自分を憎からず想っていることくらいお見通しの顔。間違いなく確信犯だった。

「俺のこと、好き？」

ねえ、とがっちり腰に回った腕がねだるように揺らされる。……逃げ場はなさそうだ。

「…………す、すす、好き、ですよ。――ほら！　言いました、次、あなたは、どうなの！」

想像以上に自分はこういうことに向かない。早く自分の告白の羞恥を消し去りたくて、途切れ途切れになりながらも、アレクセイへパスをぶん投げる。

すでに返事はわかりきっていたが、それこそ自分だけなんてフェアじゃないと思っての判断だった。……だが、この選択こそチェルシーは後悔することになる。

「もちろん好きだよ」

と、アレクセイがなんの躊躇もなく愛を紡いだ。と思えば、耳元に顔を近づけて――

「好き。好きだよ。この世で一番好き。大好き。好きすぎてどうにかなりそうなくらい、好き。君しか見えないし、君なしじゃ生きられない。愛してる。ずっと永遠に、生まれ変わっても君だけを愛し続けるから――」

「ちょ、ちょっ、ちょっと、もういい！　もう十分だから――！」

容量過多で死にかける。顔から火を噴くどころではなかった。爆発寸前だ。

急激に上昇した体温を下げるために俯く。まったく余裕なんてなかった。なのに、そこへ。

「じゃあ、晴れて両想いが確認できたから、いいよね？」

え――という声は、完全に呑み込まれた。あごを指ですくわれ、奪われる。

ふい打ちのような接吻(くちづけ)。

優しくて、でも譲らないという強い意志を感じた。抗えないまま、いとも簡単に攫われる。

「甘くておいしい」

一度唇を離したあと、アレクセイが色気たっぷりに言って、また重ねる。

慣れない行為に戸惑う唇を誘うようについばんで、からかって、チェルシーの扱いを心得ているかのごとく蕩(とろ)けさせていく。

そして、夢心地を通り越し、熱い吐息を吐き出したチェルシーにアレクセイこそ甘くささやく。

「記憶の底まで、君を刻ませて」

返事は当然彼の口の中に消えた。再び容赦なく、降りそそぐ。

見上げた彼の向こう側に、チェルシーは燦然(さんぜん)と輝く星たちの祝福を見た――――。

エピローグ　物語はハッピーエンドでお願いします

「マーイ・フェアレディ！　君にこれを」

あれから一か月。

念願の平和を手に入れ、カーティ家の庭でお茶会をしていたチェルシーのもとへやってきたのは、ベニートだった。陽気なテンションで跪き、大輪の薔薇の花束を差し出してくる。

会ったのは、あの助言をくれた日以来だった。その間いろいろあって、ベニートに大事な報告をしていなかったのを今になって思い出す。

「あ、ありがとう……」

その罪悪感からか、せめて花束を受け取ろうとすると、誰かがそれを横から掻っ攫った。

ベニートが震える指を向けて声を上げる。

「ああっ!!　お、おお、お前！　なんでここに！　いなくなったんじゃなかったのか!?」

「アレク」

チェルシーが呼ぶ。いつの間に来ていたのか、傍らにはアレクセイが立っていた。優雅な仕草で、ベニートから奪った薔薇の芳しい香りを楽しんでいる。

「それ、いつの情報？　まったく噂(うわさ)は勝手にひとり歩きするくせに、中途半端だから困るな。たしかに姿をくらまそうと考えたときもあったけど、とっくにやめたよ。チェルシーがどうしても俺(おれ)がいいって、健気(けなげ)に迎えにまで来てくれたからね」

「なぁにぃ――――！」

爽(さわ)やかな笑顔を向けるアレクセイに、ベニートが真っ赤(まっか)になって絶叫した。

「というわけで、改めて俺の婚約者になった彼女にプレゼントなんてもってのほかだよ」

「あっ、アレク、ちょっと！」

苺(いちご)のケーキを食べていたチェルシーの左手を、上機嫌なアレクセイが取る。

そこには薬指にぴったりと収まる指輪があった。真ん中で光る宝石はアレキサンドライト。

彼の言うとおり、チェルシーたちはうやむやにしていた婚約を結び直したのだった。

互いの両親は言わずもがなだが、しばらく顔を出せていなかった蛍亭の面々もおおいに喜んでくれた。ロージーは料理で盛大にお祝いしてくれたし、例の煉瓦(れんが)職人は、ぶおおおおお、と涙で川が作れそうなほど泣いてくれた。

「ホントにこの男が王子様だったなんてなあ！　でもよかった。よかったなああぶああああ」

しまいには顔面をぐちゃぐちゃにしながら、そう祝ってくれるものだから笑ってしまった。

ちらりとアレクセイを見ると、指をあごにあてがい、「困った」と口にしたところだった。

「でも、花に罪はないか……しかたがないから俺の家に飾るとしよう」

「くぅ……！　なんでお前の家で飾られねばならんのだ！」

「じゃあ持って帰る？」

「くぅ……!!」

魅了がなくてもアレクセイには敵(かな)わないらしいベニートが地団太を踏む。よほど彼が気に入らないのか、その矛先はチェルシーのほうへ向いた。捨てられた子犬のような目が訴える。

「なぜ……なぜだ……君が選んだ男にこう言ってはなんだが、本当にこんなのでいいのか!?」

「――――それにはわたくしも同意だわ」

興奮するベニートに反して、返事をした声は鈴を振ったかのように可憐(かれん)だった。

チェルシーの斜向かいにいるお人形のような少女が、ティーカップをソーサーへ音もなく置く。アイシーブルーのさらりとした髪が白い頬(ほお)をなでた。細い鼻筋と小さな唇、整った造形の極めつけは、深い蒼色(あお)の瞳(ひとみ)。

彼女はそう、チェルシーがずーっと会いたかった、サフィアだ。

「コーラル、お茶のおかわりをいただける？」

「は、はい！　ただいま！」

にこりとサフィアに微笑(ほほえ)まれたコーラルが、ポットを手にする。こぽこぽとカップにそそいだあと、多幸感に包まれたかのようにコーラルはうっとりと呟(つぶや)いた。

「はあ……素敵なお嬢様ふたりにお仕えできる、幸せ空間……」

すっかりカーティ家に馴染んでいるサフィアが、王都にやってきたのは半月ほど前だ。

初めはチェルシーも身体の弱いサフィアを心配していた。だが、サフィアは驚異の回復力をみせる。誘拐なんかに負けたくないという彼女の努力の賜物だった。

それに感激したチェルシーは、絶対会おうとサフィアと約束したわけだが……。

「アレクセイ様。毎度毎度、友人とのお茶会にまでお邪魔せずとも、チェルシーは私たちと十分楽しくやっておりますから。ええ、あなたがいなくても」

「なるほど。君は何か勘違いしているようですからご忠告さしあげますが、俺はチェルシーの父上に用があってのこと。君のほうこそ、少しは婚約者に遠慮を覚えたほうがいいのでは？」

「あらあら、わたくしはチェルシーに招待されてここにいるんですよ。あなたと違って」

「そんなものがなくても、俺は彼女と彼女の両親からいつでも歓迎されてますからね」

「なら、チェルシーから『会いたい』って手紙をもらうこともないのですね。お寂しいこと」

「『会いたい』なんて言わせるほど、寂しい思いをさせるつもりはないですから。ご心配いただかなくてもけっこうですよ、サフィア嬢」

アレクセイとサフィアの間で、挑発的な言葉がぽんぽんと飛び交う。お互い顔がいいだけに睨み合うだけで迫力がある。この舌戦を初めて目にしたベニートがゾッと身体を震わせた。

「マイ・フェアレディ！　こ、このふたりは……ハッ」

そうしてベニートが助けを求めるようにチェルシーのほうを向くが、

「サフィアちゃん……かわよ……はあ、まさかこんな近くで推しの顔面——いや全身を拝めるなんて。エンディング後のボーナスステージ神！　最高極まれりっ！　今のうちに同じ空気吸っとこう……すううううぅはああああぁ」

鼻息を荒くして何もない空間の空気を吸い始めたチェルシーにぽかんとする。

チェルシーといえば、そんなベニートなど——サフィア以外の人間など眼中になかった。さらに、その視線に気が付いたサフィアが、チェルシーににこりとしようものなら。

「うっ——!!　尊っ!!」

胸を押さえたチェルシーに勢いよく集中線が走る。呻き声は『う』に濁点がついていた。

「すっき……何よりもすっき……やっぱり世の中、これが正解……！」

「ありがとう、チェルシー。私のほうが彼より大好きだなんて」

サフィアが勝ち誇ったような顔をアレクセイに向ける。

「くっ——こんな女のどこがいいんだか理解できない……」

遺憾だとばかりにアレクセイが不満を零せば、聞き捨てならないと身を乗り出したのはチェルシーだ。

「いいところなんて全部よ。髪の先から爪の先まで、一から百まで、一挙一動一言一句全部。推しに嫌いなところなんてない。同じ時代に生きていてくれるだけで感謝。尊さ無限大！　推しの幸せが私の生きがい！　これこそ私の望んだエンディング！」

「……君は俺にそれを理解しろって？」

せっかく好きな女性と婚約者になれたというのに、他（ほか）に気を取られることが面白くないアレクセイは、じとりとチェルシーを見やる。チェルシーはその視線の意味を察し、我に返った。

「そうよね……私ったら盲点だったわ……」

サフィアが来て半月、ようやくわかってくれたかと安心した素振りを見せるアレクセイだったが、まだ早いと知ることになる。すぐに。

「プレゼンするわ」

「は？　プレ……？」

次にはそう元気に宣言したチェルシーに、アレクセイは今度こそ眉間（みけん）にしわを寄せた。

チェルシーはお構いなしに自分の髪飾りの蒼いリボンに手を伸ばす。このリボンは、アレクセイに盗られたあのリボンだ。両想（りょうおも）いになったあと、アレクセイが返してくれたのである。

「まず、基本情報からいきましょう。担当カラーは蒼よ。一見ベニート（ベニトアイト）と色がかぶってるように思えるけど、光の加減で紫がかって見えることがあるそれとサフィア（サファイア）は全然別物よ。憶えておいて。それから、そうね……外見や鉱物から入りにくいのであれば、声から入るという手もあるわ。アレク、どうする？　サフィアの声帯から始める？」

小首を傾（かし）げ、本気で尋ねてくるチェルシーにアレクセイは頭を抱えるしかなかった。

「……どうしてこうなった……」

そうして、チェルシーたちがわいわいやっているテーブルの隅でもうひとり。

新作のスイーツを試すという話で一緒にいたリトがぼそりと呟いた。

「騒々しい……」

彼に紅茶のおかわりをそそぐコーラルが、ふふと微笑む。ふわりと、どこからか舞い上がった浅紅の花びらを仰ぎ見て、明るい太陽の光に目を細めた。

「今日も平和ですね」

〈了〉

あとがき

読者のみなさま初めまして、染椛あやると申します。

このたびは『死に戻りバグ令嬢』をお手に取っていただき、ありがとうございます。

本書とは別作品になりますが、第10回New-Generationアイリス少女小説大賞にて銅賞をいただき、一迅社文庫アイリス様では初出版となります。未熟な新人ではありますが、どうぞよろしくお願いいたします。

本作は、プロットを作る前に、転生先である『マテリアル』の設定から細かく練った作品でした。今見返すと、サブキャラどころか、ヒーローまで初期から性格が変わっていて、紆余曲折あったなぁ……としみじみ思います。

そんな『マテリアル』は、わりと最近のゲームをイメージしています。アップデートがあったり、それによってバグが発生したり、公式がSNSを活用していたり。昔からちょこちょことはありますが、主人公が男女選べるのも、最近のゲームでは目立ってきているような気がします。『マテリアル』でも、そのあたりの設定を楽しんでいただけたら嬉しく思います。

次はキャラについて（ここからはネタバレがあります）。
ヒロインのチェルシーは、明確な目的を持っているので、次はああするこうすると
けっこう動かしやすい子でした。じゃっかん考えなしに突っ込んでいくところもあり
ますが、今後はアレクセイもいます。なんとかなるでしょう。
　対してアレクセイは……謎が多かったり、本人ですら知らない秘密があったりと、
常にどう表現すべきか私を悩ませてくれました。悪役のおかげ（？）で図太さもある
アレクセイですが、よく例の乙女の教典が自分への対策だと思わなかったなとは思い
ます。チェルシーからしたら、十分しつこい紳士だったはずなんですが（笑）。
　ただ、侍女に本気でぶっ叩かれたり、ヒロインから本気でずつきを食らったりして
いるので、もろもろへの天罰はある意味でくだっているのでしょう。物理的に。しか
もこれからはサフィアと渡り合う必要があります。正式に婚約しても前途多難な恋で
す。頑張って、アレクセイ。
　そして、サブキャラたち。シミュレーションゲームの世界への転生ということも
あって、みんな個性豊かになるよう頑張りました。ヒーローとヒロインもさることな
がら、すがはら竜先生の美しいイラストと一緒に楽しんでいただければ幸いです。

特にサブキャラは描き直すレベルでご調整いただき、すがはら竜先生にはたいへん感謝しております。最終的には、あっちを見てもこっちを見ても美人とイケメンしかいなくなりました。わんこのベニートですら、こんなにかっこよくて大丈夫!? という気持ちです。そして、ひとつ発見が。こうして絵になったキャラクターを見てみると、チェルシーは男女問わず顔面がきれいな子が好みなんだなと(笑)。アレクセイのことは顔から好きになったわけではないはずなので、面食いとまではいかないでしょうが、たぶん顔、好きです。

多いなと思った紙幅も気付けば尽きてまいりましたので、他の方々にもお礼を。

まずは担当様、いつも的確なアドバイスをありがとうございました。拙いプロットからここまで、なんとか読める作品に仕上がり、ひとまずホッとしております。

また、一冊の本になるにあたり、力を貸してくださったすべての方、この場を借りて厚く感謝申し上げます。

最後にこの本の向こうにいらっしゃる読者様、ここまで読んでくださりありがとうございました。少しでも楽しんでいただけたら、それ以上嬉しいことはありません。

それではまた、お会いできる日を祈って。

染椛あやる

IRIS
ICHIJINSHA

死に戻りバグ令嬢
5周目で知らない男が最推しと入れ替わっていました

2023年11月1日　初版発行

著　者■染椛あやる

発行者■野内雅宏

発行所■株式会社一迅社
〒160-0022
東京都新宿区新宿3-1-13
京王新宿追分ビル5F
電話03-5312-7432（編集）
電話03-5312-6150（販売）

発売元：株式会社講談社
（講談社・一迅社）

印刷所・製本■大日本印刷株式会社

ＤＴＰ■株式会社三協美術

装　幀■AFTERGLOW

ISBN978-4-7580-9596-9

この本を読んでのご意見
ご感想などをお寄せください。

おたよりの宛て先

〒160-0022
東京都新宿区新宿3-1-13
京王新宿追分ビル5F
株式会社一迅社　ノベル編集部
染椛あやる 先生・すがはら竜 先生

IRIS
ICHIJINSHA

第13回 New-Generation

アイリス少女小説大賞

作品募集のお知らせ

一迅社文庫アイリスは、10代中心の少女に向けたエンターテイメント作品を募集します。ファンタジー、ラブロマンス、時代風小説、ミステリーなど、皆様からの新しい感性と意欲に溢れた作品をお待ちしています！

金賞	賞金100万円	＋受賞作刊行
銀賞	賞金20万円	＋受賞作刊行
銅賞	賞金5万円	＋担当編集付き

応募資格 年齢・性別・プロアマ不問。作品は未発表のものに限ります。

選考 プロの作家と一迅社アイリス編集部が作品を審査します。

応募規定
●A4用紙タテ組の42字×34行の書式で、70枚以上115枚以内（400字詰原稿用紙換算で、250枚以上400枚以内）
●応募の際には原稿用紙のほか、必ず ①作品タイトル ②作品ジャンル（ファンタジー、時代風小説など） ③作品テーマ ④郵便番号・住所 ⑤氏名 ⑥ペンネーム ⑦電話番号 ⑧年齢 ⑨職業（学年） ⑩作歴（投稿歴・受賞歴） ⑪メールアドレス（所持している方に限り） ⑫あらすじ（800文字程度）を明記した別紙を同封してください。
※あらすじは、登場人物や作品の内容がネタバレも含めて最後までわかるように書いてください。
※作品タイトル、氏名、ペンネームには、必ずふりがなを付けてください。

権利他 金賞・銀賞作品は一迅社より刊行します。その作品の出版権・上映権・映像権などの諸権利はすべて一迅社に帰属し、出版に際しては当社規定の印税、または原稿使用料をお支払いします。

締め切り 2024年8月31日（当日消印有効）

原稿送付宛先 〒160-0022 東京都新宿区新宿3-1-13 京王新宿追分ビル5F
株式会社一迅社 ノベル編集部「第13回New-Generationアイリス少女小説大賞」係

※応募原稿は返却致しません。必要な原稿データは必ずご自身でバックアップ・コピーを取ってからご応募ください。※他社との二重応募は不可とします。※選考に関する問い合わせ・質問には一切応じかねます。※受賞作品については、小社発行物・媒体にて発表致します。※応募の際に頂いた名前や住所などの個人情報は、この募集に関する用途以外では使用致しません。